AR GORTYN BRAU

P.D. JAMES
AR GORTYN
BRAU

Addasiad Mari Lisa

Cymdeithas Lyfrau Ceredigion Gyf.

© P. D. James, 1972
Cyhoeddwyd gyntaf gan Faber & Faber, 1972
Teitl gwreiddiol: *An Unsuitable Job for a Woman*
Ⓗ y testun Cymraeg: Mari Lisa, 1990
Argraffiad Cymraeg cyntaf: 1990
ISBN 0948930802

Cyhoeddwyd dan gynllun comisiynu'r
Cyngor Llyfrau Cymraeg.

Dymuna'r cyhoeddwyr gydnabod cymorth a chyfarwyddyd
Adrannau'r Cyngor Llyfrau Cymraeg a noddir gan Gyngor
Celfyddydau Cymru.

Cysodi ac argraffu: Cambrian News Cyf., Aberystwyth.

Cyhoeddwyr: Cymdeithas Lyfrau Ceredigion Gyf.,
Aberystwyth.

PENNOD 1

Y bore y bu farw Bernie Pryde cafwyd rhyw drafferth neu'i gilydd ar y Bakerloo Line y tu allan i orsaf Lambeth North ac o ganlyniad roedd Cordelia hanner awr yn hwyr yn cyrraedd y swyddfa. Daeth allan o orsaf danddaearol Oxford Circus a phrysuro i gyfeiriad Kingly Street gan wthio heibio i'r clwstwr o siopwyr boreol oedd yn syllu'n awchus drwy ffenestri Dickins & Jones. Roedd hi'n wirion yn rhuthro fel hyn, meddyliodd, a hithau'n fore bendigedig o Fehefin. Doedd dim achos iddi wneud; doedd ganddi ddim cwsmeriaid i'w cyf-weld, dim gwaith yn ei haros a dim adroddiad i'w ysgrifennu hyd yn oed. Ar awgrym Cordelia, roedd hi a Miss Sparshott, y deipyddes dros dro, yn dosbarthu gwybodaeth am yr Asiantaeth i bob cyfreithiwr yn Llundain yn y gobaith o ddenu cwsmeriaid. Byddai Miss Sparshott wrthi ers rhai munudau rŵan, yn cadw golwg ar y cloc a'i dicter yn cynyddu gyda phob eiliad yr oedd Cordelia yn hwyr. Dynes ddigon annymunol oedd Miss Sparshott. Roedd ei gwefusau bob amser yn dynn fel petai'n ceisio cadw'i dannedd rhag disgyn o'i cheg a thyfai blewyn hir, gwyn o'i gên fer. Ceisiodd Cordelia fwy nag unwaith gydymdeimlo â Miss Sparshott druan, a dreuliai'i hoes yn mudo o lety i lety yn bwydo'i cheiniogau prin i safnau awchus peiriannau nwy ond, er mynych geisio, ni fedrodd erioed ei hoffi. Enillai ei bara prin drwy wnïo fan hyn a theipio fan draw a mynychai ddosbarthiadau nos y G.L.C. yn batrwm o frwd-frydedd. Roedd hi'n wniadwraig tan gamp ond er mor raenus oedd gwniadwaith ei dillad, ni ellid fyth eu galw'n ffasiynol. Gwisgai sgertiau syth o lwyd neu ddu, blowsys plaen, di-liw ac, ar ben y cwbl, y casgliad rhyfeddaf o emwaith rhad. Ac roedd hyd ei sgertiau fel petai bob amser yn tynnu sylw at ei choesau di-siâp a'i

5

migyrnau trwchus.

Roedd drws yr Asiantaeth bob amser yn cael ei gadw ar y gliced er cyfleustra'r tenantiaid eraill a'u hymwelwyr. Ni allai Cordelia fyth fod wedi rhag-weld y drasiedi a'i hwynebai wrth ei wthio'n agored y bore hwnnw. Sgleiniai'r plac pres newydd i'r chwith o'r drws yn lân ac yn felyn yn yr haul. Edrychodd Cordelia arno mewn edmygedd.

ASIANTAETH DDITECTIF PRYDE & GRAY
(Bernard G. Pryde   Cordelia Gray)

Roedd ar Bernie eisiau ychwanegu 'ex-C.I.D. Metropolitan Police' at ei enw ef a 'Miss' at ei henw hithau a chafodd Cordelia gryn waith i'w ddarbwyllo i beidio. Doedd ganddi hi ddim cymwysterau o unrhyw fath oddieithr ei chorff cryf ac iach a chymaint, os nad mwy, o ddeallusrwydd ag unrhyw ferch ddwyflwydd ar hugain arall. Tosturiai wrth Bernie. Fu bywyd erioed yn garedig iawn wrtho. Châi o byth eistedd yn y sedd orau ar y bws; ar ei droed o y byddai rhywun yn sathru pan fyddai'r trên yn llawn, ac yn ddi-ffael fo fyddai'n gyrru'r Mini—a oedd yn ddigon dibynadwy pan fyddai hi'n ei yrru—pan fyddai hwnnw'n torri i lawr, a hynny ar y croesffyrdd mwyaf prysur. Druan o Bernie. Ambell dro, a'r felan yn pwyso'n drwm arni, poenai y byddai hithau'n wirfoddol gyfrannog o'r anlwc hwn wedi iddi dderbyn partneriaeth ganddo. Yn sicr, ni theimlai ei bod hi'n ddigon pwerus i drawsnewid y sefyllfa.

Medrai Cordelia arogli chwys a chwyr a disinffectant yn y cyntedd fel arfer. Roedd y waliau gwyrdd tywyll yn llaith—fel y bydden nhw gydol y flwyddyn—a'r grisiau wedi'u gorchuddio â darnau o hen leino o wahanol liwiau a welsai ddyddiau gwell. Roedd yr Asiantaeth ar y trydydd llawr. Pan aeth Cordelia i mewn i'r swyddfa roedd Miss Sparshott wedi rhoi'r gorau i deipio am y tro ac wrthi'n glanhau'r hen deipiadur Imperial.

Edrychodd ar Cordelia, ei hwyneb yn goch gan ddicter a'i chefn cyn sythed â ffon onnen.

'Rwy wedi bod yn disgwyl amdanoch chi, Miss Gray. Rwy'n poeni braidd am Mr Pryde. Mae gen i ryw syniad ei fod o yn ei swyddfa ond os ydy o, mae o'n dawel, yn dawel iawn, ac mae'r drws ar glo.'

Aeth Cordelia'n oer drosti.

'Pam na fyddech chi wedi gwneud rhywbeth?' gofynnodd gan ysgwyd dolen y drws.

'Gwneud beth, Miss Gray? Fe ddaru mi gnocio ar y drws a galw'i enw unwaith neu ddwy. Nid fy lle i oedd gwneud hynny—teipyddes dros-dro ydw i. 'Sgen i ddim awdurdod yma. A beth petai o wedi ateb? Mae ganddo berffaith hawl i ddefnyddio'i swyddfa, wedi'r cyfan, a ph'run bynnag, dydw i ddim yn rhy siŵr ydi o yna o gwbl.'

'Mae'n rhaid ei fod o. Mae'r drws ar glo ac mae'i het o fan hyn.'

Roedd het Bernie'n crogi ar fachyn ar y wal; hen, hen het ac arni ôl chwys yn rhimyn brown am ei chantel. Ymbalfalodd Cordelia yn ei bag am ei hallwedd ond roedd honno, fel arfer, wedi suddo i'r gwaelod. Dechreuodd Miss Sparshott deipio'n eiddgar fel petai am ei datgysylltu'i hun oddi wrth yr hyn oedd ar fin digwydd.

'Mae 'na nodyn ar eich desg chi,' gwaeddodd yn amddiffynnol uwchben clegar y teipiadur.

Rhwygodd Cordelia'r amlen yn agored a chanfod nodyn byr, blêr. Un di-flewyn-ar-dafod fu Bernie erioed.

'Mae'n ddrwg gen i, mêt, ond does 'na'r un ffordd arall. Cansar meddan nhw. Rydw i wedi gweld effaith y driniaeth ar bobl a fedra i ddim wynebu hynny. Mae fy ewyllys i gyda'r cyfreithiwr. Mae'i enw a'i gyfeiriad o ar y ddesg. Rydw i wedi gadael y busnes i ti—*pob dim, cofia*. Pob lwc.'

7

Ac wedi'i sgriblo ar waelod y tudalen:

'Os byddaf yn dal yn fyw, *plîs* paid â galw am help. Rwy'n dibynnu arnat ti, mêt. Bernie.'

Trodd yr allwedd yn y clo ac aeth i mewn i swyddfa Bernie gan gau'r drws yn ofalus o'i hôl. Roedd hi'n falch o weld na fyddai raid iddi oedi cyn galw am help. Roedd Bernie wedi marw. Gorweddai ar draws y ddesg, mor ddiymadferth â dyn wedi llwyr ymlâdd. Roedd ellyn barbwr wedi llithro o'i law dde ar hyd y ddesg gan adael llwybr tenau o waed o'i ôl. Gorffwysai'i law chwith yn y ddysgl a ddefnyddiai Cordelia i olchi llestri, y bysedd yn wyn ac yn dyner fel bysedd plentyn ac mor llyfn â chwyr. Ar yr arddwrn roedd dwy archoll ddofn. Roedd Bernie wedi llenwi'r ddysgl â dŵr a droes erbyn hyn yn hylif pinc, melys ei arogl. Llifasai'r gwaed a'r dŵr dros y ddesg i'r llawr gan wlychu'r mat lliwgar a brynodd Bernie'n ddiweddar yn y gobaith o wneud argraff ffafriol ar ei gwsmeriaid. Ond ni wnâi'r mat ddim, ym marn Cordelia, ond pwysleisio tlodi'r swyddfa. Cofiodd i Bernie ddweud wrthi ryw dro fel y darganfu hen ddyn oedd wedi ceisio cyflawni hunanladdiad drwy archolli'i arddyrnau â photel wedi torri, ac fel y methodd yr ymgais oherwydd i'r gwaed yn y gwythiennau geulo. Roedd Bernie wedi gofalu na fyddai hyn yn digwydd iddo ef. Sylwodd Cordelia'i fod hefyd wedi cymryd gofal o fath arall; ar ochr dde'r ddesg roedd cwpan gwag a gronyn neu ddau o bowdwr ar ei ymyl. Aspirin efallai, neu *barbiturate*. Roedd ei wefusau'n gilagored a diferyn o lysnafedd wedi llifo o gornel ei geg.

Agorodd Cordelia gil y drws ac meddai'n ddistaw:

'Mae Mr Pryde wedi marw. Peidiwch â dod i mewn. Fe ffonia i'r heddlu o fan 'ma.'

Derbyniwyd y neges yn ddigyffro; deuai rhywun draw yn y man. Eisteddodd Cordelia yn ymyl y corff i ddisgwyl, gan osod ei llaw yn dyner ar wallt Bernie i

ddangos ei thosturi a chynnig cysur. Teimlai'r gwallt yn
gras ac yn fyw fel blew anifail. Symudodd ei llaw ymaith
yn gyflym a chyffyrddodd ag ochr ei dalcen. Roedd y
croen yn llaith ac yn ddifrifol o oer. Dyma beth oedd
marwolaeth; fel'na'n union yr oedd ei thad. Ac fel
gyda'i thad roedd unrhyw arwydd o dosturi'n ddiystyr
ac yn amherthnasol.

Ceisiodd ddyfalu pryd yn union y bu farw Bernie.
Doedd neb yn gwybod. Efallai nad oedd Bernie'i
hunan yn gwybod chwaith. Er ei fod, fe dybiai hi, ar
eiliad benodol wedi peidio â bod yn Bernie ac wedi
troi'n lwmp lletchwith dienaid o gnawd ac esgyrn. Dyna
od fod eiliad mor bwysig o'i fywyd wedi mynd heibio'n
ddiarwybod iddo. Byddai Mrs Wilkes, ei hail fam-
faeth, yn sicr yn ei meddwl fod Bernie *yn* gwybod, fod
yna foment o ogoniant anhraethadwy, tyrrau ysblen-
nydd a chanu diddiwedd yn yr wybren fuddugoliaethus.
Druan o Mrs Wilkes! Pa ryfedd iddi ymfoddhau mewn
breuddwydio a hithau'n wraig weddw, ei hunig fab
wedi'i ladd yn y rhyfel a'i thŷ bychan yn llawn o swnian
tragwyddol ei phlant maeth o fore gwyn tan nos?
Casglai wirebau cysurlon fel y casglai eraill dalpiau glo
at y gaeaf; dyna'i bywyd hi. Am y tro cyntaf ers
blynyddoedd cofiodd Cordelia'r llais blinedig ond
hapus yn dweud, 'Os na ddaw'r Arglwydd heibio wrth
fynd, fe ddaw O ar ei ffordd 'nôl.' Wel, mynd neu
ddŵad, doedd O ddim wedi galw heibio Bernie.

Yr oedd yn od, ond eto'n nodweddiadol o Bernie, ei
fod wedi parhau'n obeithiol ynglŷn â dyfodol y busnes
hyd y funud olaf, er nad oedd ganddynt geiniog goch
wrth gefn, ac eto wedi dewis marw yn hytrach na
wynebu brwydr yn erbyn ei afiechyd. Efallai'n wir iddo
sylweddoli nad oedd unrhyw ddyfodol iddo ef na'r
Asiantaeth ac iddo benderfynu rhoi terfyn ar ei fywyd
a'i fywoliaeth heb golli'i urddas. Peth rhyfedd—ac
yntau'n gyn-heddwas—na fyddai wedi llwyddo i gyflaw-

ni'r dasg heb wneud cymaint o lanast. Ac yna syl-
weddolodd Cordelia paham y dewisodd yr ellyn a'r
cyffuriau. Y gwn. Doedd o ddim wedi dewis y llwybr
rhwyddaf. Gallai fod wedi defnyddio'r gwn ond roedd o
am iddi hi gael y gwn: roedd o wedi'i adael o iddi hi
gyda'r cypyrddau ffeilio simsan, yr hen deipiadur
Imperial, y taclau-datrys-trosedd, y Mini, ei oriawr, y
mat gwaedlyd, a'r holl ddalennau papur 'sgwennu
gydag ASIANTAETH DDITECTIF PRYDE &
GRAY yn bennawd addurniedig arnynt. Dyna beth
oedd Bernie yn ei feddwl yn ei nodyn—*pob dim, cofia*.
Ei hatgoffa hi am y gwn yr oedd o.

Agorodd y drôr bychan yng ngwaelod desg Bernie a
thynnodd ef allan. Pistol .38 ydoedd; wyddai hi ddim
sut y daeth i afael Bernie ond roedd hi'n sicr nad oedd
ganddo drwydded. Ef a'i dysgodd i saethu. Cofiai
amdano yng nghanol Epping Forest yn gweiddi gorch-
mynion gystal ag unrhyw sarjant-mejor: 'Plyga dy
benliniau . . . dim gormod. Traed ar led. Dalia'r gwn
hyd braich oddi wrthyt. Rŵan dalia dy law chwith yn
erbyn y baril a phaid â thynnu dy lygaid oddi ar y targed
'na. Cofia ddal dy fraich yn syth, bartner, dal dy fraich
yn syth! Da iawn wir!' 'Ond Bernie,' meddai hi, 'allwn
ni fyth mo'i ddefnyddio. 'Sgynnon ni'r un drwydded.'
Gwenodd Bernie; gwên slei y dyn-sy'n-gwybod-popeth.
'Os daw hi byth i hynny, saethu i'n hachub ein hunain
fyddwn ni. Yn wyneb hynny dydy trwydded ddim yn
bwysig.' Roedd o wedi'i blesio â'r frawddeg olaf 'na ac
fe'i hailadroddodd gan godi'i olygon tua'r haul fel ci.
Beth, tybed, a welodd Bernie yn ei ddychymyg? Y
ddau ohonynt yn eu cwrcwd y tu ôl i graig ar ryw waun
ddiffaith, bwledi'n tasgu yn erbyn y garreg, y gwn yn
mygu wrth iddynt ei danio yn eu tro?

'Rhaid i ni beidio â gwastraffu bwledi,' meddai. 'Nid
na alla i gael chwaneg, cofia . . .' Roedd y wên slei
erbyn hyn yn wên sarrug, fel petai'n dwyn i gof ei

gysylltiadau cyfrinachol o fyd y cysgodion.

Ac roedd o wedi gadael y gwn iddi hi. Roedd o'n
meddwl y byd o'r gwn. Trawodd Cordelia ef yng
ngwaelod ei bag. Fyddai'r heddlu ddim yn debygol o
archwilio droriau'r ddesg mewn achos amlwg o hunan-
laddiad fel hwn, ond allai hi ddim bod yn rhy siŵr.
Roedd Bernie am iddi hi gael y gwn ac nid ar chwarae
bach y byddai'n gollwng ei gafael arno. Eisteddodd
unwaith eto ar bwys y corff, a'i bag wrth ei thraed, i
ddisgwyl am yr heddlu.

Llencyn ifanc oedd yr heddwas cyntaf i gyrraedd, un
digon effeithlon ar y cyfan ond yn rhy amhrofiadol i
guddio'i sioc a'i atgasedd pan welodd yr olygfa.
Ychydig funudau'n unig a dreuliodd yn y swyddfa.
Daeth allan yn cnoi cil dros nodyn Bernie fel petai
hwnnw'n mynd i daflu goleuni pellach ar y mater.

'Bydd raid i mi gadw'r nodyn 'ma am y tro, Miss,'
meddai, gan ei blygu'n ofalus. 'Nawr 'te, beth oedd
gwaith y Mr Pryde 'ma?'

'Ditectif preifat oedd o.'

'Ac roeddech chi'n gweithio iddo fo? Fel
ysgrifenyddes?'

'Ro'n i'n bartner iddo fo. Rwy'n ddwy ar hugain.
Bernie oedd y prif bartner; fo ddechreuodd y busnes.
Roedd o'n arfer gweithio yn y Metropolitan Police—y
C.I.D.—efo'r Uwcharolygydd Dalgliesh.'

Tasai hi ond wedi brathu'i thafod! Swniai'i geiriau
mor naïf o amddiffynnol o Bernie druan. A ph'run
bynnag, doedd yr enw Dalgliesh yn golygu dim i'r
heddwas ifanc. A pham dylai o? Wyddai o ddim am y
troeon maith y bu hi'n gwrando'n amyneddgar ar
Bernie'n adrodd yn hiraethus ei hanes yn y C.I.D. cyn
iddo golli'i swydd, a'r oriau a dreuliodd yn myfyrio ar
ddoethineb a galluoedd Adam Dalgliesh. 'Mi fyddai'r
Siwper bob amser yn dweud. . . Fel hyn y disgrifiodd y
Siwper. . . Os oedd 'na un peth fedrai'r Siwper mo'i

ddiodde. . .'

Ambell dro credai nad oedd y fath ddyn yn bod, mai ffrwyth dychymyg Bernie yn unig ydoedd. Y fath sioc a gafodd pan welodd lun papur newydd o'r Prif Uwcharolygydd Dalgliesh! Roedd ganddo wyneb chwerw, tywyll a ymchwalodd yn nifer o ddotiau bychain wrth iddi syllu ar y llun. Credai ambell waith mai athroniaeth Bernie ei hun oedd llawer o'r doethinebu a briodolai i Adam Dalgliesh. Tybed pa ddoethineb fyddai ganddo i gysuro Bernie rŵan?

Yn y cyfamser, roedd yr heddwas wedi bod yn ffonio ac erbyn hyn roedd o'n chwilio a chwalu o gwmpas y swyddfa. Ymddangosai'n hollol ddirmygus o'r dodrefn ail-law, y cwpwrdd ffeilio di-lun gyda'r drôr agored ac ynddo debot a chwpanau, a'r leino treuliedig. Eisteddai Miss Sparshott fel delw o flaen yr hen deipiadur gan syllu arno gydag atgasedd. Meddai'r heddwas, o'r diwedd:

'Wel, beth am baned bach o de cyn daw'r meddyg? Mae 'na gegin yma yn does?'

'Mae 'na bantri bach i lawr y coridor fan 'cw. Rydyn ni'n ei rannu efo'r bobl eraill sy'n gweithio ar y llawr yma. Ond does dim angen meddyg, does bosib? Mae Bernie wedi marw!'

'Dydy o ddim wedi marw'n swyddogol hyd nes bydd rhywun sy'n meddu ar gymwysterau meddygol yn dweud hynny.' Arhosodd i gymryd ei wynt ato. 'Rhag ofn . . .'

Rhag ofn beth, dyfalodd Cordelia—barn, damnedigaeth, pydredd? Dychwelodd yr heddwas i swyddfa Bernie. Dilynodd hithau ef a gofynnodd yn dawel:

'A oes raid i Miss Sparshott aros? Rwy'n ei thalu hi wrth yr awr a dydy hi ddim yn tynnu'i phwysau heddiw o gwbl. Wnaiff hi ddim bellach.'

Synnodd yr heddwas braidd ei bod hi'n gallu meddwl am arian ar adeg fel hyn, a hithau'n sefyll o fewn hyd braich i gorff Bernie, ond fe'i hatebodd yn ddigon cwrtais:

'Mi ga i air efo hi rŵan. Dydy hwn ddim yn lle neis iawn i ddynes.'

Ni ellid camgymryd yr awgrym yn ei lais.

Yn nes ymlaen, wrth eistedd yn y swyddfa fawr yn disgwyl am y meddyg, atebodd Cordelia gwestiynau'r heddwas orau y medrai.

'Na, wn i ddim a oedd o'n briod. Wedi bod, efallai. Roedd o'n byw yn 15, Cremona Road, S.E.2. Mi ges innau stafell yn y tŷ efo fo ond anaml iawn fydden ni'n gweld ein gilydd.'

'Rwy'n gyfarwydd â Cremona Road; roedd gen i fodryb yn byw yno pan o'n i'n blentyn—un o'r strydoedd 'na ger yr Imperial War Museum.'

Edrychai dipyn yn fwy dynol wedi'r cyfaddefiad hwn a chymerodd saib am ennyd neu ddwy i fyfyrio dros anturiaethau'i blentyndod.

'Pryd welsoch chi Mr Pryde yn fyw dd'wetha?'

'Ddoe, tua pump. Gadewais yn gynnar i fynd i siopa.'

'Ddaeth o adre neithiwr?'

'Mi glywais i 'i sŵn o ond welais i mono fo. Mae gen i stôf fach nwy yn fy stafell ac fe fydda i'n coginio ar honno. Chlywais i mono fo'r bore 'ma chwaith ac mae hynny'n beth od, ond fe ddaru mi feddwl y gallai o fod yn cysgu'n hwyr. Mae o'n gwneud hynny weithiau pan fydd o'n mynd i'r ysbyty.'

'Oedd o'n mynd i'r ysbyty heddiw?'

'Nac oedd. Fe aeth o yno ddydd Mercher d'wetha ond ro'n i'n rhyw feddwl y gallen nhw fod wedi gofyn iddo ddychwelyd. Mae'n rhaid ei fod o wedi gadael yn hwyr neithiwr neu'n gynnar bore 'ma. Chlywais i mono fo.'

Roedd yn amhosib iddi ddisgrifio amgylchiadau byw Bernie a hithau. Byddent yn gwneud eu gorau i osgoi'i gilydd, i beidio ag ymyrryd ym mywyd personol y naill na'r llall, i beidio â bod yn niwsans i'w gilydd. Anaml y byddent yn gweld ei gilydd y tu allan i'r swyddfa er eu bod yn byw yn yr un tŷ. Ai dyna pam y lladdodd Bernie'i hun yn y swyddfa? Er mwyn cadw'r tŷ yn lân ac yn ddilychwin?

Roedd y swyddfa'n wag o'r diwedd a hithau ar ei phen ei hun. Y meddyg wedi cau'i fag ac wedi ymadael; corff Bernie wedi cael ei gario i lawr y grisiau cul; yr heddwas olaf wedi diflannu, a Miss Sparshott wedi mynd am byth dan yr argraff na ddylai teipyddes broffesiynol fel hi orfod dioddef fel y gwnaeth. Roedd marwolaeth sydyn Bernie yn fwy o warth hyd yn oed na'r teipiadur sâl a'r tŷ bach annymunol. Yng nghanol yr unigrwydd a'r distawrwydd, roedd Cordelia'n ysu i wneud rhyw-beth. Dechreuodd lanhau'r swyddfa gyda brwdfrydedd. Sgwriodd olion y gwaed oddi ar y ddesg a'r gadair a cheisiodd ei gorau glas i olchi'r mat, ond roedd y gwaed wedi treiddio drwyddo a phrofodd yn drech na hi.

Aeth draw i'r Golden Pheasant am un o'r gloch. Dyma'r dafarn yr arferai Bernie a hithau ei mynychu'n rheolaidd. Doedd Cordelia erioed wedi hoffi'r lle na'r perchennog a cheisiodd lawer gwaith berswadio Bernie i fynychu rhywle arall. Ond i ddim pwrpas. Yr un hen griw oedd wrth y bar pan aeth i mewn a Mavis fel arfer yn teyrnasu y tu ôl iddo. Newidiai'i dillad deirgwaith y dydd a steil ei gwallt unwaith y flwyddyn ond yr un hen Mavis oedd hi o hyd. Fu ganddi hi a Cordelia fawr i ddweud wrth ei gilydd erioed ond gwnâi Bernie'i orau i gadw'r ddysgl yn wastad. Roedd Mavis yn atgoffa Cordelia o lyfrgellydd a adnabu pan oedd hi'n blentyn, un a guddiai'r llyfrau newydd dan y cownter rhag i rywun eu benthyg a'u maeddu. Efallai mai'r hyn a achosai'r olwg bryderus feunyddiol ar wyneb Mavis oedd y ffaith ei bod hi'n gorfod ymddangos ar ei gorau o flaen pawb. Gwthiodd hanner peint o shandi a brechdan gaws i lawr y bar i gyfeiriad Cordelia ac meddai:

'Rwy'n deall fod y polîs wedi bod acw.'

Gwyliodd Cordelia'r wynebau awchus o'i chwmpas. Maen nhw'n gwybod, meddai wrthi'i hun. Eisiau clywed y manylion maen nhw. Waeth imi ddweud wrthyn nhw ddim.

'Torrodd Bernie'i arddyrnau ddwywaith. Y tro cyntaf ddaru o ddim cyrraedd y wythïen; mi lwyddodd yr eildro. Rhoddodd ei law mewn dŵr rhag i'r gwaed geulo. Roedden nhw wedi dweud wrtho fod cansar arno fo. Fedre fo ddim wynebu'r driniaeth.'

Edrychodd y criw bach ar ei gilydd mewn distawrwydd. Pobl eraill oedd yn torri'u garddyrnau a phethau felly—doedd o ddim yn digwydd iddyn nhw. Ond roedd yr awydd am wneud yn llechu yn rhywle yn eu hisymwybod. Roedd hyd yn oed Mavis yn edrych fel petai'n gweld crafangau'r awydd hwnnw'n llechu ymysg y gwydrau ar y bar.

'Rwyt ti allan o waith nawr, sbo. Wedi'r cyfan, fedri di ddim cadw'r Agency 'na dy hunan bach. Dyw hi ddim yn job addas iawn i ferch.'

'Mae'n ddigon tebyg i dy waith di. Rwyt tithau'n cyfarfod tipyn o bawb hefyd.'

Edrychodd y ddwy ar ei gilydd ac er na thorrodd yr un o'r ddwy air deallodd y naill feddwl y llall.

'A phaid ti â meddwl, nawr 'i fod e wedi marw, 'mod i'n mynd i ddal i dderbyn negeseuon dros yr Agency.'

'Doeddwn i ddim yn bwriadu gofyn.'

Dechreuodd Mavis lanhau gwydryn peint, gan fwrw iddi â'i holl egni, ei llygaid wedi'u hoelio ar wyneb Cordelia.

'Be dd'wedith dy fam? Fydd hi ddim yn blês iawn, dd'weden i.'

15

'Does dim rhaid imi boeni am Mam. Mi fuodd hi farw o fewn awr i mi gael 'y ngeni.'

Sylwodd Cordelia fod y frawddeg olaf hon wedi ysgwyd aelodau'r criw i waelod eu bod. Rhyfedd fel y gallai ffeithiau bach syml effeithio cymaint ar bobl a fedrodd wrando arni'n disgrifio marwolaeth erchyll Bernie â blas. O leiaf, roeddent wedi tawelu ac yn y funud heddychlon honno cariodd ei diod a'i brechdan i fwrdd bach yn ymyl y wal ac eisteddodd yno i feddwl am ei mam. Yn ei dychymyg roedd hi wedi mwynhau oes o gariad mamol—mewn awr. Ni soniodd ei thad air wrthi am farwolaeth ei mam ac ni holodd hithau, rhag ofn iddo ddweud wrthi na fu'i mam erioed yn ei magu, na chafodd gyfle i daro llygad ar ei merch newydd-anedig, na wyddai am ei bodolaeth hyd yn oed. Roedd y gred yma yng nghariad ei mam yn ffantasi na allai hi fentro'i cholli'n gyfan gwbl er fod ei phwysigrwydd yn araf leihau fel yr âi'n hŷn. Yn awr, yn ei dychymyg, ymgynghorodd â hi ac roedd ei hateb yn hollol ddisgwyliedig: credai'i mam fod ganddi swydd oedd yn hollol addas i ferch.

Roedd y criw bach wrth y bar wedi cefnu arni ac wedi ailddechrau sgwrsio ymysg ei gilydd. Dros ben eu hysgwyddau medrai weld ei llun yn y drych uwchben y bar. Doedd ei hwyneb heddiw ddim gwahanol i'r hyn ydoedd ddoe ac echdoe a'r diwrnod cyn hynny; llond pen o wallt gwinau trwchus yn fframio wyneb y gellid taeru bod rhywun wedi'i wasgu at ei gilydd; llygaid mawr brown; ceg dyner, blentynnaidd. Wyneb cath, meddyliodd, wyneb cyfrinachol, anghymdeithasol. Dysgasai Cordelia ystyr stoiciaeth yn gynnar iawn. Ei chadw'n hapus oedd dymuniad pennaf yr holl rieni maeth hynny y bu'n aros gyda hwy—pob un ohonynt yn garedig yn ei ffordd ei hunan. Petai hi'n ymddangos yn anhapus roedd peryg iddi golli'u cariad.

Gwelodd fod Snout yn anelu amdani. Gwnaeth le

iddo'i hun wrth ei hochr ar y fainc a gwthiodd ei ben-ôl
helaeth yn ei drowsus melfaréd blêr yn dynn wrth ei
hymyl. Roedd hi'n casáu Snout er mai ef oedd unig
ffrind Bernie ar un adeg. Roedd Bernie wedi egluro
wrthi mai ennill ei fara menyn trwy roi gwybodaeth i'r
heddlu yr oedd Snout. Ac roedd ganddo ffynhonnell
ariannol arall hefyd. Ambell dro byddai'i ffrindiau'n
dwyn lluniau enwog neu emau gwerthfawr. Byddai
Snout wedyn yn awgrymu i'r heddlu ble gellid dargan-
fod yr ysbail. Câi Snout wobr helaeth am ei waith;
rhennid y wobr ymysg y lladron yn dawel bach a châi'r
heddwas hefyd ei siâr o'r clod. Fel yr esboniodd Bernie,
doedd 'na neb yn pwyso ar wynt y cwmni yswiriant,
câi'r perchenogion eu heiddo'n ôl yn gyfan, doedd 'na
ddim perygl i'r lladron o du'r heddlu a châi Snout a'r
heddwas dâl cymwys am eu gwaith. Dyna'r system.
Brawychwyd Cordelia pan glywodd hyn ond pender-
fynodd gadw'n dawel am y tro. Roedd hi'n amau bod
Bernie'i hunan wedi bod yn dipyn o drwyn yn ei ddydd
ond doedd o ddim hanner digon craff a chafodd o fawr
o lwyddiant.

Roedd llygaid Snout yn goch ac yn llawn llysnafedd,
a chrynai'r llaw a ddaliai'r gwydryn chwisgi.

'Druan â'r hen Bernie. Ro'n i'n 'i weld e'n dod, cofia.
O'dd e'n colli pwysi ers sbel nawr, ac o'dd e'n welw
t'weld—yr hen liw llwyd 'na; lliw canser o'dd 'y nhad yn
'i alw fe.'

Chwarae teg i Snout—roedd *o* wedi sylwi; wnaeth hi
ddim. Roedd Bernie bob amser wedi ymddangos yn
welw iddi hi. Ymwthiodd y glun dew, boeth yn nes ati.

'Ga'th e lwc y diawl, pwr dab. Ga'th ei'i gicio mâs o'r
C.I.D. Dd'wedodd e 'ny? Yr hen Siwpyrintendent
Dalgliesh 'na, Inspector o'dd e pryd 'ny, t'weld.
Uffern, diawl ar y ddaear os bu un erio'd; do'dd dim ail
gyfle i'w ga'l 'da fe, dd'weda i 'ny wrthot ti.'

'Mi dd'wedodd Bernie wrtha i,' meddai Cordelia,

'Doedd o ddim dicach chwaith am wn i.'

'Na, 'sdim pwynt bod yn ddig, t'weld. Rhaid i ni gymryd pethe fel y dôn nhw, dd'weda i. Fe fyddi di'n whilo am job arall, sbo?'

'Ddim ar hyn o bryd,' atebodd Cordelia. 'Fydda i ddim yn chwilio am swydd arall ar hyn o bryd.'

Roedd hi wedi gwneud dau benderfyniad: na fyddai hi'n rhoi'r gorau i'r busnes os na fyddai raid, ac na fyddai hi fyth eto, tra byddai hi byw, yn mynychu'r Golden Pheasant.

Yn ystod y pedwar diwrnod canlynol darganfu Cordelia yn union pa mor anodd fyddai cadw at ei haddewid cyntaf. Nid Bernie, wedi'r cyfan, oedd biau'r tŷ bychan yn Cremona Road ac roedd ei thenantiaeth hi, felly, yn anghyfreithlon. Cafodd wybod gan y rheolwr banc nad oedd gan Bernie ond prin ddigon o arian i dalu am ei angladd, a chysylltodd y garej â hi ynglŷn ag at-gyweirio'r Mini. Roedd olion bywyd anhrefnus Bernie o'i chwmpas ym mhobman.

Y tuniau cawl a'r ffa pob—mae'n amlwg ei fod yn byw ar y rheini—wedi'u gosod yn ddestlus un ar ben y llall fel petaent mewn siop groser; tuniau hanner llawn o stwff glanhau metel a chwyr llawr, eu cynnwys wedi hen sychu ac yn dda i ddim; llond drôr o hen glytiau yn galed gan faw a chwyr; basged ddillad budr yn llawn i'r ymylon; dillad isa' gwlân trwchus yn frown rhwng y coesau—sut y medrodd adael y fath bethau budr i'w darganfod gan eraill?

Âi Cordelia i'r swyddfa bob dydd i lanhau, tacluso ac aildrefnu. Ni chanodd y ffôn unwaith ac ni ddaeth yr un cwsmer at y drws i erchi'i gwasanaeth ond chafodd hi'r un funud i laesu dwylo. Roedd yn rhaid iddi fynd i'r cwest heddiw, i weld cyfreithiwr Bernie fory, i'w angladd drennydd. Gŵr oedrannus, digalon oedd y cyfreithiwr a'i swyddfa wedi'i lleoli'n ddigon anghyfleus ger gorsaf Mile End. Wedi chwilota am ennyd neu ddwy darganfu ewyllys Bernie ac astudiodd y ddogfen yn fanwl, a'i wyneb yn llawn penbleth, fel petai'n darllen ewyllys wahanol i'r un y bu ef yn ei llunio dro'n ôl. Roedd yn amlwg i Cordelia y syniai amdani fel meistres Bernie—onid dyna pam y gadawodd y busnes iddi hi?—ond wnaeth o ddim edliw hynny iddi. Roedd o wedi hen arfer â phethau felly. Ni chynorthwyodd Cordelia â'r angladd ond crybwyllodd wrthi enw cwmni o drefnwyr angladdau. Ar ôl wythnos ddwys roedd hi'n falch o weld bod y cyfarwyddwr angladdau yn ddyn sionc ac yn gwybod ei waith i'r dim. Unwaith y sylweddolodd nad oedd Cordelia'n bwriadu wylo a strancio, fel y gwnâi rhai o'i gwsmeriaid, dechreuodd drafod amlosgi a chladdu a phrisiau fel petai'n siarad â hen ffrind.

'Rhowch amlosgiad i mi bob tro. Dd'wedoch chi nad o'dd 'na ddim yswiriant preifat? Yna bennwch y cwbl cyn rated a chyn rwydded ag y bo modd. Credwch chi fi, 'na beth fyddai dymuniad yr ymadawedig. Peth go gostus yw bedd y dyddie hyn, ch'weld—da i ddim iddo fe—da i ddim i chi. Llwch i'r llwch a lludw i'r lludw; ond be sy'n digwydd cyn hynny? Dyw e ddim yn beth neis iawn i feddwl ymbiti, ody fe? Felly pam na wnewch chi fennu'r cwbl yn gloi 'da'r system fodern orau bosib? Cofiwch chi, Miss, dwy ddim yn dweud hyn wrth bawb achos rwy'n elwa mwy fel arall ch'weld.'

'Rydych chi'n garedig iawn,' meddai Cordelia. 'Ydych chi'n meddwl y dylen ni gael torch?'

'Pam lai? Byddai'n rhoi tipyn o liw ar bethe. Gadwch chi bopeth i mi.'

Felly amlosgiad a gafodd Bernie ac un dorch hyll wedi'i gwneud o lilïau a dau neu dri charnasiwn a oedd eisoes yn gwywo. Gweinyddwyd y gwasanaeth gan offeiriad a siaradai'n ofalus a phwyllog fel petai'n sylweddoli na ellid disgwyl i'w wrandawyr gredu'r anghredadwy. Yna, llithrodd Bernie o'r elor i'r fflamau yn sŵn miwsig trwm a diflas a hynny dim ond mewn pryd a barnu oddi wrth siffrwd diamynedd gorymdaith arall a ddisgwyliai'i thro.

Yn ddiweddarach safai Cordelia yn yr haul tanbaid a'r llwybr yn boeth dan wadnau'i hesgidiau. Roedd yr awyr yn dew ac yn drwm gan aroglau blodau. Teimlai ddicter yn codi fel cyfog o'i stumog. Ar yr hen Siwper 'na o Scotland Yard yr oedd y bai, yn dweud wrth Bernie am hel ei bac fel y gwnaeth o. Ddaeth o ddim i'r angladd hyd yn oed. Roedd bod yn dditectif yn bwysig i Bernie; mor bwysig â chanu neu arlunio neu ysgrifennu i bobl eraill. Oni allen Nhw fod wedi gwneud lle iddo yn rhywle yn y C.I.D.? Onid oedd y C.I.D. yn ddigon mawr? Am y tro cyntaf wylodd Cordelia. Llosgai'r dagrau poeth ei llygaid gan luosogi'r holl gerbydau du o'i blaen a'u troi'n un llinell grynedig ddiddiwedd o flodau a metel gloyw. Tynnodd y sgarff ddu oddi ar ei phen a chyfeiriodd ei chamau tua'r orsaf.

Pan gyrhaeddodd Oxford Circus penderfynodd dorri'i syched yn Dickins & Jones. Lluchio pres oedd hynny ond teimlai fod ei phrofiadau yn ystod y diwrnodau diwethaf yn gwarantu ychydig o foethusrwydd. Arhosodd yno'n ddigon hir i gael gwerth ei harian ac roedd hi wedi troi chwarter wedi pedwar pan ddychwelodd i'r swyddfa.

Roedd yno ymwelydd. Roedd dynes ddieithr yn pwyso yn erbyn y drws yn disgwyl amdani. Arhosodd Cordelia i gymryd ei gwynt ati. Nid oedd ei hymwelydd wedi'i chlywed hi'n dod a chafodd hithau gyfle i'w hastudio'n fanwl o waelod y grisiau. Roedd hi'n wraig o awdurdod. Gwisgai siwt lwyd chwaethus ac roedd yn amlwg bod ei hesgidiau du wedi costio ceiniog a dimai; crogai bag mawr lledr o'i hysgwydd chwith. Roedd hi'n dal a glynai'i gwallt gwyn, byr fel cap am ei phen. Darllenai'r *Times*. Ymhen eiliad neu ddwy, daeth y wraig ddieithr yn ymwybodol fod Cordelia'n syllu arni ac edrychodd ar ei horiawr.

'Cordelia Gray? Rydych chi ddeunaw munud yn hwyr. Yn ôl y nodyn yma fe ddylech chi fod yn ôl am bedwar.'

'Mae'n ddrwg gen i.' Agorodd Cordelia'r drws. 'Ddewch chi i mewn?'

Cerddodd y wraig ddieithr o'i blaen i mewn i'r swyddfa allanol a throdd i'w hwynebu heb wastraffu amser yn edrych o'i chwmpas.

'Eisiau gweld Mr Pryde roeddwn i. Fydd o'n hir?'

'Mae'n ddrwg gen i. Mae Bernie wedi marw. Dyna lle bûm i rŵan—yn ei angladd o.'

'Ond roedd o'n fyw ddeng niwrnod yn ôl! Rhaid ei fod o wedi marw'n sydyn iawn.'

'Do, mae'n debyg. Lladd ei hun ddaru o.'

'Dyna ryfedd!' Gwasgodd yr ymwelydd gledrau'i dwylo at ei gilydd a cherddodd o gwmpas yr ystafell yn bantomeim o drybini.

'Dyna ryfedd!' meddai wedyn. Edrychodd y ddwy ar ei gilydd am ennyd. Yna, dywedodd yr ymwelydd:

'Wel, mae'n amlwg 'mod i wedi cael siwrnai seithug.'

Bu bron i Cordelia'i thaflu'i hunan yn erbyn y drws.

'Peidiwch â mynd. Ro'n i'n bartner i Mr Pryde a fi biau'r busnes rŵan. Rwy'n siŵr y gallwn i fod o gymorth i chi. 'Steddwch.'

Anwybyddodd yr ymwelydd y gadair a gynigiwyd iddi.

'Fedr neb helpu, neb o gwbl,' meddai'n fyfyrgar. 'Ond ta waeth,' ychwanegodd yn frysiog, 'mae fy nghyflogwr i am gael rhyw wybodaeth arbennig a chysylltodd â Mr Pryde i'r perwyl hwnnw. Wn i ddim a wnewch chi'r tro. Oes yma ffôn preifat?'

'Wrth gwrs,' atebodd Cordelia a dangosodd iddi'r

ffôn yn y swyddfa fewnol. Dilynodd yr ymwelydd hi gan anwybyddu unwaith eto dlodi amlwg yr ystafell.

'Gyda llaw, Elizabeth Leaming ydw i,' meddai, gan droi at Cordelia, 'ac rwy'n gweithio i Syr Ronald Callender.'

'Y cadwraethwr?'

'Fydde fo ddim yn rhy hapus i gael ei alw'n hynny. Meicro-biolegydd ydy o. Esgusodwch fi.' Caeodd y drws yn glep.

Aeth Cordelia allan i swyddfa'r ysgrifenyddes ac eistedd o flaen y teipiadur fel doli glwt. Dechreuodd y llythrennau cyfarwydd nofio o flaen ei llygaid a bu raid iddi ymysgwyd rhag llithro i grafangau blinder. Curai'i chalon fel gordd yn ei mynwes.

'Rhaid i mi ymdawelu, rhaid i mi ddangos iddi 'mod i'n gry' ac yn galed. Mae'r straen wedi bod yn ormod i mi—angladd Bernie a sefyll yn hir yn yr haul poeth 'na.'

Roedd hi o'i cho' wrthi'i hun am fod mor wan.

Ni fu Elizabeth Leaming yn hir ar y ffôn. Daeth allan o'r swyddfa fewnol gan wisgo'i menig.

'Mae Syr Ronald am eich gweld. Allwch chi ddŵad efo mi rŵan?'

I ble, meddyliodd Cordelia, ond ofynnodd hi ddim.

'Medra. Fydda i angen fy nhaclau?'

Y taclau oedd cynnwys y ces bach a luniodd Bernie'n arbennig ar gyfer achosion troseddu; pethau fel taclau marcio bysedd, ambell siswrn, jariau i gasglu samplau, cyllell fach. Nid oedd Cordelia wedi cael achos i ddefnyddio'r un o'r taclau erioed.

'Wn i ddim am hynny. Mae Syr Ronald am eich gweld cyn penderfynu a ydy o am gynnig y swydd i chi. Mae'n golygu mynd ar y trên i Gaer-grawnt ond fe ddylech chi fedru dychwelyd heno. Ydych chi am ddweud wrth rywun?'

'Nac dw. Neb.'

'Efallai y dylwn i'ch sicrhau chi 'mod i'n ddigon dilys.' Agorodd ei bag. 'Dyma amlen wedi'i chyfeirio ata i. Dydw i ddim yn delio mewn caethweision gwyn, rhag ofn eich bod chi'n dechrau poeni.'

'Mae 'na nifer o bethau sy'n fy nychryn i ond dydy bod yn gaethferch wen ddim yn un ohonyn nhw. Beth bynnag, fyddai amlen wedi'i chyfeirio atoch chi ddim yn ddigon i'm sicrhau o'ch dilysrwydd chi. Fe fyddwn i'n mynnu ffonio Syr Ronald Callender.'

'Efallai'r hoffech chi wneud hynny?' awgrymodd Miss Leaming yn gwrtais.

'Na.'

'Fe awn ni felly.' Dilynodd Cordelia'r ymwelydd drwy'r drws ac wrth iddi droi'r allwedd yn y clo tynnodd Miss Leaming ei sylw at y llyfr bach negeseuon a'r pensil a grogai wrth fachyn yn ymyl y drws.

'Oni fyddai'n well i chi newid y neges?'

Rhwygodd Cordelia'i neges flaenorol i ffwrdd ac wedi myfyrio am ennyd, ysgrifennodd:

Cefais fy ngalw allan ar fater o frys. Byddwn yn ddiolchgar petaech yn gwthio unrhyw negeseuon dan y drws a chânt fy sylw personol pan ddychwelaf.

'Fe ddylai hwnna liniaru ofnau'ch cwsmeriaid,' meddai Miss Leaming.

Roedd hi'n anodd dweud a oedd y sylw'n fwriadol goeglyd, ond ni chafodd Cordelia'r argraff fod Miss Leaming yn chwerthin am ei phen. Er bod y ddynes ddieithr hon wedi cymryd yr awenau oddi arni, ni theimlai'r un llygedyn o ddicter tuag ati. Fe'i dilynodd yn dawel i lawr y grisiau ac allan i Kingly Street.

Teithiodd y ddwy ar drên y Central Line i orsaf Liverpool Street. Prynodd Miss Leaming docyn i Cordelia ac aeth i gasglu'i theipiadur bach a'i ches papurau o un o'r loceri yn yr orsaf. Wrth eistedd yng ngherbyd dosbarth cyntaf y trên 17:36 i Gaer-grawnt, prin oedd y sgwrs rhwng y ddwy wraig.

'Mae'n rhaid i mi weithio,' meddai Miss Leaming. ''Sgennych chi rywbeth i'w ddarllen?'

'Popeth yn iawn,' atebodd Cordelia. 'Mae nofel Thomas Hardy—y *Trumpet Major*—gen i yn 'y mag. Fydda i byth heb lyfr.'

Ar ôl mynd heibio i Bishops Stortford, cawsant y cerbyd iddynt eu hunain ond unwaith yn unig y ceisiodd Miss Leaming dynnu sgwrs â Cordelia.

'Sut gawsoch chi waith gyda Mr Pryde?'

'Ar ôl i mi adael yr ysgol, es i fyw gyda 'Nhad ar y cyfandir. Roedden ni'n arfer teithio llawer. Cafodd drawiad ar y galon a bu farw yn Rhufain fis Mai d'wetha a des innau adre. Ro'n i eisoes wedi dysgu rhywfaint o law-fer a theipio a chefais waith fel ysgrifenyddes gyda Bernie. Ar ôl wythnos neu ddwy cefais gyfle i helpu gydag ambell achos, ac yna cynigiodd swydd barhaol i mi fel cynorthwywraig iddo. Ddau fis yn ôl cefais fy mhenodi'n bartner.'

Y cwbl a olygai hynny oedd fod Cordelia wedi rhoi'r gorau i dderbyn cyflog rheolaidd ac wedi dod yn gyfrannog o unrhyw elw a wnaent. Cafodd hefyd ystafell yn rhad ac am ddim yn nhŷ Bernie. Doedd o ddim wedi bwriadu'i thwyllo. Roedd wedi cynnig y bartneriaeth iddi hi gan gredu'n ddigon didwyll y byddai hi'n sylweddoli beth ydoedd: nid gwobr am waith da ond arwydd o'i ffydd o ynddi.

'Beth oedd gwaith eich tad?'

'Bardd teithiol, a Marcsydd at hynny.'

'Mae'n rhaid eich bod chi wedi cael plentyndod diddorol iawn.'

Wrth gofio'r holl rieni maeth, y symud bondigrybwyll o un tŷ i'r llall, yr ysgolion, wynebau swyddogion yr Awdurdod Lleol, yr athrawon druain ar ben eu tennyn heb wybod beth ar y ddaear i'w wneud â hi yn ystod y gwyliau, atebodd Cordelia'r cwestiwn hwn fel yr atebai bob cwestiwn o'r fath:

24

'Do, diddorol iawn.'

'Sut fath o hyfforddiant gawsoch chi gan Mr Pryde?'

'Dysgodd i mi rai o'r pethau roedd o wedi'u dysgu yn y C.I.D.: sut i chwilio man y drosedd yn ofalus, sut i gasglu samplau, sut i godi marciau bysedd, hunan-amddiffyn—pethau felly.'

'Dydw i ddim yn meddwl y bydd galw am sgiliau felly yn yr achos yma, Miss Gray.'

A dyna eiriau olaf Miss Leaming nes y cyrhaeddodd y trên orsaf Caer-grawnt. Y tu allan i'r orsaf arweiniwyd Cordelia tuag at fan fach ddu yn y maes parcio. Safai llencyn ifanc wrth ochr y fan a chyflwynodd Miss Leaming ef yn ddigon ffwr-bwt fel 'Lunn'. Nodiodd yntau arni. Estynnodd Cordelia'i llaw. Gafaelodd Lunn ynddi—am ennyd yn unig—a'i gwasgu mor galed fel mai prin y medrodd ymatal rhag rhygnu'i dannedd mewn poen. A wnaeth o hyn'na'n fwriadol, tybed, meddyliodd, gan edrych i'w lygaid mawr brown. Roedd ganddo lygaid bendigedig, a'r rheini'n llawn poen fel llygaid llo. Trueni nad oedd y gweddill ohono yr un mor ddeniadol, meddyliodd Cordelia. Edrychai'n frawychus yn ei ddillad du a gwyn gyda'i wddw byr a'i ysgwyddau cyhyrog a dynnai wrth wniadwaith ei grys. Roedd ganddo lond pen o wallt du, wyneb tew a cheg laith, anfoddog. Chwysai lawer: roedd ei geseiliau eisoes yn foddfa o chwys a glynai'r cotwm i'w gorff gan bwysleisio cryfder ei gyhyrau mawrion.

Sylweddolodd Cordelia y byddai'n rhaid iddynt ill tri eistedd yn sedd flaen y fan. Agorodd Lunn y drws, gan ddweud:

'Mae'r Rover yn dal yn y garej.'

Amneidiodd Miss Leaming ar Cordelia i fynd i mewn yn gyntaf ac eistedd nesaf at Lunn. Dydy'r ddau yma fawr o lawiau, meddyliodd Cordelia, a dydy o ddim wedi cymryd ata innau chwaith.

Beth, tybed, oedd safle Lunn yng nghartref Syr

Ronald Callender? Roedd hi eisoes wedi dyfalu safle Miss Leaming: fyddai gan ysgrifenyddes gyffredin fyth gymaint o awdurdod â hi nac yn trafod ei 'chyflogwr' mewn dull mor feddiannol a phwysig. Ond beth am Lunn? Doedd o ddim yn ymddwyn fel gwas, ac eto, doedd o ddim yn ei tharo hi fel gwyddonydd chwaith. Ond beth a wyddai hi, Cordelia, am wyddoniaeth? Y Chwaer Mary Magdalen oedd yr unig wyddonydd a adnabu hi erioed. Rhywbeth a elwid yn wyddoniaeth gyffredinol oedd pwnc honno: rhyw gawl potes maip o ffiseg elfennol, cemeg a bioleg. Nid oedd pwys mawr ar bynciau felly yn y Convent of the Immaculate Conception; roedd y celfyddydau'n bwysicach. Lleian oedrannus oedd y Chwaer Mary Magdalen, ei llygaid yn llawn penbleth tu ôl i'w sbectol ac ôl cemegau bob amser ar ei bysedd trwsgl. Ymddangosai mor syn â'i disgyblion pan geid ffrwydrad rhyfeddach na'i gilydd o ganlyniad i'w harbrofion yn y labordy. Byddai'n well ganddi esbonio deddfau Duw a dangos pa mor annealladwy oedd y bydysawd na thraethu ar egwyddorion gwyddonol. Yn hyn o beth teg dweud iddi lwyddo. Teimlai Cordelia na châi hi fawr o gymorth gan y Chwaer Mary Magdalen yn ei hymwneud â Syr Ronald Callender. Daethai i wybod amdano trwy dudalennau'r papurau dydd Sul a thrwy ei fynych ymddangosiadau ar y teledu. Cadwraeth oedd ei fyd ac am ei wasanaeth er lles cadwraeth y cafodd ei anrhydeddu. Gwyddonydd diduedd ydoedd, heb unrhyw ymrwymiadau gwleidyddol, a syniai pawb amdano fel yr hogyn tlawd a gafodd ei draed tano ac a wnaeth ei ffortiwn. Tybed sut y daeth dyn mor enwog i wybod am Bernie Pryde?

Heb wybod faint roedd eu cyflogwr yn ymddiried yn Lunn a Miss Leaming, gofynnodd Cordelia'n ofalus:

'Sut daeth Syr Ronald i wybod am Bernie?'

'Drwy John Bellinger.'

A dyna'r cysylltiad! Dywedodd Bernie droeon y

deuai rhyw dda o du Bellinger. Yr achos hwnnw fu achos mwyaf llwyddiannus Bernie. Cyfarwyddwr cwmni bach teuluol a gynhyrchai offerynnau gwyddonol arbennig oedd John Bellinger. Roedd rhywun wedi anfon toreth o lythyrau anweddus i'w swyddfa y flwyddyn cynt. Nid oedd am alw'r heddlu, felly cysylltodd â Bernie. Cyflogwyd Bernie ar staff y cwmni fel negesydd a chyn pen dim llwyddodd i ddarganfod mai ysgrifenyddes bersonol Bellinger—gwraig ganol-oed uchel ei pharch—oedd wedi ysgrifennu'r llythyrau. Roedd Bellinger yn ddiolchgar iawn am ei wasanaeth ac, wedi ymgynghori â Cordelia, roedd Bernie wedi anfon bil anferth ato. Bu'r arian hwnnw'n fodd i'w cadw am fis cyfan. 'Mi fyddwn ni'n medi llwyddiant achos Bellinger am dipyn, gei di weld,' oedd geiriau Bernie ar y pryd. 'Mi fydd o'n dweud wrth ei ffrindiau amdanon ni rŵan. Gallai hyn fod yn gychwyn rhywbeth go fawr.'

Ac rŵan, meddyliodd Cordelia, rŵan a Bernie yn ei fedd roedd hi'n medelu'r cnwd cyntaf a dyfodd o hadau achos Bellinger.

Ni thorrodd Cordelia air arall am weddill y siwrnai hanner awr. Eisteddai'r tri ohonynt glun wrth glun ac eto roedd agendor rhyngddynt. Yn ymyl y Gofeb Ryfel ym mhen pellaf Station Road trodd y car i'r chwith a chyn bo hir roeddent wedi gadael y ddinas am y wlad, y caeau o wenith melyn, y coed a'r pentrefi bach o dai to gwellt. Gallai Cordelia weld tyrau a chlochdai'r ddinas yn y pellter, yn goch yn haul yr hwyr. Ymhen rhai munudau daethant i bentref arall ac, wedi gyrru heibio i res o goed llwyf a wal hir o frics coch, trodd Lunn y fan i mewn trwy lidiardau mawr o haearn-gyr. Roeddent wedi cyrraedd.

Tŷ solet, yn perthyn i'r cyfnod Sioraidd, ydoedd cartref Syr Ronald. Edrychai fel petai wedi tyfu'n naturiol o'r pridd. Tywynnai'r hen frics mud yn gyfoethog yn haul yr hwyr gan bwysleisio gwyrddni'r tyfiant o'i gwmpas ac yn sydyn edrychai'r tŷ mor ffug â set ffilm. Tŷ ar gyfer teulu ydoedd yn y bôn, tŷ'n llawn chwerthin a chroeso. Ond, erbyn hyn, gorweddai blanced o ddistawrwydd drosto a syllai'r rhesi ffenestri i'r gwyll fel llygaid dall.

Arhosodd Lunn o flaen y drws ffrynt tra llithrodd y ddwy wraig o'u seddi ac yna gyrrodd y fan heibio i gornel bellaf y tŷ. Wrth ddisgyn o'i sedd uchel, cafodd Cordelia gip ar gyfres o adeiladau isel wedi'u toi â thyrau bychain addurniedig a ymdebygai i stablau neu feudái. Trwy fwa llydan y fynedfa gwelai fod y tir yn disgyn ymaith yn raddol gan ddatguddio golygfa fendigedig o gefn gwlad Swydd Caer-grawnt, yn batrwm o liwiau'r haf. Meddai Miss Leaming:

'Labordai ydy'r hen stablau erbyn hyn. Mae'r ochr ddwyreiniol yn wydr i gyd. Gwaith pensaer o Sweden oedd y cwbl—llwyddodd yn rhyfeddol i addasu'r stablau i'n pwrpas ni a chadw cymeriad yr hen adeilad yr un pryd.'

Swniai Miss Leaming, am y tro cyntaf ers i'r ddwy wraig gyfarfod, yn llawn diddordeb a brwdfrydedd.

Roedd y drws ffrynt ar agor. Camodd Cordelia i mewn i gyntedd llydan gyda grisiau ar y chwith a lle tân wedi'i gerfio o gerrig ar y llaw dde. Daeth yn ymwybodol o aroglau rhosod a lafant, o garpedi cyfoethog a phren wedi'i gwyro, o gloc a'i dic-toc tawel.

Aeth Miss Leaming â hi drwy ddrws arall a arweiniai i'r stydi—ystafell dawel yn llawn llyfrau ac iddi olygfeydd bendigedig drwy'r ffenestri Ffrengig llydain. O flaen y ffenestri, gosodwyd desg Sioraidd a thu ôl i'r ddesg eisteddai dyn.

Roedd Cordelia wedi gweld lluniau ohono yn y papurau ac ar y teledu ond roedd Syr Ronald Callender yn llai ac ar yr un pryd yn fwy urddasol nag yr oedd hi wedi'i ddychmygu. Gwyddai'i bod hi'n wynebu dyn o awdurdod ac o ddeallusrwydd mawr; roedd rhyw gryfder cymeriad yn llifo allan ohono fel grym nerthol. Ond pan gododd ac amneidio arni i eistedd, sylwodd ei fod yn llai o gorff nag a ddisgwyliai. Roedd ganddo wyneb creithiog, sensitif, llygaid dwfn gydag amrannau trymion a cheg anghyffredin. Nid oedd ganddo'r un blewyn gwyn yn ei wallt du a orweddai'n drwm ar ei dalcen. Llithrai cysgod o flinder dros ei wyneb yn awr ac yn y man ac fel y nesaodd Cordelia ato gallai weld nerf yn pwnio yn ei arlais chwith. Ond doedd dim arwydd o flinder yn ei osgo; daliai'i ben balch yn uchel, ac roedd ei lygaid yn graff a gwyliadwrus dan yr amrannau trymion. Edrychai'n llwyddiannus, yn anad dim. Gwelsai Cordelia'r olwg yna o'r blaen o dro i dro ar wyneb y pwysig a'r enwog—dynion a wyddai beth oedd beth ac a oedd yn mwynhau pŵer.

Cyflwynodd Miss Leaming hi:

'Dyma'r cyfan sy'n weddill o Asiantaeth Bernie Pryde—Miss Cordelia Gray.'

Craffodd y llygaid llym ar Cordelia.

'A dyma'r gweddill prin sy ar ôl. Wnaiff y gweddill 'ma lwyddo?'

Codwyd gwrychyn Cordelia. Roedd hi wedi ymlâdd ar ôl ei diwrnod hir. Yn sicr, ni ddaethai'r holl ffordd o Lundain i glywed rhywun yn gwneud sbort am ben ei hymgais hi i gynnal yr asiantaeth.

'Syr Ronald,' meddai, 'rwy wedi dod yma heddiw ar gais eich ysgrifenyddes yn y gobaith y byddech chi am fy nghyflogi i. Os nad oedd y cais yn un dilys, yna byddwn yn ddiolchgar pe baech yn dweud hynny wrtha i ac mi a' i'n ôl i Lundain ar unwaith.'

'Nid f'ysgrifenyddes i ydy hi ac mae'i chais hi'n ddigon dilys. Maddeuwch i mi, Miss Gray: cefais fy nhaflu oddi ar f'echel braidd pan welais i chi, a minnau

29

wedi disgwyl cyn-heddwas cyhyrog. Ond dyna fo, dydw i ddim yn cwyno: fe wnewch chi'r tro. Faint 'dach chi'n godi am eich gwasanaeth?'

Nid bod yn ddigywilydd oedd ei fwriad ond trafod busnes yn ddi-flewyn-ar-dafod. Dywedodd Cordelia wrtho, yn rhy gyflym braidd, 'Trigain punt y dydd, a threuliau wrth gwrs, ond mi fydda i'n trio cadw'r rheini mor isel â phosib. A fydda i ddim yn gweithio i'r un cwsmer arall tra 'mod i'n gweithio i chi.'

''Sgynnoch chi gwsmeriaid eraill?'

'Na. Ddim ar hyn o bryd, beth bynnag.' Ac ychwanegodd yn gyflym:

'Os bydda i'n penderfynu ar unrhyw adeg 'mod i am roi'r ffidil yn y to bydd unrhyw wybodaeth fydd gen i'n cael ei throsglwyddo i chi. Os na fydda i'n fodlon trosglwyddo'r wybodaeth, yna fydd arnoch chi'r un ddimai goch i mi.'

Dyna un o egwyddorion Bernie. Roedd o'n sgut am egwyddorion. Byddai wrth ei fodd yn trafod sut y gellid cyfiawnhau peidio â datgelu'r cwbl i'r cwsmer, pryd yn union y dylid cysylltu â'r heddlu ac i ba raddau y gellid twyllo neu ddweud celwydd er lles y gwir. 'Ond dim bygio,' dywedai. 'Yn bendant, dim bygio. A wnawn ni ddim ymgymryd ag unrhyw achosion o *sabotage*.'

Ni chawsant erioed eu temtio i wneud yr un o'r ddau. Nid oedd ganddynt offer pwrpasol i glustfeinio ar eraill, ac ni fyddent yn gwybod sut i'w ddefnyddio p'run bynnag, ac ni wahoddwyd Bernie erioed i ddelio ag achosion o ddifrod diwydiannol.

'Mae hwnna'n swnio'n ddigon rhesymol,' meddai Syr Ronald. 'Ond hyd y gwela i, mae'r achos yma'n un digon syml. Ychydig dros bythefnos yn ôl cyflawnodd fy mab hunanladdiad. Crogi'i hun ddaru o. Rwy am i chi ddarganfod pam. Ydy hynny'n bosib?'

'Rwy'n fodlon rhoi cynnig arni, Syr Ronald.'

'Mi fydd raid i chi gael rhywfaint o wybodaeth am

Mark. Gall Miss Leaming ei deipio i chi ac wedi i chi gael cyfle i'w ddarllen o, rhowch wybod beth arall sydd ei angen arnoch.'

'Fe fyddai'n well gen i'ch clywed chi'n adrodd yr hanes, os gwelwch yn dda,' meddai Cordelia.

'Oes raid i mi?'

'Mi fyddai'n help mawr i mi, Syr Ronald.'

Suddodd Syr Ronald ymhellach i'w gadair ac wedi ennyd neu ddwy o chwarae â phensil a orweddai ar ei ddesg, dechreuodd siarad:

'Roedd Mark yn un ar hugain ym mis Ebrill eleni—y 25ain i fod yn fanwl. Roedd o'n fyfyriwr ar ei flwyddyn ola yng Nghaer-grawnt—yn fy hen goleg i—yn astudio Hanes. Pum wythnos yn ôl, yn hollol ddirybudd, gadawodd y brifysgol a mynd i weithio fel garddwr i ryw Fejor Markland sy'n byw ger Duxford, mewn tŷ o'r enw Summertrees. Ches i ddim gwybod pam. Roedd o'n byw ar ei ben ei hun mewn bwthyn ar dir Mejor Markland. Ddeunaw niwrnod yn ddiweddarach dar-ganfuwyd ei gorff gan chwaer y Mejor; roedd wedi'i grogi gan strapen yn sownd wrth fachyn yn nenfwd y lolfa. Hunanladdiad oedd dedfryd y cwest, a hynny oherwydd cyflwr bregus ei feddwl ar y pryd. Ond fedra i ddim credu hynny. Doedd Mark ddim yn berson byrbwyll; mi fyddai ganddo reswm da dros ei weithred. Rwy am wybod beth oedd y rheswm hwnnw.'

Tra oedd Syr Ronald yn siarad, syllai Miss Leaming allan drwy'r ffenestr ar y lawnt. Trodd yn sydyn ac meddai'n siarp:

'Pam y rheidrwydd 'ma i gael gwybod! Tasa fo am i ni wybod, mi fyddai wedi dweud wrthon ni.'

'Mae'n *rhaid* i mi gael gwybod,' mynnodd Syr Ronald. 'Mae fy mab wedi marw. Fy mab i. Os oedd 'na fai arna i, rwy am wybod. Os oedd bai ar rywun arall, yna rwy am wybod hynny hefyd.'

'Ddaru o adael nodyn?' gofynnodd Cordelia, gan

edrych o'r naill i'r llall.

'Do. Roedd o yn y teipiadur. Ond dydy o'n dweud dim, gwaetha'r modd.'

Dechreuodd Miss Leaming adrodd yn dawel:

'Down the winding cavern we groped our tedious way, till a void boundless as the nether sky appeared beneath us, and we held by the roots of trees and hung over this immensity; but I said: if you please we will commit ourselves to this void and see whether providence is here also.'

Peidiodd y llais. Gorweddai haen o ddistawrwydd yn drwm dros yr ystafell.

'Rydych chi'n honni bod yn dditectif, Miss Gray. Beth yw'ch barn chi am hwnna?' gofynnodd Syr Ronald.

'Roedd eich mab, mae'n amlwg, yn gyfarwydd â gwaith William Blake. Onid darn o *The Marriage of Heaven and Hell* ydy hwnna?'

Taflodd Syr Ronald a Miss Leaming gipolwg brysiog ar ei gilydd.

'Felly rwy'n deall,' meddai Syr Ronald.

Nid oedd gwaith Blake yn ddewis addas iawn ar gyfer crogi, meddyliodd Cordelia. Byddai marwolaeth dawel—drwy foddi, efallai, neu gymryd gwenwyn— dipyn yn fwy cyson â geiriau Blake—rhyw suddo'n araf, ddiseremoni i ebargofiant. Ac eto, roedd yna gyfeiriad at gwympo, at lansio'r hunan i'r gwagle. Ond ei ffantasi hi oedd hyn. Roedd o wedi dewis Blake ac wedi dewis crogi. Efallai nad oedd dulliau eraill—dulliau tyner-ach—wrth law pan benderfynodd Mark ei ladd ei hun. Clywodd lais Bernie yn ei meddwl, yn dyfynnu geiriau'r Siwper: 'Paid â rhoi gormod o raff i dy ddychymyg. Y ffeithiau sy'n bwysig.' Byddai raid iddi fynd i weld y bwthyn.

'Wel,' meddai Syr Ronald, yn ddiamynedd braidd, 'ydych chi'n derbyn y swydd neu beidio?'

Edrychodd Cordelia ar Miss Leaming ond osgôdd honno ei llygaid.

'Mi fyddwn i wrth fy modd, Syr Ronald,' atebodd Cordelia. 'Ond beth amdanoch chi? Ydych chi am i mi dderbyn y swydd?'

'Rwy'n ei chynnig hi i chi. Gofalwch chi am eich busnes eich hunan, Miss Gray. Peidiwch â phoeni amdana i.'

'Oes 'na rywbeth arall y dylwn i wybod?' gofynnodd Cordelia. 'Cyflwr iechyd Mark? Oedd o'n poeni am ei waith, neu am ei fywyd carwriaethol efallai? Neu am arian?'

'Byddai Mark wedi etifeddu ffortiwn sylweddol gan ei daid petai o wedi byw i fod yn bump ar hugain. Yn y cyfamser, roedd o'n cael lwfans digonol gen i, ond wedi iddo adael y coleg trosglwyddodd yr arian yn ôl i'm cyfri banc i, a d'wedodd wrth y rheolwr am wneud hynny gydag unrhyw daliadau eraill a wnawn i ar ei ran. Mae'n debyg mai byw ar ei enillion ei hun yr oedd o yn ystod pythefnos ola'i fywyd. Ddangosodd y post-mortem ddim ei fod yn diodde o unrhyw afiechyd ac roedd gan ei diwtor yn y coleg air da iawn iddo. Doedd gen i, wrth gwrs, fawr o ddiddordeb yn ei waith academaidd. Dd'wedodd o'r un gair wrtha i am ei gariadon—ond pa ddyn ifanc sy'n dweud pethau felly wrth ei dad? Ond os bu ganddo gariadon, rwy'n cymryd mai merched oedden nhw.'

Ar hyn, trodd Miss Leaming i'w hwynebu a daliodd ei dwylo o'i blaen mewn ystum naill ai o ymbil neu o anobaith ac meddai:

'Doedden ni'n gwybod dim amdano! Affliw o ddim! Pam trio dod i'w nabod o rŵan, ac yntau wedi marw?'

'A'i ffrindiau?' gofynnodd Cordelia'n ddistaw.

'Anaml iawn y bydden nhw'n dod yma ond fe wnes i nabod un neu ddau ohonyn nhw yn y cwest ac ar lan y bedd: Hugo Tilling oedd un—roedd o yn yr un coleg â

33

Mark. Chwaer Hugo oedd y llall. Mae hi'n fyfyrwraig ôl-radd yn astudio ieithoedd yn y New Hall. Beth ydy'i henw hi d'wed, Eliza?'

'Sophie. Sophie Tilling. Daeth Mark â hi adre i swper unwaith neu ddwy.'

'D'wedwch rywbeth wrtha i am fywyd cynnar Mark. Ble cafodd o'i addysg ac ati.'

'Aeth i'r ysgol pan oedd o'n bump ac yna i ysgol breswyl yn ddiweddarach. Fedrwn i ddim cael plentyn yn rhedeg yn wyllt o gwmpas y labordai 'ma. Wedyn, yn ôl dymuniad ei fam, a fu farw pan oedd Mark yn naw mis oed, aeth i un o Sefydliadau Woodard. Roedd fy ngwraig yn Uchel Eglwyswraig, 'dech chi'n gweld, ac roedd hi am i Mark gael ei addysgu yn ôl y traddodiad hwnnw.'

'Oedd o'n hapus yn yr ysgol?'

'Yr un mor hapus â phob plentyn wyth mlwydd oed arall am wn i. Câi gyfnodau o ddiflastod weithiau, ond ar y cyfan roedd o'n ddigon hapus. Ylwch, ydy hyn yn berthnasol?'

'Gall fod. Mae'n bwysig 'mod i'n trio dod i nabod Mark.'

Beth fyddai'r Siwper hunandybus 'na'n ei ddweud? 'Rhaid dod i nabod y dyn marw. Mae popeth ynglŷn ag o'n bwysig, yn berthnasol. Gall dyn marw siarad llawer. Gall ein harwain ni at ei lofrudd.' Ond yn yr achos yma, wrth gwrs, doedd 'na'r un llofrudd.

'Byddwn yn ddiolchgar petai Miss Leaming yn rhoi'r holl wybodaeth 'ma ar ddu a gwyn i mi,' meddai Cordelia, 'heb anghofio enw'r coleg a'r tiwtor. Ac mi hoffwn i gael nodyn gennych chi'n bersonol, Syr Ronald, yn f'awdurdodi i wneud ymholiadau ar eich rhan.'

Ymbalfalodd Syr Ronald yn un o ddroriau'r ddesg am ddalen o bapur, ac ysgrifennodd arno, o dan y pennawd printiedig, Oddi wrth Syr Ronald Callender,

F.R.C., Garforth, Caer-grawnt: *Awdurdodwyd per-chennog y llythyr hwn, Miss Cordelia Gray, i wneud ymholiadau ar fy rhan ynglŷn â marwolaeth fy mab Mark Callender ar y 26ain o Fai.*

Arwyddodd ef a gofynnodd:

'Oes 'na rywbeth arall y carech chi ofyn, Miss Gray?'

'Rwy'n cael yr argraff eich bod chi o'r farn fod rhywun arall yn gyfrifol am farwolaeth eich mab. Ydych chi'n anghytuno â dedfryd y cwest?'

'Roedd y ddedfryd yn gywir o ystyried y dystiolaeth. Ond nid llys barn yw'r lle gorau i fynd i wraidd rhywbeth. Dyna pam rwy'n eich cyflogi chi. Unrhyw gwestiynau eraill, Miss Gray? Rwy'n amau a fedra i fod o gymorth pellach i chi.'

''Sgynnoch chi lun o Mark, Syr Ronald?'

Edrychodd y ddau ar ei gilydd mewn dryswch. Gofynnodd Syr Ronald i Miss Leaming:

'Llun. Oes 'na lun yma, Eliza?'

'Mae'i basport o yma'n rhywle ond fedra i ddim bod yn siŵr ym'hle, chwaith. Mae gen i lun ohono'n eistedd yn yr ardd. Llun go dda ohono fo, rwy'n meddwl. Mi a' i i'w nôl o rŵan,' meddai, gan adael yr ystafell.

'Ac mi hoffwn i weld ei stafell o, os ca i,' meddai Cordelia. 'Roedd o'n dŵad adre i fwrw'r gwyliau mae'n siŵr?'

'Oedd, ambell dro. Dowch. Fe ddangosa i ei stafell o i chi.'

Roedd ystafell wely Mark ar yr ail lawr, yn y cefn. Cerddodd Syr Ronald draw at y ffenestr a syllu drwyddi, gan anwybyddu Cordelia'n llwyr. Edrychodd hithau o'i chwmpas. Doedd yr ystafell yn dweud dim wrthi am Mark y dyn. Roedd hi wedi'i dodrefnu'n syml ddigon ac i bob golwg nid oedd dim wedi newid ers deng mlynedd. Gorffwysai cwpwrdd isel yn erbyn un wal ac ynddo nifer o hen deganau: tedi bêr un-llygeidiog, Arch Noa a'i pharau o anifeiliaid pren, llong

35

heb ei hwyl, casgliad o drenau a cheir, bwrdd dartiau bychan. Uwchben y teganau roedd dwy res daclus o lyfrau. Archwiliodd Cordelia hwynt a chanfu lyfrgell arferol y plentyn dosbarth-canol, clasuron cymeradwy a drosglwyddwyd o genhedlaeth i genhedlaeth, stoc draddodiadol y fam a'r Nani. Fu dim lle i lyfrau fel y rhain ym mhlentyndod Cordelia: y teledu a'i chomic wythnosol a lenwai'i phlentyndod hi.

'Ble mae'i lyfrau coleg o?' gofynnodd Cordelia.

'Maen nhw mewn bocsys yn y seler. Pan adawodd o'r coleg, anfonodd ei lyfrau yma i'w cadw a chawson ni ddim amser i'w dadbacio. Does 'na fawr o bwrpas i hynny bellach.'

Wrth ymyl y gwely roedd bwrdd bach crwn ac arno lamp a chragen fechan; trysor, mae'n debyg, a gadwyd er cof am ryw wyliau neu'i gilydd. Cyffyrddodd Syr Ronald â'r gragen yn dyner ac yna, heb feddwl, trawodd hi yn ei boced.

'Wel,' meddai, 'cystal i ni fynd i lawr rŵan.'

Roedd Miss Leaming yn eu disgwyl ar waelod y grisiau. Fel y disgynnent yn araf, ochr yn ochr, edrychai fel petai ar fin dweud rhywbeth o bwys, ond trodd ymaith yn sydyn a golwg wedi hen ymlâdd arni. Y cyfan a ddywedodd oedd:

'Rwy wedi dod o hyd i'r llun. Hoffwn ei gael o'n ôl pan fyddwch chi wedi gorffen efo fo. Rwy wedi'i roi o yn yr amlen gyda'r nodyn. Gyda llaw, does 'na ddim trên cyflym yn ôl i Lundain cyn hanner awr wedi naw. Hoffech chi aros i swper?'

Roedd y swper a ddilynodd yn brofiad digon od ar y cyfan—yn gymysgfa ryfedd o'r ffurfiol a'r anffurfiol. Doedd Cordelia ddim yn siŵr ai criw o gyd-weithwyr clòs oedd yma, yn dewis ymlacio a mwynhau pryd o fwyd yng nghwmni'i gilydd wedi diwrnod caled o waith, ynteu gwmni anghydnaws a orfodid, gan ofynion rhyw ddefod henffasiwn, i gydfwyta. Roedd 'na ddeg o gwmpas y bwrdd: Syr Ronald Callender, Miss Leaming, Chris Lunn, pum gwyddonydd ifanc a rhyw Athro ar ymweliad o'r Amerig yr anghofiodd Cordelia'i enw cyn gynted ag y cyflwynodd Syr Ronald ef iddi. Roedd pob un o'r dynion, gan gynnwys Lunn, mewn dillad ffurfiol a gwisgai Miss Leaming sgert hir o sidan patrymog a blows blaen ddilewys. Disgleiriai'r lliwiau glas, gwyrdd a choch yn bryderth yng ngolau'r canhwyllau gan bwysleisio gwynder ei chroen a'r arian yn ei gwallt. Taflwyd Cordelia oddi ar ei hechel braidd pan gyhoeddodd Miss Leaming cyn swper ei bod am fynd i'r llofft i newid. Roedd Cordelia'n teimlo'n flêr ac yn anghysurus yn ei sgert frown a'i blows werdd.

Ond, o leiaf, roedd hi wedi cael cyfle i ymolchi. Cafodd ddefnyddio llofft Miss Leaming i'r perwyl hwnnw ac wrth ei hastudio'i hun yn y drych yn yr ystafell 'molchi deisyfai am ychydig o golur i fywiogi'i hwyneb blinedig. Ar eiliad wan, agorodd un o ddroriau'r bwrdd gwisgo a chanfod yr amrywiaeth ryfeddaf o boteli colur, degau o lipstics, persawr, pensiliau lliw— popeth blith draphlith. Trawodd ei llygad ar botel fach hanner llawn. Teimlodd don o euogrwydd yn llifo drosti ond roedd yr ysfa i geisio cystadlu â Miss Leaming yn gryfach, a defnyddiodd ychydig o'i chynnwys. Edrychai'n well yn barod. Rhyfedd bod gwraig mor daclus, mor gysetlyd, yn cadw'r fath 'nialwch o bethau, meddyliodd. Mor anghyson a diddorol oedd y natur ddynol!

Roedd yr ystafell fwyta'n wynebu ffrynt y tŷ. Rhoddwyd Cordelia i eistedd rhwng Miss Leaming a Lunn. Châi hi fawr o sgwrs gyda'r ddau yma, meddyliodd. Eisteddodd pawb arall lle y mynnent. Roedd y cyferbyniad rhyfedd hwnnw rhwng y ffurfiol a'r anffurfiol i'w weld yn y modd yr arlwywyd y bwrdd hefyd. Diffoddwyd y golau trydan a gosodwyd tri chanhwyll-bren arian yma ac acw ar hyd y bwrdd. Rhyngddynt gosodwyd pedwar *carafe* o wydr gwyrdd trwchus. Gwelsai Cordelia rai digon tebyg mewn tai bwyta Eidalaidd. Er mai corc plaen oedd y matiau bwrdd, roedd y ffyrc a'r llwyau yn arian pur. Ni lwyddwyd ychwaith i drefnu'r blodau'n grefftus yn y dysglau isel pwrpasol; yn hytrach edrychent fel petaent wedi'u casglu oddi ar y llawr ar ôl noson stormus a'u dodi, rywsut rywsut, mewn dŵr.

Nid oedd y dillad ffurfiol yn gweddu i'r dynion ifainc rywsut. Nid nad oeddent yn edrych yn gyfforddus ynddynt chwaith, ond edrychent fel petaent wedi'u prynu'n ail-law ar gyfer cystadleuaeth gwisg ffansi neu ddrama. Synnodd Cordelia eu bod nhw mor ifanc; ac eithrio un, roedd hi'n siŵr eu bod nhw i gyd dan ddeg ar hugain. Hogiau blêr, swnllyd oedd tri ohonynt; ni thorasant yr un gair â hi wedi'r cyflwyniad cyntaf. Roedd y ddau arall yn dawelach a gwenodd un ohonynt arni o ben pellaf y bwrdd, gan edrych fel petai wedi hoffi cynnal sgwrs â hi petai'n nes ati.

Daethpwyd â'r bwyd i mewn gan weinydd Eidalaidd a'i wraig a gadawsant y dysglau poeth ar fwrdd bach gerllaw. Roedd mwy na digon i bawb. Nid oedd Cordelia wedi sylweddoli tan hynny ei bod hi mor newynog. Roedd yno ddysgl yn llawn i'r ymylon o reis gwyn, caserôl mawr wedi'i wneud o gig llo a madarch, a llond dysgl o sbinais. Yn eu hymyl roedd pryd oer yn cynnwys ham, cig eidion ac amrywiaeth diddorol o ffrwythau a salad. Aeth pawb i nôl yr hyn a fynnent a dilynodd Cordelia esiampl y gwyddonwyr ifanc gan lenwi'i phlât i'r ymylon.

Gwyddoniaeth oedd testun y sgwrs ac roedd Cordelia allan o'i dyfnder ers meitin ond sylwodd fod Lunn yn medru trafod y pwnc dan sylw gystal â neb. Synnodd ei fod o'n edrych mor gyfforddus yn ei siwt ffurfiol. Synnodd fwy fyth pan sylweddolodd mai ef, yn anad neb, a edrychai'n fwyaf cartrefol. Bwytâi'n araf iawn gan daflu gwên gyfrinachol o dro i dro i gyfeiriad ei wydraid gwin.

Ar ben pellaf y bwrdd, roedd Syr Ronald wrthi'n plicio afal ac yn dal pen rheswm â'r gwyddonydd o'r Amerig. Taflodd Cordelia gipolwg ar Miss Leaming. Roedd honno'n llygadrythu ar Syr Ronald fel petai'n disgwyl iddo ddiflannu o'i golwg unrhyw funud. Sylweddolodd toc fod Cordelia'n edrych arni ac ymlaciodd.

'Roeddech chi'n darllen nofel gan Hardy ar y trên. Ydych chi'n mwynhau darllen ei waith o?'

'Ydw. Ond mae'n well gen i Jane Austen.'

'Yna bydd raid i chi ymweld ag Amgueddfa Fitzwilliam yng Nghaer-grawnt. Mae ganddyn nhw lythyr a ysgrifennwyd gan Jane Austen. Fe ddylai fod o ddiddordeb i chi.'

Siaradai'n nawddoglyd braidd, ac ni wnaeth Cordelia—oedd â'i cheg yn llawn o fadarch a chig llo—unrhyw ymdrech i'w hateb. Wrth lwc, roedd yr Athro o'r Amerig wedi clywed y gair 'Fitzwilliam' a mynegodd ddiddordeb yng nghasgliad yr amgueddfa. Aeth y sgwrs wedyn yn fwy cyffredinol.

Miss Leaming a ddanfonodd Cordelia i'r orsaf ar ôl swper, nid i Gaer-grawnt y tro hwn ond i Audley End, er nad esboniodd hi pam. Ni soniwyd gair am Mark yn ystod y siwrnai. Roedd Cordelia wedi blino'n lân ac yn teimlo mor swrth ar ôl yr holl fwyd a gwin fel y bodlonodd i Miss Leaming ei chymryd dan ei hadain a'i hebrwng yn saff at y trên, heb geisio turio am ragor o wybodaeth. Fel y tynnai'r trên allan o'r orsaf, agorodd Cordelia'r amlen a gafodd gan Miss Leaming. Roedd cynnwys y nodyn, a oedd wedi'i deipio'n gymen, yn wybyddus iddi eisoes. Yn yr amlen hefyd, roedd llun

Mark. Lled-orweddai ar y lawnt mewn jîns a fest, a phentwr o lyfrau ar y glaswellt yn ei ymyl. Ai gweithio yno, dan gysgod y coed, yr oedd o pan ddaeth hi allan drwy'r ffenestri Ffrengig â'i chamera a gofyn iddo wenu? Nid oedd y llun yn dweud dim o bwys wrth Cordelia ac eithrio'r ffaith fod Mark, am un eiliad fer o leiaf, wedi bod yn hapus. Rhoddodd y llun yn ôl yn yr amlen a syrthiodd i gysgu.

PENNOD 2

Bore trannoeth, gadawodd Cordelia'r tŷ yn Cremona Road cyn saith o'r gloch. Er gwaethaf ei blinder y noson cynt, roedd hi wedi paratoi popeth cyn mynd i'r gwely. Roedd hi wedi bwrw golwg dros ei thaclau, fel y cawsai'i dysgu gan Bernie—tasg ddigon diangen, a dweud y gwir, a hithau erioed wedi cael achos i'w defnyddio. Roedd hi wedi estyn ei chamera polaroid a'i sach gysgu; wedi cael hyd i'r mapiau angenrheidiol; wedi llenwi bag plastig â thuniau o gawl a ffa pob ac wedi bwrw golwg dros gynnwys y bocs cymorth cyntaf. Ar ôl pendroni am ennyd roedd hi hefyd wedi pacio llyfr yr Athro Simpson ar feddygaeth gyfreithiol, a'i radio Hacker. Yna roedd hi wedi cael gafael ar lyfr nodiadau glân ac wedi ysgrifennu ar y tudalen cyntaf *Achos Mark Callender*. Roedd hi wedi rhannu'r tudalennau olaf yn golofnau ar gyfer cadw cyfrif o'i chostau. Yn amlach na heb, y pethau bach rhagarweiniol yma fyddai'n rhoi'r boddhad mwyaf iddi, cyn i ddiflastod a rhwystredigaeth dreiddio hyd fêr yr esgyrn a chyn i'r gobeithion a'r cynlluniau chwalu'n chwilfriw. Roedd cynlluniau Bernie bob amser wedi bod yn ddi-fai; eu gweithredu nhw oedd yn anodd.

Roedd hi wedi penderfynu gwisgo'i sgert frown olau a siwmper llewys byr. Byddai'n rhy boeth petai'n gwisgo'i siwt Jaeger i deithio ynddi, ond byddai honno'n ddefnyddiol pe bai raid iddi gyf-weld pennaeth y coleg. Hefyd roedd hi wedi rhoi pâr o jîns a dwy neu dair o siwmperi trwchus yn ei bag. Roedd Cordelia wrth ei bodd gyda dillad, wrth ei bodd yn cynllunio ac yn prynu. Doedd ganddi ddim gormodedd ohonynt chwaith—nid oherwydd na allai fforddio prynu rhagor, ond rhag ofn y byddai'n rhaid iddi hel ei phac ar frys. Gorau i gyd pe gallai stwffio'r cyfan i un ces gweddol fawr.

Wedi iddi adael prysurdeb gogledd Llundain, dech-reuodd Cordelia fwynhau'r siwrnai. Roedd y Mini bach fel petai'n rhedeg yn esmwythach nag erioed, ac fe'i cyfareddwyd hithau gan wastadeddau eang East Anglia: y trefi marchnad a'u strydoedd llydain, y caeau di-glawdd yn ymestyn hyd ymyl y ffordd a rhyddid di-ben-draw y gorwel pell. Roedd y wlad yn gydnaws â'i thymer hi ar y pryd. Dyma'i hachos cyntaf ac roedd hi'n hyderus y gallai'i ddatrys. Er ei bod yn chwith ganddi ar ôl Bernie a'i gyfeillgarwch cwbl anhunanol, roedd 'na ryw deimlad bendigedig o obaith yn byrlymu o'i mewn.

Pan gyrhaeddodd bentref Duxford o'r diwedd, methodd yn deg â chael hyd i Summertrees. Doedd Mejor Markland ddim wedi trafferthu rhoi'i gyfeiriad iddi'n llawn; roedd yn amlwg na chredai fod angen i ŵr pwysig fel fo wneud hynny. Ond cafodd Cordelia gyfarwyddiadau manwl gan yr ail berson a holodd, a darganfod ei bod wedi mynd heibio i'r lle ryw ddwy filltir ynghynt heb sylwi arno.

Dychwelodd ar hyd y ffordd nes cyrraedd llidiart bren a gyrrodd i lawr y lôn lydan a arweiniai at y tŷ: adeilad Fictorianaidd o frics coch gyda lawnt eang o'i flaen. Pam yn y byd y penderfynodd rhywun adeiladu tŷ mor hyll, meddyliodd Cordelia. Roedd o'n hollol anghydnaws â'r wlad fendigedig o'i gwmpas. Efallai, wrth gwrs, iddo gael ei adeiladu ar safle tŷ arall, mwy

41

cydnaws â'i amgylchedd. Parciodd Cordelia'r Mini ar y glaswellt ar ochr y lôn a cherddodd at y tŷ. Roedd yr ardd yn rhy daclus rywsut, yn rhy ffurfiol, gyda phob planhigyn yn ei le. Roedd dau wely hirsgwar o rosod wedi'u plannu yn y lawnt, gyda border o lobelia ac alyssum o'u cwmpas. Gwladgarol iawn, meddyliodd Cordelia, gan syllu ar y blodau coch, glas a gwyn. Gwelsai arddangosfeydd tebyg mewn parciau cyhoedd-us lawer gwaith.

Roedd y drws ffrynt led y pen ar agor a thrwyddo gallai Cordelia weld cyntedd wedi'i beintio'n frown tywyll. A hithau ar fin canu'r gloch, daeth dynes mewn oed heibio i gornel y tŷ yn gwthio llond berfa o blanhigion. Er gwaethaf y gwres, gwisgai sgidiau glaw, siwmper drwchus, sgert frethyn a sgarff am ei phen. Pan welodd Cordelia gollyngodd y ferfa ac meddai:

'Bore da. Chi sy wedi dod i gasglu'r pethe ar gyfer ffair sborion yr eglwys?'

'Nage,' atebodd Cordelia. 'Yma ar ran Syr Ronald Callender ydw i. Ynglŷn â'i fab o.'

'O, ry'ch chi wedi dod i gasglu'i bethe fe. Maen nhw'n dal yn y bwthyn. Dy'n ni ddim 'di bod ar gyfyl y lle wedyn—er pan fu farw Mark. Mark oedden ni'n 'i alw e, wyddoch chi. Dd'wedodd e 'rioed wrthon ni pwy oedd e, ch'weld.'

'Na, dydw i ddim wedi dod i gasglu'i bethau fo. Mi hoffwn i gael gair bach efo chi ynglŷn â Mark. Mae Syr Ronald wedi 'nghyflogi i i geisio darganfod pam y lladdodd o'i hunan. Cordelia Gray ydw i.'

Parodd y newydd hwn fwy o ddryswch nag o gyffro i Mrs Markland. Cydiodd yn nolen y ferfa a rhythodd ar Cordelia am ennyd. Yna dywedodd:

'Cordelia Gray? Dy'n ni ddim 'di cwrdd o'r bla'n, ydyn ni? Sa i'n credu 'mod i'n nabod neb o'r enw 'na. Dewch mewn i ga'l gair 'da 'ngŵr a'n chwaer-yng-nghyfraith.'

42

Gadawodd y ferfa ar ganol y llwybr a brasgamodd i'r tŷ gan dynnu'i sgarff ag un llaw a cheisio twtio'i gwallt â'r llall. Dilynodd Cordelia hi drwy'r cyntedd tywyll i ystafell yng nghefn y tŷ.

Roedd yr ystafell wedi'i dodrefnu'n erchyll o ddi-chwaeth, heb lyfr i'w weld yn unman. O gwmpas y lle tân roedd soffa fawr, hyll a dwy gadair ac, ar ganol yr ystafell, fwrdd mahogani anferth. A dyna i gyd. Ar y waliau roedd 'na luniau wedi'u fframio, lluniau o grwpiau o bobl a'u hwynebau gwelwon yn llawer rhy fychan i neb eu hadnabod. Roedd 'na un llun o griw o filwyr ac un arall o griw o lanciau praff—dwy res ohonynt—yn gwisgo capiau pig a blasers streipiog, a dwy rwyf ar ffurf croes ar y wal y tu cefn iddynt. Tybiodd Cordelia mai llun o glwb hwylio rhyw ysgol neu'i gilydd ydoedd.

Er gwaethaf y tywydd poeth, roedd yr ystafell yn oer a thywyll. Roedd drysau'r ffenestri Ffrengig ar agor. Ar y lawnt, wedi'u gosod yn drefnus o gwmpas bwrdd pren, roedd pedair cadair wiail ac arnynt glustogau glas llachar. Fel golygfa mewn drama, meddyliodd Cordelia, ond nad oedd y cyfarwyddwr, am ryw reswm, wedi llwyddo i greu'r awyrgylch priodol. Edrychai'r dodrefn yn yr ardd yn newydd sbon. Tybed pam nad aen nhw i eistedd tu allan, a hithau'n fore mor braf?

'Dyma Miss Cordelia Gray,' meddai Mrs Markland, gan ei chyflwyno i bawb a fynnai wybod mewn llais bach gwan. 'Nid yma ynglŷn â'r ffair sborion mae hi.'

Synnodd Cordelia mor debyg i'w gilydd oedd y Mejor a'i wraig a Miss Markland. Atgoffent hi o geffylau. Roedd gan bob un wyneb hir, esgyrnog, ceg gul uwchben gên sgwâr benderfynol a llygaid a oedd braidd yn rhy agos i'w gilydd i fod yn ddeniadol. Roedd gwallt y tri'n llwyd a chras, a'r ddwy wraig wedi gadael iddo dyfu mor hir nes bron gorchuddio'u llygaid. Yfai Mejor Markland goffi o gwpan gwyn anferth ac roedd copi o'r *Times* ganddo ar ei lin. Roedd Miss Markland yn gweu, gorchwyl anaddas ar gyfer bore poeth o haf, meddyliodd Cordelia.

Edrychodd y ddau arni gyda pheth chwilfrydedd. Daliodd Miss Markland i weu, heb edrych ar ei gweill ond gan rythu ar Cordelia â'i llygaid siarp, busneslyd. Ar gais y Mejor eisteddodd Cordelia ar ymyl y soffa, gan hanner disgwyl i'r glustog wneud sŵn wrth iddi roi'i phwysau arni. Ond roedd y glustog yn annisgwyl o galed. Gwnaeth ei gorau i ymddangos yn ddifrifol ac yn effeithiol—ac yn ostyngedig hefyd—ond roedd hi'n haws dweud na gwneud. A hithau'n eistedd yn sidêt ar y soffa, roedd hi'n amau'n gryf ei bod hi'n debycach i eneth ddwy ar bymtheg oed yn wynebu'i chyfweliad cyntaf nag i wraig fusnes brofiadol, a pherchennog Asiantaeth Dditectif Pryde & Gray.

Dangosodd nodyn Syr Ronald, ac meddai:

'Roedd yn flin iawn gan Syr Ronald fod hyn wedi digwydd ar eich stad chi a chithau wedi bod mor garedig yn rhoi gwaith i Mark. Ydych chi'n fodlon siarad am y peth? Mae'i dad o'n awyddus i ddarganfod beth oedd achos yr hunanladdiad.'

'Ac fe gyflogodd e chi?' meddai Miss Markland.

Ni allai Cordelia lai na sylwi ar y dirmyg a'r anghrediniaeth yn ei llais, ond doedd o'n poeni dim arni. Efallai'n wir fod Miss Markland yn llygad ei lle. Ceisiodd esbonio'r sefyllfa orau y medrai.

'Mae Syr Ronald yn teimlo bod hunanladdiad Mark yn gysylltiedig, rywsut, â'i fywyd yn y coleg. Gadawodd y coleg yn sydyn—fel y gwyddoch chi, mae'n debyg—a hynny heb gynnig unrhyw esboniad i'w dad. Roedd Syr Ronald yn meddwl efallai y cawn i fwy o lwyddiant na'r ditectif preifat arferol wrth holi ffrindiau Mark. Doedd o ddim am drafferthu'r heddlu; wedi'r cyfan, nid dyna'u gwaith nhw.'

'Fe dd'weden i taw eu gwaith nhw yw e,' atebodd

Miss Markland yn sarrug. 'Hynny yw, os yw Syr Ronald yn meddwl fod 'na rywbeth od ynglŷn â marwolaeth ei fab . . .'

Torrodd Cordelia ar ei thraws.

'Dim o gwbl. Mae o'n ddigon hapus gyda'r ddedfryd. Am wybod y mae o beth achosodd i'w fab wneud y fath beth.'

'Methu wynebu pethe o'dd e,' meddai Miss Markland yn ffyrnig. 'Methu wynebu'r cwrs, methu wynebu'i ddyletswyddau teuluol, methu wynebu bywyd. . .'

'O, Eleanor!' protestiodd ei chwaer-yng-nghyfraith, 'Odi hynna'n deg? Fe weithiodd e'n galed iawn yma. Ro'n i'n hoffi'r crwt. Sa i'n credu. . .'

'Sa i'n gweud nad o'dd e'n tynnu'i bwysau, ond do'dd e ddim wedi'i fagu na'i hyfforddi i fod yn arddwr o'dd e? Methiant o'dd e yn y bôn. Sa i'n gwybod pam y lladdodd e'i hunan a sa i am wybod chwaith.'

'Sut daeth Mark i weithio yma?' gofynnodd Cordelia.

'Ro'n i eisiau garddwr,' atebodd Mejor Markland, 'ac fe welodd Mark fy hysbyseb i yn y *Cambridge Evening News*. Daeth e yma ryw noswaith ar ei feic. Roedd hynny ryw bum wythnos yn ôl. Ar nos Fawrth rwy'n credu.'

'Nos Fawrth, y 9fed o Fai oedd hi,' ategodd Miss Markland.

Gwgodd y Mejor arni fel petai'n dymuno anghytuno, ond yn methu.

'Ie, wel, nos Fawrth y 9fed. Fe dd'wedodd e wrtha i 'i fod e wedi penderfynu gadael y coleg a chwilio am swydd a'i fod e wedi gweld fy hysbyseb i. Fe gyfadd-efodd e nad oedd e'n gwybod fawr am arddio ond roedd e'n gryf ac yn barod i ddysgu. A doedd dim gwahaniaeth gen i am ei ddiffyg profiad e; torri'r lawntiau a gofalu am yr ardd lysiau fyddai'i waith e. Fy ngwraig a minnau sy'n trin yr ardd flodau ch'weld. Beth bynnag, ro'dd e'n grwt dymunol, a phenderfynais gynnig y swydd iddo fe.'

'Hy!' meddai Miss Markland, 'Fe gafodd e'r swydd achos taw fe oedd yr unig ymgeisydd oedd yn barod i weithio am y cyflog pitw roeddech chi'n ei gynnig.'

Gwenodd y Mejor.

'Fe dalais i beth o'dd e'n ei haeddu. Petai mwy o gyflogwyr yn gwneud hynny, fydde 'na ddim problem chwyddiant yn y wlad 'ma, ch'weld.' Siaradai fel un a ddeallai ddirgelion y byd economaidd i'r dim.

'Doeddech chi ddim yn ofni fod 'na ddrwg yn y caws yn rhywle?' gofynnodd Cordelia.

'Wrth gwrs, ro'dd y peth yn od iawn. Ro'n i'n meddwl ei fod e ar gyffuriau neu'n alcoholig neu rywbeth a'i fod e wedi cael ei dowlu mâs o'r coleg. Do's wybod beth maen nhw'n ei wneud yng Nghaer-grawnt heddi. Ond fe ffoniais i 'i diwtor e, dyn o'r enw Horsfall, ac fe dd'wedodd hwnnw wrtha i fod y crwt wedi gadael o'i wirfodd a bod ei ymddygiad e yn y coleg yn gwbl ddi-fai. Wnâi e ddim llygru Summertrees.'

'O!' ebychodd Mrs Markland, 'Beth o'dd e'n ei olygu wrth hyn'na?'

Torrodd ei chwaer-yng-nghyfraith ar ei thraws, gan ddechrau rhes arall o'i gweu:

'Meddwl ro'dd e y bydden ni'n croesawu ychydig o ddirgelwch, siŵr o fod,' meddai'n sychlyd.

'Dd'wedodd Mr Horsfall wrthoch chi pam fod Mark wedi gadael y coleg?'

'Ofynnais i ddim. Nid 'y musnes i o'dd hynny. Fe ofynnais i gwestiwn ac fe ges i ateb, cystal ateb ag y gellid ei ddisgwyl gan y bobl academaidd 'ma, ta beth. Fe weithiodd y crwt yn galed tra o'dd e 'ma—sdim achos 'da fi i gwyno.'

'Pryd symudodd o i mewn i'r bwthyn?' holodd Cordelia.

'Yn syth. Do'n ni ddim wedi bwriadu iddo fyw yn y bwthyn ond ro'dd hi'n amlwg ei fod e wedi gweld y lle ac wedi cymryd ffansi ato fe. Fe ofynnodd e i ni a fydde ots 'da ni 'se fe'n aros yno. Do'dd hi ddim yn ymarferol iddo fe deithio'n ôl a 'mla'n o Gaer-grawnt bob dydd, a hyd y gwydden ni doedd 'na neb yn y pentre fydde'n fodlon cynnig llety iddo fe. Dyw'r bwthyn ddim mewn cyflwr rhy dda ond ro'dd y crwt yn ddigon hapus i fyw yno, ac fe gytunon ni.'

'Felly, mae'n rhaid bod Mark wedi gweld y bwthyn cyn cynnig am y swydd?'

'Sa i'n siŵr am hynny. Mae'n bosib iddo chwilota o gwmpas rywfaint cyn dod at y drws. Ond sa i'n beio'r crwt. Fe fyddwn i wedi gwneud yr un peth fy hunan.'

'Ro'dd e'n awyddus iawn i ga'l y bwthyn,' meddai Mrs Markland, 'yn awyddus iawn. Dd'wedes i wrtho fe nad o'dd 'na ddim nwy na thrydan ond do'dd hynny'n becso dim arno fe. D'wedodd y bydde fe'n prynu stôf fechan a chwpwl o lampau olew. Mae 'na ddŵr, wrth gwrs, ac mae'r rhan fwya o'r to'n ddigon saff. O leia, rwy'n meddwl ei fod e. Fyddwn ni byth yn mynd ar gyfyl y lle. Ro'dd e'n ddigon hapus yno, dd'weden i. Fuon ni ddim draw yn ei weld e, do'dd dim angen, ond rwy'n credu'i fod e'n gofalu amdano'i hunan yn iawn. Wrth gwrs, fel y d'wedodd 'y ngŵr i jyst nawr, ro'dd e'n amhrofiadol iawn a bu raid i ni ddysgu cwpwl o bethe iddo fe, fel dod lan i'r tŷ bob bore i ga'l ei gyfarwydd-iade am y dydd ac ati. Ond ro'n i'n hoff o'r crwt; ro'dd e bob amser yn gweithio'n galed pan o'n i yn yr ardd.'

'Ga i weld y bwthyn, os gwelwch yn dda?' gofynnodd Cordelia.

Edrychodd Mejor Markland ar ei wraig. Am eiliad, disgynnodd rhyw dawelwch rhyfedd dros yr ystafell ac ofnai Cordelia y câi ei gwrthod. Yna gwthiodd Miss Markland ei gweill yn filain i ganol y dafedd, a chododd ar ei thraed:

'Dewch 'da fi nawr os mynnwch chi,' meddai.

Roedd gerddi Summertrees yn eang. Cerddodd y

ddwy drwy'r ardd rosod ffurfiol a'i llwyni wedi'u plannu'n ofalus yn ôl lliw a math fel mewn gardd farchnad. Roedd label ar bob llwyn a hwnnw wedi'i osod yn union yr un uchder o'r ddaear bob tro. Yn yr ardd lysiau, a rennid yn ddwy gan lwybr graean, roedd ôl llafur Mark Callender yn amlwg o hyd yn y rhesi taclus o letys a bresych. Yna aethant drwy lidiart i mewn i berllan fechan yn llawn coed afalau. O gwmpas eu boncyffion ceinciog, gorweddai twmpathau trwchus o welltglas, ac arno arogl gwair newydd ei dorri.

Ym mhen pellaf y berllan roedd gwrych trwchus, mor drwchus nes cuddio'r glwyd fechan a arweiniai i ardd gefn y bwthyn bron yn llwyr. Ond roedd y gwelltglas o gwmpas y glwyd wedi cael ei dorri ac agorodd yn ddigon rhwydd pan wthiodd Miss Markland hi. Yr ochr draw i'r glwyd roedd drysi trwchus a fu'n tyfu'n wyllt am genhedlaeth neu fwy. Roedd rhywun wedi bod wrthi'n torri bwlch trwyddynt ond, er hynny, bu'n rhaid i Miss Markland a Cordelia blygu'n isel rhag bachu'u gwallt yn y drain pigog.

Pan ddatgysylltodd Cordelia'i hun o'r drysi a chodi'i phen unwaith yn rhagor gollyngodd ochenaid o ryfedd-od pur. Yn ystod y cyfnod byr y buasai byw yno roedd Mark Callender wedi cael trefn ar y drysi a'r chwyn ac wedi creu Eden fach iddo'i hun. Roedd yr ardd gefn wedi'i thacluso a'r hen blanhigion wedi'u hadfer; y llwybr cerrig wedi'i grafu'n lân a'r lawnt wedi'i chwyn-nu a'i thorri'n daclus. Wrth ymyl y llwybr roedd darn o dir oddeutu deuddeg troedfedd sgwâr na orffennwyd ei balu. Roedd y fforch yn dal yno, wedi'i gwthio'n ddwfn i'r pridd, rhyw ddwy droedfedd o ben y rhes.

Bwthyn wedi'i adeiladu o frics ydoedd, gyda tho o lechi. Roedd y drws fel petai wedi cael ei sgrwbio'n noeth gan y gwynt a'r glaw, fframau'r ffenestri wedi hen bydru ac ambell i dwll yn y to yma a thraw ond, er hynny, roedd rhyw swyn arbennig iddo, y swyn trist hwnnw sy'n perthyn i hen dŷ nad yw eto'n adfail. Y tu allan i ddrws y bwthyn, wedi'u taflu'n ddi-hid i'r gornel, roedd pâr o esgidiau garddio, yn gramennog gan bridd.

'Sgidiau Mark?' gofynnodd Cordelia.

'Pwy arall?'

Safodd y ddwy'n fud am funud yn edrych ar yr ardd. Yna aethant at ddrws y cefn a gwthiodd Miss Markland yr allwedd i'r clo. Trodd yr allwedd yn rhwydd, fel petai'r clo newydd ei iro. Agorodd Miss Markland y drws a dilynodd Cordelia hi i mewn i'r ystafell fyw.

Teimlai'r ystafell yn oerllyd ar ôl gwres y dydd ac roedd yno hen oglau mwll, afiach. Cynllun syml iawn oedd i'r bwthyn. Roedd yno dri drws ac roedd y cyntaf ohonynt, a arweiniai i'r ardd ffrynt, wedi'i gloi a'i folltio ac yn hafan i bryfed cop a llwch. Arweiniai'r drws ar y dde i'r gegin. Roedd y trydydd yn gilagored a thrwyddo gallai Cordelia weld grisiau pren yn arwain i'r llofftydd. Yng nghanol yr ystafell roedd bwrdd tebyg i fwrdd fferm, ei wyneb yn greithiog gan sgrwbio mynych, a dwy gadair, un ar bob pen. Ar ganol y bwrdd, mewn mŵg glas, roedd tusw o flodau wedi gwywo, yn simsanu ar goesau brau a'u paill wedi'i wasgar hyd wyneb y bwrdd fel llwch aur. Dawnsiai myrdd o smotiau o lwch yn y pelydrau haul a saethai ar draws yr awyr lonydd.

I'r dde roedd simnai fawr a hen grât haearn odani, gyda ffwrn o boptu'r tân agored. Roedd Mark wedi bod yn llosgi coed a phapur; roedd llond y grât o ludw gwyn a phentwr o goed tân wedi'i osod o'r neilltu ar gyfer drannoeth. Ar y naill ochr i'r tân roedd cadair bren fechan ac arni glustog wedi colli'i lliw, ac ar yr ochr arall roedd cadair â chefn gron gyda'r coesau wedi'u llifio ymaith, o bosib i'w gwneud hi'n ddigon isel i fagu plentyn. Trueni i neb ddifwyno cadair mor brydferth, meddyliodd Cordelia.

Ar draws y nenfwd roedd dau drawst du ac yng

nghanol un ohonynt roedd bachyn dur a ddefnyddid, mae'n debyg, i grogi cig mochyn. Edrychodd Cordelia a Miss Markland arno ac yna, heb dorri gair, aethant draw at y ddwy gadair gyfforddus o bobtu'r simnai ac meddai Miss Markland, gan eistedd: 'Fi ffeindiodd e. Dda'th e ddim lan i'r tŷ y bore hwnnw, felly ar ôl brecwast, fe ddes i lawr yma rhag ofn ei fod e wedi cysgu'n hwyr. Ro'dd hi'n dair munud ar hugain wedi naw. Do'dd y drws ddim ar glo. Fe gnociais i ond ches i ddim ateb, felly fe es i i mewn. Ro'dd e'n crogi o'r bachyn 'na gyda strapen leder am ei wddw. Ro'dd e'n gwisgo'i drowsus cotwm glas, ei drowsus gwaith, ac ro'dd e'n droednoeth. Ro'dd y gadair 'na draw fan 'co ar ei hochr ar y llawr. Cyffyrddais â'i frest. Ro'dd e cyn oered â marmor.'

'Chi dynnodd o i lawr?'

'Nage. Ro'dd e'n amlwg wedi marw a phenderfynais ei adael e fel o'dd e nes i'r heddlu ddod. Ond fe godais i'r gadair 'na a'i gosod hi dan ei draed e. Ro'dd e'n beth od i'w wneud mi wn, ond fedrwn i ddim diodde'i weld e'n hongian fan 'co heb roi rhywbeth dan ei draed e.'

'Roedd o'n beth naturiol iawn i'w wneud greda i,' meddai Cordelia. 'Ddaru chi sylwi ar rywbeth arall?'

'Ro'dd 'na fŵg hanner gwag ar y bwrdd—coffi dd'weden i—ac ro'dd 'na lond grât o lwch fel 'se fe wedi bod yn llosgi papur. Ro'dd ei deipiadur e yn yr un man ag y mae e nawr, ar y ford fach 'co. Ro'dd 'na nodyn yn y teipiadur. Ar ôl ei ddarllen e fe es i'n ôl i'r tŷ i ddweud wrth 'y mrawd a'm chwaer-yng-nghyfraith ac yna fe ffoniais i'r heddlu. Pan gyrhaeddodd yr heddlu, fe ddes i â nhw i'r bwthyn 'ma. Fues i ddim yma wedyn hyd heddi.'

'Welsoch chi Mark o gwbl y noson y bu o farw? Neu welodd y Mejor a Mrs Markland o?'

'Welodd yr un ohonon ni e ar ôl iddo orffen gweithio tua hanner awr wedi chwech. Ro'dd e chydig bach yn hwyrach y noson honno am ei fod e eisiau cwpla torri'r lawnt ffrynt. Fe welson ni e'n rhoi'r peiriant lladd gwair i gadw ac yn cerdded drwy'r ardd tua'r berllan. Dyna'r tro ola i ni ei weld e'n fyw. Do'dd 'na neb gartre yn Summertrees y noson honno—roedden ni wedi mynd i swper yn Trumpington 'da hen ffrind i 'mrawd oedd yn y fyddin gydag e. Ddaethon ni ddim adre tan ar ôl hanner nos. Erbyn hynny, yn ôl tystiolaeth y meddyg, ro'dd Mark wedi bod yn gorff am ryw bedair awr.'

'D'wedwch dipyn o'i hanes o wrtha i,' meddai Cordelia.

'Pa hanes sy 'na? Hanner awr wedi wyth hyd chwech o'dd ei oriau gwaith swyddogol e, gydag awr i ginio a hanner awr i de. Gyda'r nos fe fydde fe'n gweithio yn yr ardd yn fan'ma neu o gwmpas y bwthyn. Ambell dro, yn ystod ei awr ginio, fe fydde fe'n mynd ar ei feic i siopa yn y pentre. Fe fydden ni'n cyfarfod yno, o dro i dro. Ychydig iawn fydde fe'n ei brynu—torth, menyn, bacwn, te, coffi—y pethe arferol. Clywais e'n holi ryw dro am wyau *free-range* a Mrs Morgan yn dweud wrtho y bydde Wilcox, Grange Farm, bob amser yn barod i werthu dwsin neu ddau iddo. Fydden ni fyth yn torri gair â'n gilydd, ond fe fydde fe'n gwenu arna i. Gyda'r nos, ar ôl iddi dywyllu, fe fydde fe'n eistedd wrth y bwrdd 'co'n darllen neu'n teipio. Ro'n i'n gallu gweld ei ben e yng ngolau'r lamp.'

'Ro'n i'n meddwl bod Mejor Markland wedi dweud nad oeddech chi byth yn dod ar gyfyl y bwthyn?'

'Dy'n nhw ddim; do's ganddyn nhw ddim atgofion rhy felys am y lle. Ond fe fydda i'n dod yma.'

Edrychodd Miss Markland i'r tân marw.

'Fe fydden ni'n arfer treulio llawer o amser yma cyn y rhyfel—fy narpar ŵr a finne, pan o'dd e yng Nghaer-grawnt. Cafodd ei ladd yn 1937 yn Sbaen; ro'dd e'n ymladd dros y Gweriniaethwyr.'

'Mae'n ddrwg gen i,' meddai Cordelia. Sylweddolai

fod ei hymateb yn swnio'n annidwyll ac yn annigonol ar y naw ond beth arall fedrai hi'i ddweud? Roedd y cwbl wedi digwydd bron ddeugain mlynedd yn ôl. Doedd hi ddim yn ei nabod o. Fedrai hi ddim galaru, dim ond gofidio am yr holl gariadon a fu farw'n ifanc; am y colli bywyd anochel.

Tynnodd Miss Markland ei golygon oddi ar y grât, ac meddai'n wyllt:

'Sa i'n or-hoff o'ch cenhedlaeth chi, Miss Gray. Mae'n gas gen i'ch hyfdra chi, eich hunanoldeb chi, eich ffyrnigrwydd chi, eich tosturi ffals chi. Ry'ch chi'n disgwyl ca'l popeth am ddim, eich delfrydau hyd yn oed. Ry'ch chi'n dinistrio ac yn maeddu yn hytrach nag adeiladu. Ry'ch chi fel plant yn hawlio cosb ac yn strancio pan fyddwch yn ca'l eich cosbi. Nid felly'r bobl ro'n i'n eu nabod, y dynion y ces i fy magu yn eu plith.'

'Alla i ddim credu mai un fel 'na oedd Mark Callender chwaith,' meddai Cordelia'n dyner.

'Nage, sbo. Gwneud drwg iddo fe'i hunan wnaeth e.' Syllodd i lygaid Cordelia.

'Gwraig sy'n eiddigeddus o bobl ifanc ydw i yn eich barn chi, mae'n siŵr. A pham lai? Mae o'n beth digon cyffredin i rai o 'nghenhedlaeth i.'

'Nid felly y dylai hi fod,' atebodd Cordelia. 'Dydw i ddim yn deall pam fod raid i bobl fod yn eiddigeddus. Wedi'r cyfan, nid braint ydy bod yn ifanc; mae pawb yn cael ei gyfle. Rwy'n cyfadde bod rhai'n cael eu geni mewn cyfnodau haws na'i gilydd, neu i deulu mwy cefnog, ond does a wnelo hynny ddim â bod yn ifanc. Ac mae bod yn ifanc yn gallu bod yn straen ambell dro. Ydych chi'n cofio adegau felly?'

'Ydw, rwy'n cofio. Ond rwy'n cofio pethe eraill hefyd.'

Eisteddodd Cordelia mewn distawrwydd. Roedd y sgwrs ryfedd hon fel petai'n anochel, ac am ryw reswm ni theimlai'n ddig.

'Da'th ei gariad i'w weld e ryw dridie ar ôl iddo fe ddechre gweithio,' meddai Miss Markland yn sydyn. 'Wel, rwy'n cymryd mai'i gariad e o'dd hi. Pa reswm arall fydde ganddi i ddod yma?'

'Sut ferch oedd hi?'

'Hardd iawn. Ro'dd 'da hi wyneb fel un o angylion Botticelli, a gwallt melyn. Nid Saesnes o'dd hi; Ffrances dd'weden i. Ro'dd hi'n gyfoethog iawn hefyd.'

'Sut ar y ddaear y cawsoch chi wybod hyn'na, Miss Markland?' holodd Cordelia yn llawn chwilfrydedd.

'Ro'dd hi'n siarad ag acen ddieithr; ro'dd hi'n gyrru Renault gwyn—ei char ei hunan am wn i; ro'dd ei dillad hi—er nad oedden nhw'n addas ar gyfer y wlad—yn rhai drud iawn. Ar ben hynny fe gerddodd hi lan at y drws ffrynt a chyhoeddi—gyda'r hyder 'na sy'n nod-weddiadol o bobl gyfoethog—ei bod hi am ei weld e.'

'A gafodd hi weld Mark?'

'Ro'dd e i lawr yn y berllan yn lladd gwair ar y pryd. Fi a'th â hi ato fe. Croesawodd hi'n ddigon tawel a chwrtais a mynd â hi i'r bwthyn i aros nes bydde fe wedi cwpla'i waith. Chyflwynodd e moni. Fe adewais i'r ddou 'da'i gilydd ac fe es i'n ôl i'r tŷ. Welais i moni wedyn.'

Cyn i Cordelia gael cyfle i roi'i phig i mewn, ychwanegodd yn sydyn:

'Mae arnoch chi chwant byw fan hyn, yn does e?'

'Fydde ots ganddyn nhw? Do'n i ddim am ofyn rhag ofn iddyn nhw wrthod.'

'Ddôn nhw ddim i wybod, a 'se'n nhw yn gwybod fydden nhw'n malio dim.'

'A be amdanoch chi?'

'Na, sdim ots 'da fi, ac fe gadwa i bant o'ch ffordd chi.'

Roedd y ddwy'n sibrwd fel petaent mewn eglwys. Yna cododd Miss Markland a cherdded i gyfeiriad y drws:

'Gwneud jobyn o waith y'ch chi yntê, a pheidiwch ag anghofio hynny. Dyw e ddim yn beth call iawn i fagu perthynas ry bersonol â pherson arall. A phan fydd y person arall hwnnw'n gorff marw, gall fod yn beryglus yn ogystal ag yn wirion, credwch chi fi.'

Brasgamodd Miss Markland i lawr llwybr yr ardd a diflannodd drwy'r glwyd. Roedd Cordelia'n falch o weld ei chefn hi. Roedd hi ar bigau'r drain ers meitin eisiau archwilio'r bwthyn. Dyma lle y digwyddodd o; dyma lle'r oedd ei gwaith hi'n dechrau go iawn.

Beth fyddai'r Siwper yn ei ddweud? 'Pan fyddwch chi'n archwilio adeilad sbiwch arno fo fel tasech chi'n sbio ar eglwys wledig. Cerddwch o'i gwmpas o i ddechrau. Cymerwch bopeth i ystyriaeth, y tu mewn a'r tu allan. Gofynnwch i chi'ch hunan beth welsoch chi; nid beth oeddech chi'n disgwyl ei weld nac ychwaith beth oeddech chi'n gobeithio'i weld ond beth *welsoch* chi.'

Rhaid ei fod yn hoff o eglwysi gwledig, ac roedd hynny, o leiaf, yn rhywbeth o'i blaid. Roedd hi'n awr am weithredu yn ôl athrawiaeth Dalgliesh; doedd eglwysi'n golygu fawr ddim i Bernie.

Cerddodd yn gyntaf i ochr ddwyreiniol y bwthyn ac yma, ynghudd yng nghanol y drysi, darganfu dŷ bach ac iddo ddrws stabl pren. Gwelodd Cordelia'i fod yn lân iawn tu mewn, fel petai newydd gael côt o baent ac, er mawr ollyngdod iddi, pan dynnodd y tsiaen, llifodd rhaeadr o ddŵr i mewn i'r fowlen. Crogai rholyn o bapur tŷ bach wrth gortyn y tu ôl i'r drws a bag plastig yn llawn o bapur meddal ar hoelen yn ei ymyl. Hogyn diwastraff iawn oedd Mark. Wrth ochr y tŷ bach roedd hen sied druenus yr olwg a thu mewn, yn gorffwys yn erbyn y wal, roedd 'na feic dyn. Roedd yno hefyd dun mawr o baent gwyn a brws paent glân mewn hen bot jam, a nifer o sachau. Yma hefyd y cedwid yr offer garddio. Ac yma eto, fel yn y tŷ bach, roedd pob dim yn lân ac yn daclus.

Gadawodd yr ochr ddwyreiniol a cherddodd i ffrynt y bwthyn. Nid oedd Mark Callender wedi gwneud unrhyw ymgais fan hyn i fynd i'r afael â'r dail poethion a'r chwyn a dagai'r ardd ffrynt ac a orchuddiai'r llwybr. Roedd y gât a arweiniai i'r lôn yn sownd a phrin y gellid gwthio drwyddi. Tyfai dwy gelynnen, un o bobtu'r gât, yn dal ac yn syth fel gwarcheidwaid. Roedd y gwrych ffrynt cyn daled â Cordelia. Ar un adeg bu gardd flodau'n addurno ymyl y llwybr ond erbyn hyn doedd dim ohoni'n weddill ond drysi ac ambell rosyn gwyllt yma ac acw.

Wrth iddi adael yr ardd ffrynt sylwodd ar rywbeth lliwgar yng nghanol y chwyn ar ymyl y llwybr. Tudalen o gylchgrawn ydoedd, wedi'i wasgu'n belen. Wedi'i agor allan, gwelodd mai darlun lliw ydoedd o ferch noethlymun. Cefn y ferch oedd at y camera ac roedd hi'n plygu drosodd nes bod ei phen-ôl yn agored i'r byd a'r betws. Taflai gipolwg dros ei hysgwydd dde ac roedd gwên ddigywilydd ar ei hwyneb powld. Sylwodd Cordelia fod dyddiad y cylchgrawn mewn print mân ar ben y tudalen; rhifyn mis Mai ydoedd. Roedd yn bosib felly fod rhywun wedi dod â'r cylchgrawn, neu'r llun o leiaf, i'r bwthyn tra oedd Mark yno.

Roedd y llun yn troi arni, er na wyddai hi pam. Doedd o ddim gronyn gwaeth na'r dwsinau o luniau tebyg a welsai'n cael eu harddangos yn strydoedd cefn Llundain. Ond wrth iddi blygu'r llun a'i roi yn ei bag—oblegid ei fod o'n dystiolaeth o ryw fath— teimlai'n isel ei hysbryd fel petai hi wedi cael ei llygru gan rywbeth. Oedd Miss Markland wedi taro'r hoelen ar ei phen gynnau fach? Oedd 'na beryg fod ganddi hi, Cordelia, ryw obsesiwn ynglŷn â'r llencyn marw?

Efallai nad oedd a wnelo'r llun ddim byd o gwbl â Mark; efallai mai rhywun arall a'i taflodd o i'r ardd. Ond byddai'n well gan Cordelia petai hi erioed wedi taro'i llygaid arno.

Gwnaeth ddarganfyddiad arall pan gyrhaeddodd ochr orllewinol y bwthyn. Ynghudd y tu ôl i glwstwr o lwyni ysgaw roedd ffynnon fechan tua phedair troedfedd ar draws. Dros geg y ffynnon roedd clawr pren a hwnnw wedi'i glymu'n sownd yn ei le ac wedi'i gloi â chlo llyffant. Er bod y clo'n hen ac wedi rhydu, ni allai Cordelia'i symud er iddi dynnu â'i holl egni. Roedd rhywun wedi mynd i drafferth i sicrhau nad oedd yma ddim peryg i blant nac i ymwelwyr busneslyd.

Gadawodd Cordelia'r ffynnon fel yr oedd ac aeth i archwilio tu mewn y bwthyn. Ystafell fach iawn oedd y gegin gyda ffenestr uwchben y sinc yn wynebu tua'r dwyrain. Gorchuddiwyd y bwrdd mawr ar ganol yr ystafell â lliain plastig coch. Yn y pantri roedd hanner dwsin o ganiau cwrw, jar o farmalêd a chrystyn wedi llwydo. Yma, yn y gegin, y cafodd Cordelia esboniad ar yr arogl mwll yr oedd hi wedi sylwi arno'r tro cyntaf yr aethai i mewn i'r bwthyn. Ar y bwrdd roedd potel laeth a honno tua hanner llawn. Roedd y llaeth wedi hen suro ac yn flewog gan lwydni; roedd gwybedyn tew wrthi'n sugno'n awchus ar ymyl y botel a mynnai aros yno er gwaethaf ei hymgais reddfol i'w frwsio ymaith. Ar ben arall y bwrdd roedd stôf baraffîn a sosban drom arni. Tynnodd Cordelia'n galed ar y caead styfnig a daeth ymaith yn sydyn gan lenwi'r ystafell â hen oglau afiach. Estynnodd lwy o ddrôr y bwrdd a rhoi tro i gynnwys y sosban. Lobsgows wedi'i wneud â chig eidion, meddyliodd. Nofiai talpiau o gig gwyrdd ar yr wyneb fel cnawd marw. Yn ymyl y sinc roedd bocs orenau a ddefnyddid fel storfa lysiau. Roedd y tatws wedi magu llygaid, y nionod yn ddu a'r moron yn llipa a chrebachlyd. Doedd neb wedi bod yma'n glanhau, dim byd wedi cael ei symud oddi yma. Roedd yr heddlu wedi mynd â'r corff, yn ogystal ag unrhyw dystiolaeth berthnasol, ond doedd neb o blith teulu Mejor Markland, neb o deulu na ffrindiau Mark wedi mynd i'r drafferth i ddychwelyd a chlirio ar ei ôl.

Aeth Cordelia i'r llofft. Ar ben y grisiau roedd dwy ystafell wely, un ohonynt, yn amlwg, heb gael ei defnyddio ers blynyddoedd maith. Roedd ffrâm y ffenestr wedi pydru, y plastr wedi cwympo o'r nenfwd a'r papur wal yn drwm gan leithder. Yn y llall, y fwyaf o'r ddwy lofft, y bu Mark Callender yn cysgu. Roedd ynddi wely haearn sengl ac arno sach gysgu a bolster wedi'i blygu yn ei hanner i wneud gobennydd uchel. Wrth ochr y gwely roedd bwrdd bach ac ar hwnnw roedd dwy gannwyll a bocs o fatsys. Crogai'i ddillad yn y cwpwrdd: pâr o drowsus melfaréd gwyrdd, dau neu dri o grysau, siwmperi ac un siwt ffurfiol. Roedd ei ddillad isa' glân yn eu plyg ar y silff uwchben. Bodiodd Cordelia'r siwmperi. Rhai gwlân trwchus, wedi'u gweu â llaw. Yr oedd 'na rywun, felly, â digon o feddwl ohono i drafferthu i weu siwmperi iddo. Ceisiodd ddyfalu pwy.

Wrth archwilio pocedi'i ddillad canfu waled ledr yn siaced ei siwt. Edrychodd drwyddi gan obeithio darganfod rhywbeth o fudd iddi—llythyr efallai, rhestr o enwau a chyfeiriadau, nodyn. Ond roedd y waled yn wag ar wahân i ddau bapur pumpunt, ei drwydded yrru a cherdyn trosglwyddo gwaed a nodai mai B negatif oedd ei grŵp gwaed o.

Edrychai'r ffenestr ddi-lenni allan dros yr ardd. Roedd ei lyfrau prin wedi'u gosod yn drefnus ar sil y ffenestr ac yn eu mysg sawl cyfrol o'r *Cambridge Modern History*, gwaith Trollope a Hardy, cyfrol o holl weithiau William Blake, gwerslyfrau ysgol o weithiau Wordsworth, Browning a Donne a dau lyfr clawr papur ar arddio. Ar ddiwedd y rhes, ac arno ôl bodio mynych, roedd argraffiad o'r Llyfr Gweddi Cyffredin wedi'i rwymo mewn lledr gwyn. Roedd Cordelia'n siomedig: doedd y llyfrau'n dweud fawr ddim wrthi. Os oedd Mark wedi dewis y bywyd unig hwn er mwyn cael llonydd i astudio neu i ysgrifennu, ychydig iawn o lyfrau defnyddiol a ddaethai efo fo, meddyliodd.

Uwchben y gwely crogai un o'r pethau mwyaf diddorol yn yr ystafell. Darlun olew bychan ydoedd yn mesur oddeutu naw modfedd sgwâr. Craffodd Cordelia arno. Un Eidalaidd, meddai wrthi'i hun, wedi'i beintio tua diwedd y bymthegfed ganrif. Darluniai fynach ifanc yn darllen wrth fwrdd a blaenau'i fysedd tenau ar goll ym mhlygion ei lyfr. Roedd ei wyneb hir yn llawn tyndra a'r llygaid o dan yr amrannau trwm wedi'u hoelio ar y tudalen. Tu ôl iddo roedd ffenestr led y pen ar agor a golygfa fendigedig i'w gweld drwyddi. Gallai rhywun edrych ar hwn am byth, meddyliodd Cordelia. Golygfa o ardal Toscana ydoedd, yn darlunio dinas wedi'i hamgáu â muriau llwydion, llinyn arian o afon, gorymdaith yn cario baneri lliwgar ac ychen yn gweithio yn y caeau. Iddi hi, dangos y gwahaniaeth rhwng dau fyd yr oedd y darlun—byd y meddwl a byd y gweithredu. Ceisiodd Cordelia gofio ble y gwelsai luniau tebyg o'r blaen. Byddai'r cymrodyr—fel y galwai hi'r criw hwnnw a ymgasglai o gwmpas ei thad—yn hoff iawn o gyfnewid negeseuon mewn orielau ac roedd Cordelia wedi treulio oriau lawer yn cerdded yn araf o lun i lun, gan ddisgwyl yn amyneddgar i rywun sibrwd geiriau o rybudd neu o gyfarwyddyd yn ei chlust. Chwarae plant oedd hyn i gyd yn ei barn hi ond, o leiaf, roedd yr orielau'n gynnes ac roedd hi wedi mwynhau edrych ar y lluniau. Rhoddai'r llun yma foddhad iddi; roedd yn amlwg fod Mark wedi'i hoffi hefyd. Oedd o hefyd wedi hoffi'r llun aflednais 'na a daflwyd i ganol y chwyn yn yr ardd frynt? Ai dyma ddau fyd Mark?

Wedi gorffen archwilio'r bwthyn, hwyliodd baned o

goffi iddi'i hun gan ddefnyddio paced o'r pantri a berwi dŵr ar y stôf. Aeth i nôl cadair o'r ystafell fyw a mynd i eistedd tu allan i'r drws cefn, yng nghynhesrwydd yr haul. Wrth wrando ar y distawrwydd o'i chwmpas, teimlai'n hapus ac yn hunanfodlon. Bron na allai gysgu. Roedd hi wedi archwilio'r bwthyn yn ôl cyfarwydd-iadau'r Siwper ac roedd hi'n hen bryd iddi roi'i meddwl ar waith. Sut fachgen oedd Mark? Beth welsai hi? Beth oedd hi wedi'i ddarganfod?

Hogyn taclus oedd Mark. Byddai'n glanhau'i offer garddio ar ôl eu defnyddio a'u rhoi i gadw'n drefnus ar wal y sied. Roedd y gegin yn lân ac wedi cael ei pheintio. Eto i gyd, roedd wedi rhoi'r gorau i'w waith palu ryw ddwy droedfedd o ben y rhes, wedi anghofio'i fforch yn y pridd ac wedi gadael ei esgidiau garddio, heb eu glanhau, wrth y drws cefn. Yn ôl pob golwg, roedd wedi llosgi'i bapurau i gyd cyn mynd ati i'w ladd ei hun, ond gadawsai'i fŵg ar y bwrdd heb gymaint â'i olchi. Aeth i gryn drafferth i baratoi lobsgows i swper a gadawodd ef yn y sosban heb ei gyffwrdd. Roedd y sosban ar y stôf o hyd, yn llawn i'r ymylon. Nid gweddillion y noson cynt wedi'u haildwymo oedd yma. Golygai hyn mai ar ôl hwylio swper y penderfynodd Mark gyflawni hunanladdiad. Pam y trafferthodd i goginio lobsgows o gwbl os nad oedd yn bwriadu'i fwyta?

Roedd hi'n anodd gan Cordelia gredu y byddai llanc ifanc, iach, a fuasai'n palu'n galed am awr neu ddwy, a chanddo bryd poeth yn ei ddisgwyl, mewn cyflwr meddwl mor druenus nes penderfynu'i ladd ei hun. Roedd Cordelia'i hunan wedi dioddef o iselder ysbryd dwys ond, hyd y medrai gofio, doedd hi erioed wedi teimlo felly ar ôl cyfnodau o waith corfforol caled, neu pan oedd 'na bryd blasus yn disgwyl i gael ei fwyta. A beth am y coffi? Roedd 'na gwrw yn y pantri. Pam na fyddai wedi agor can o gwrw i dorri'i syched? Peth od iddo wneud paned o goffi iddo'i hun yn union o flaen bwyd.

Tybed a gafodd Mark ymwelydd y noson honno? Os felly, roedd yr ymwelydd yn ddigon pwysig iddo roi'r gorau i'w balu o fewn dwy droedfedd i ben y rhes a'i wahodd i mewn i'r bwthyn. Ymwelydd nad oedd yn hoffi cwrw, o bosib—ai dynes, tybed? Ymwelydd na fyddai'n aros i swper ond a fu yno'n ddigon hir i gael paned. Rhywun ar ei ffordd i gael swper yn rhywle arall, efallai. Yn amlwg, doedd yr ymwelydd ddim wedi cael ei wahodd i swper neu ni fyddai Mark wedi bod yn gweithio mor hwyr yn yr ardd. Doedd Mark, felly, ddim yn ei ddisgwyl. Ond pam nad oedd yno ond un cwpan? Oni fyddai Mark wedi yfed paned o goffi yng nghwmni'i ymwelydd, neu wedi agor can o gwrw iddo'i hun? Ond ni welsai Cordelia'r un can cwrw gwag yn y gegin, na chwpan arall ychwaith. Tybed a olchwyd yr ail gwpan a'i roi i gadw? Ond pam golchi un cwpan yn unig? A oedd o'n ceisio cuddio'r ffaith iddo gael ymwelydd?

Doedd nemor ddim coffi yn y jwg ar fwrdd y gegin ac roedd y botel laeth yn hanner gwag. Edrychai fel petai mwy nag un person wedi cael paned. Ond efallai nad oedd sail i'r fath gasgliad; gallai'r ymwelydd yn hawdd fod wedi cael mwy nag un baned.

Efallai nad Mark a geisiodd guddio'r ffaith fod rhywun wedi galw yno'r noson honno; efallai nad Mark a olchodd yr ail gwpan. Efallai i'r ymwelydd geisio dileu olion ei bresenoldeb. Ond pam? Ni allai fod wedi rhag-weld hunanladdiad Mark. Ysgydwodd Cordelia'i phen yn ddiamynedd. Nonsens llwyr. Ni fyddai'r ymwelydd wedi golchi'r cwpan pe bai Mark yno, yn fyw ac yn iach. Yr unig reswm fyddai ganddo dros ddileu olion ei bresenoldeb fyddai petai Mark eisoes wedi marw. Ac os oedd Mark wedi marw, os oedd Mark yn crogi o'r bachyn yna yn y trawst derw cyn i'r ymwelydd adael y bwthyn, beth wedyn? Ai achos o hunanladdiad oedd hwn wedi'r cyfan? Roedd 'na air wedi bod yn dawnsio o gwmpas yn ei hisymwybod ers meitin a chyda'r cwestiwn olaf hwn ymddangosodd y gair hwnnw, am y tro cyntaf, yn glir ac yn sydyn o flaen ei llygaid. Llofruddiaeth.

Eisteddodd Cordelia yn yr haul am bum munud arall i orffen ei choffi, yna golchodd ei chwpan a'i hongian ar fachyn yn y pantri. Cerddodd i lawr y lôn i gyfeiriad Summertrees nes cyrraedd y Mini, a oedd yn dal i fod yno ar y glaswellt, o olwg y tŷ, a gyrrodd ef yn araf ar hyd y ffordd, gan chwilio o'i chwmpas yn ofalus am le parcio cyfleus. Doedd hi ddim am ei adael tu allan i'r bwthyn a chyhoeddi i'r byd a'r betws mai yno roedd hi'n lletya. Trueni nad oedd Caer-grawnt yn nes; gallai fod wedi defnyddio beic Mark wedyn. Doedd dim angen y Mini arni mewn gwirionedd.

Ond roedd hi'n lwcus. Ryw hanner canllath i lawr y ffordd gwelodd adwy yn arwain i gae, a llannerch laith yn ei ymyl. Roedd yn anodd credu y gallai blodau dyfu a ffynnu yn y fath le. Edrychai fel tomen sbwriel, gyda hen sosbannau wedi'u taflu yma a thraw, a hyd yn oed sgerbwd pram a stôf nwy rydlyd. Yn ymyl derwen grablyd roedd pentwr o flancedi'n pydru yn y pridd gwlyb. Ond roedd digon o le i'r Mini, oddi ar y ffordd a than gysgod o ryw fath. Petai hi'n ei gloi'n ofalus byddai'n well yma nag o flaen y bwthyn, meddyliodd, a byddai fwy neu lai ynghudd wedi nos.

Gyrrodd yn ôl i'r bwthyn i ddadbacio. Gwnaeth le i'w dillad ei hun yng nghwpwrdd Mark a thaenodd ei sach gysgu ar ben ei sach gysgu ef, gan feddwl y byddai'n falch o'r cynhesrwydd ychwanegol. Roedd brws dannedd coch a thiwb o bâst dannedd ar ei hanner mewn pot jam ar sil ffenestr y gegin; gosododd hithau'i brws melyn a'i phâst ei hun yn eu hymyl. Rhoddodd ei thywel i hongian wrth ei dywel ef ar fachyn o dan sinc y gegin. Yna gwnaeth nodyn o gynnwys y pantri a lluniodd restr o bethau y byddai arni'u hangen. Gallai'u prynu yng Nghaer-grawnt; byddai pobl yn siŵr o fusnesa petai hi'n eu prynu mewn siop leol. Wyddai hi ddim beth i'w wneud â'r sosbennaid o lobsgows a'r botel laeth. Ni fedrai'u gadael yn y gegin i suro'r awyr ond ar yr un pryd roedd hi'n gyndyn i'w taflu. Meddyliodd unwaith y gallai dynnu llun ohonynt, ond gwnaent well tystiolaeth fel yr oeddynt. Y diwedd fu iddi'u cario allan i'r sied a'u gorchuddio â hen sach.

Y gwn oedd y broblem olaf. Roedd yn rhy drwm iddi'i gario gyda hi ond doedd hi ddim am fod hebddo chwaith. Er bod Miss Markland wedi rhoi allwedd drws cefn y bwthyn iddi, byddai'n ddigon hawdd i rywun dorri i mewn drwy un o'r ffenestri. Penderfynodd mai'r peth gorau fyddai cuddio'r bwledi ymysg ei dillad isa' yn y cwpwrdd a chuddio'r gwn yn rhywle arall. Pendronodd am ychydig, yna cofiodd am y llwyni ysgaw ger y ffynnon. Wrth sefyll ar flaenau'i thraed canfu dwll bach rhwng y canghennau ac yno, yn ddiogel ymysg y dail, y cuddiodd hi'r gwn.

Wedi gwneud hynny roedd hi'n barod i adael am Gaer-grawnt. Taflodd gipolwg ar ei horiawr. Hanner awr wedi deg. Gallai fod yng Nghaer-grawnt erbyn un ar ddeg a chael dwy awr cyn cinio. Penderfynodd yr âi i'r swyddfa bapur newydd yn gyntaf i ddarllen hanes y cwest ac yna i gael gair â'r heddlu; byddai ganddi ddigon o amser wrth gefn wedyn i fynd i chwilio am Hugo a Sophie Tilling.

Gyrrodd ymaith gan deimlo fel petai'n gadael cartref am y tro cyntaf. Roedd hwn yn lle rhyfedd, meddyliodd, yn union fel personoliaeth ddynol a chanddi ddau wyneb hollol wahanol i'w dangos i'r byd. Dyna'r

62

gogledd, â'i ffenestri tywyll wedi'u gorchuddio â llwyni drain, chwyn a gwrych uchel; llwyfan delfrydol ar gyfer trasiedi. Ac eto roedd cefn y tŷ—lle bu Mark yn byw ac yn gweithio, yn palu a thwtio'r ardd, yn chwynnu'r llwybr ac yn agor y ffenestri i'r haul—yn hafan heddychlon. Wrth eistedd yno yn y drws y bore hwnnw roedd hi wedi teimlo'n saff; doedd meddwl am dreulio'r nos yno ar ei phen ei hun yn poeni dim arni. Ai'r awyrgylch heddychlon yma oedd wedi apelio at Mark Callender? Oedd o wedi synhwyro'r peth cyn iddo dderbyn y swydd tybed, ai ynteu ei arhosiad byrhoedlog a thyngedfennol ef oedd wedi achosi'r peth? Roedd Mejor Markland yn llygad ei le; roedd Mark wedi gweld y bwthyn cyn iddo gynnig am y swydd. Beth oedd arno'i eisiau mewn gwirionedd—y swydd neu'r bwthyn? Pam oedd teulu Summertrees mor gyndyn i ddod ar gyfyl y lle, mor gyndyn fel nad oeddynt hyd yn oed wedi dod i glirio'r lle ar ôl ei farwolaeth? A pham oedd Miss Markland wedi bod yn ysbïo ar Mark? Ai ceisio'i chyfiawnhau'i hun yr oedd hi drwy adrodd y stori 'na am ei chariad? Oedd y stori'n wir hyd yn oed? Roedd hi'n anodd dychmygu Miss Markland yn ifanc; anos fyth ei dychmygu'n treulio nosweithiau cynnes o haf gyda'i chariad ar wely Mark.

Gyrrodd Cordelia i lawr Hills Road, heibio i gerflun o filwr a fu farw yn 1914, heibio i'r Eglwys Babyddol ac i ganol y ddinas. Trueni na fyddai wedi gallu defnyddio beic Mark. Roedd pawb arall fel petaent ar gefn beic, a chlywid tincial eu clychau'n llenwi'r ddinas. Roedd y strydoedd mor gul ac mor llawn nes bod Mini, hyd yn oed, yn peri trafferth. Penderfynodd ei barcio cyn gynted â phosib a mynd i chwilio am ffôn. Roedd hi wedi penderfynu newid trefn ei diwrnod a chael gair â'r heddlu'n gyntaf.

Pan ffoniodd swyddfa'r heddlu cafodd wybod bod Sarjant Maskell, a fuasai'n gyfrifol am achos Mark

63

Callender, yn rhy brysur i'w gweld. Doedd hi'n synnu dim. Fel'na roedd hi bron bob tro. Mewn nofelau'n unig yr oedd y bobl yr oedd arnoch eisiau'u cyf-weld yn eistedd gartref neu yn eu swyddfa yn disgwyl amdanoch. Mewn bywyd go iawn doedden nhw ddim. Roedden nhw'n brysur wrth eu gwaith, ac anaml iawn y byddai ganddynt amser i siarad ag Asiantaeth Dditectif Pryde. Crybwyllodd Cordelia enw Syr Ronald wrth yr heddwas ar y ffôn. Roedd hynny'n ddigon. Aeth yr heddwas i wneud ymholiadau. Mewn llai na munud roedd o'n ôl, ac yn ei hysbysu y gallai Sarjant Maskell weld Miss Gray am hanner awr wedi dau y prynhawn hwnnw.

Ni chafodd fawr o drafferth yn y swyddfa bapur newydd a darganfu'r adroddiad am y cwest yn weddol gyflym. Adroddiad byr iawn ydoedd, wedi'i ysgrifennu yn iaith ffurfiol y llys barn. Doedd yma fawr ddim oedd yn newydd iddi, ond gwnaeth nodyn manwl o graidd y dystiolaeth. Tystiodd Syr Ronald Callender nad oedd wedi siarad â'i fab wedi i Mark ei ffonio i ddweud wrtho ei fod yn gadael y coleg ac yn mynd i weithio fel garddwr yn Summertrees. Roedd hynny bythefnos cyn ei farwolaeth. Nid oedd wedi ymgynghori â Syr Ronald cyn gwneud ei benderfyniad nac wedi cynnig unrhyw esboniad. Roedd Syr Ronald wedi cysylltu ag awdurdodau'r coleg ac wedi cael cadarnhad y câi Mark ddychwelyd y flwyddyn golegol nesaf petai'n dymuno hynny. Doedd ei fab erioed wedi crybwyll hunanladdiad wrtho a, hyd y gwyddai, ni fu ganddo unrhyw broblemau ynglŷn ag arian na iechyd. Yna, yn dilyn tystiolaeth Syr Ronald, roedd crynodeb byr o dystiolaeth rhai o'r tystion eraill. Disgrifiodd Miss Markland sut roedd hi wedi darganfod y corff; tystiodd patholegydd mai achos y farwolaeth oedd asfficsia yn sgîl tagu; disgrifiodd Sarjant Maskell y camau yr oedd ef wedi gweld yn ddoeth i'w cymryd, a chynhwyswyd adroddiad o'r labordy yn nodi bod cynnwys y cwpan coffi ar y bwrdd wedi cael ei ddadansoddi ac na chafwyd ynddo ddim byd anarferol. Yn ôl y ddedfryd, roedd yr ymadawedig wedi cyflawni hunanladdiad oherwydd cyflwr bregus ei feddwl ar y pryd. Wrth gau'r ffeil drom, teimlai Cordelia'n ddigalon. Roedd yr heddlu wedi bod yn drwyadl iawn. A oedd modd yn y byd fod pobl broffesiynol, brofiadol fel y rhain wedi methu â chanfod arwyddocâd y palu anorffenedig, yr esgidiau garddio a daflwyd yn ddi-hid wrth y drws cefn, y swper na chafodd ei fwyta?

Roedd hi erbyn hyn yn hanner dydd a doedd ganddi ddim i'w wneud tan hanner awr wedi dau. Penderfynodd fynd am dro. Prynodd yr arweinlyfr rhataf y gallodd gael gafael arno yn Bowes & Bowes, gan wrthsefyll y demtasiwn i bori ymysg y llyfrau gan fod amser mor brin. Prynodd bastai gig a ffrwyth neu ddau oddi ar stondin yn y farchnad ac aeth i astudio'i llyfr yn nhawelwch eglwys y Santes Fair. Yna, treuliodd yr awr a hanner nesaf yn crwydro strydoedd Caer-grawnt, wedi'i swyno gan harddwch y ddinas a'i cholegau.

Ymwelodd â Llyfrgell y Drindod a'r Old Schools, ac eisteddodd yn ddistaw yng nghefn capel Coleg y Brenin, gan syllu'n synfyfyriol ar y to a rhyfeddu at waith bendigedig John Wastell. Llifai'r haul yn goch, gwyrdd a glas drwy'r ffenestri lliw. Cerfiwyd rhosod Tuduraidd ar y parwydydd, ac roedd anifeiliaid herodrol balch yn cynnal y goron. Onid er gogoniant brenin daearol y'i codwyd, ac nid er gogoniant Duw, fel y dywedasai Milton a Wordsworth? Nid bod hynny'n mennu dim ar odidowgrwydd yr adeilad. Adeilad crefyddol ydoedd yn anad dim. A oedd modd i anghredadun fod wedi cynllunio'r fath adeilad godidog? Carl oedd yr unig un o'r cymrodyr a fyddai â diddordeb mewn cwestiwn o'r fath ond roedd ef mewn carchar yng ngwlad Groeg yn dioddef arteithiau o bob math, am a wyddai hi. Trueni na fyddai yma gyda hi, meddyliodd.

Mwynhaodd ei hegwyl. Prynodd liain sychu llestri a llun y capel arno o'r stondin ger y drws gorllewinol; bu'n gorwedd ar ei hyd ar y gwelltglas byr uwchben yr afon ger Pont y Brenin, gan drochi'i breichiau yn y dŵr oer; bu'n pori drwy'r llyfrau ar y stondinau yn y farchnad, gan brynu cyfrol o waith Keats, yn ogystal â ffrog gotwm amryliw. Byddai'n fwy cysurus ar y tywydd poeth 'ma na jîns a chrys, a gallai'i gwisgo gyda'r nos hefyd.

O'r diwedd, dychwelodd i Goleg y Brenin. Eisteddodd yn yr haul i fwyta'i chinio, ar fainc gerllaw'r wal fawr a ymestynnai o'r capel i lawr at lan yr afon. Herciodd aderyn y to ar draws y lawnt tuag ati a thaflodd hithau weddillion ei phastai gig ato. Clywai grawc ambell hwyaden wyllt, a chwerthin afieithus y pyntwyr yn codi o'r dŵr, ac yn awr ac yn y man, wrth i'r cychod basio'i gilydd, clywai sŵn pren yn taro'n erbyn pren. Roedd fel petai'n gweld popeth am y tro cyntaf—y cerrig ar y llwybr, yn ddisglair fel gemau; y gwelltglas byr, llachar; coesau brau aderyn y to—yn union fel petai rhywun wedi codi llen o niwl a fuasai o flaen ei llygaid.

Llanwyd ei meddwl ag atgofion. Clywai lais ei thad:

'Ac fe gafodd y ffasgydd bach ei haddysgu dan law'r Pabyddion. Mae hynny'n esbonio llawer. Sut ar y ddaear y digwyddodd peth felly, Delia?'

'Chi'n cofio'n iawn, Dadi. Fy nghamgymryd i am ryw C. Gray arall ddaru nhw, ac roedd honno'n Babyddes. Safodd y ddwy ohonom yr arholiad *11-plus* yr un flwyddyn. Wedi iddyn nhw sylweddoli'u camgymeriad fe sgrifennon nhw atoch chi'n gofyn a fyddai ots gennych tawn i'n aros yn y Cwfaint a minnau wedi ymgartrefu cystal.'

Gwyddai nad atebodd ei thad mo'r llythyr, er i'r

Barchedig Fam geisio cuddio hynny rhagddi. O ganlyn-
iad arhosodd Cordelia yn y Cwfaint, a threulio chwe
blynedd hapusaf ei bywyd yno. Fe'i diogelwyd rhag
dryswch a blerwch bywyd o'r tu allan gan drefn a
seremoni. Tosturiwyd wrthi, a hithau'n Brotestant, yn
ei hanwybodaeth anorfod o ffyrdd Duw. Dysgodd am y
tro cyntaf nad oedd raid iddi guddio'i chlyfrwch—y
clyfrwch hwnnw a ystyrid, am ryw reswm, gan y naill
fam faeth ar ôl y llall, yn fygythiad.

'Os daliwch chi ati,' meddai'r Chwaer Perpetua,
'chewch chi fawr o drafferth efo'ch arholiadau lefel 'A'.
Ac ymhen dwy flynedd i'r hydref nesaf 'ma, fe ddylech
chi fod yn dechrau ar gwrs prifysgol. Beth am Gaer-
grawnt? Waeth i ni roi cynnig ar Gaer-grawnt, am wn i.
Bydd gennych chi siawns go dda i ennill ysgoloriaeth.'

Roedd y Chwaer Perpetua wedi bod yn fyfyriwr yng
Nghaer-grawnt, cyn iddi benderfynu ymuno â'r
Cwfaint, ac roedd 'na dinc hiraethus yn ei llais o hyd
pan siaradai am y byd academaidd. Sylweddolai Cor-
delia, a oedd yn bymtheg oed ar y pryd, fod y Chwaer
Perpetua yn dipyn o ysgolhaig, a chredai fod Duw wedi
bod braidd yn galed wrthi yn ei galw i fod yn lleian.
Ond ar y pryd, ymddangosai'r dyfodol pell yn llawn
addewid i Cordelia. Byddai'n mynd i Gaer-grawnt a
byddai'r Chwaer Perpetua yn medru dod i ymweld â hi.
Breuddwydiai am y lawntiau eang a'r ddwy ohonynt yn
cerdded, yn yr haul, drwy baradwys Donne. *'Rivers of
knowledge are there, arts and sciences flow from thence;
gardens that are walled in; bottomless depths of un-
searchable councils are there.'* Gyda'i gallu hi a gwedd-
ïau'r Chwaer fe ddylai hi ennill yr ysgoloriaeth.
Byddai'n poeni am y gweddïau weithiau. Nid oherwydd
nad oedd hi'n credu mewn gweddi; byddai Duw'n siŵr
o wrando ar un a oedd wedi taflu ymaith ei haddysg
academaidd i'w ddilyn Ef. Na, poeni'r oedd hi y byddai
ganddi fantais annheg dros yr ymgeiswyr eraill trwy

ddylanwad y Chwaer. Ond, dyna fo, ni ellid bwrw'r bai am hynny arni hi.

Erbyn hynny roedd ei thad wedi ateb y llythyr. Roedd o wedi gweld eisiau'i ferch. Safodd hi'r un arholiad lefel 'A', heb sôn am ysgoloriaeth. A hithau'n un ar bymtheg oed, bu'n rhaid iddi droi'i chefn ar addysg ffurfiol, ac o hynny ymlaen bu'n teithio gyda'i thad a'r cymrodyr fel cogyddes, nyrs, negesydd, ac unrhyw beth arall oedd ei angen arnynt.

A dyma hi, trwy ryfedd ffyrdd, wedi cyrraedd Caer-grawnt o'r diwedd. Ni siomwyd hi gan y ddinas. Gwelsai lefydd prydferthach ar ei theithiau gyda'i thad, ond ni allai gofio iddi erioed deimlo mor ddedwydd nac mor hapus. Pa galon allai wrthsefyll y fath bryd-ferthwch—carreg a ffenestri lliw, dŵr a lawntiau gwyrdd, coed a blodau—y cyfan ar allor dysg? Ond fel roedd hi'n codi ar ei thraed ac yn ysgwyd y briwsion oddi ar ei sgert, daeth dyfyniad annisgwyl i'w meddwl. Clywodd ef cyn gliried â phetai wedi cael ei lefaru—a hynny gan lais dyn nad oedd hi'n ei adnabod ond eto a oedd yn swnio'n gyfarwydd: 'Yna gwelais fod modd mynd i uffern, hyd yn oed o byrth y nefoedd.'

Roedd pencadlys yr heddlu yn adeilad pwrpasol, modern. Doedd o ddim y math o adeilad swyddogol a fyddai'n codi ofn ar bobl, ac eto roedd yno awyrgylch o awdurdod ac effeithlonrwydd. Felly hefyd swyddfa Sarjant Maskell ac, yn wir, y Sarjant ei hun. Synnodd Cordelia mor ifanc ydoedd, a'i fod wedi'i wisgo mor smart. Roedd ganddo wyneb sgwâr, gwyliadwrus. Synnodd hefyd ei fod yn cael gwisgo'i wallt mor hir, hyd yn oed ac ystyried mai ditectif-dillad-plaen ydoedd. Roedd o'n ddigon cwrtais, ond heb fynd dros ben llestri. A diolch am hynny, meddyliodd Cordelia.

Fyddai hwn ddim yn gyfweliad hawdd, ond doedd hi ddim am gael ei thrin fel plentyn—er y credai Bernie'n gryf y byddai'n talu weithiau iddi ymddwyn fel merch ifanc ddiniwed. Ond roedd yn amheus ganddi a fyddai Sarjant Maskell yn ymateb yn ffafriol i driciau o'r fath. Roedd hi am ymddangos yn effeithlon ond nid yn or-effeithlon. Ac yn sicr, doedd hi ddim am ddatgelu gormod; yma i *gael* gwybodaeth yr oedd hi, nid i'w roi.

Mynegodd ei neges yn gryno a dangosodd nodyn Syr Ronald i'r Sarjant. Edrychodd yntau arno ac meddai, wrth ei roi'n ôl iddi:

'Wyddwn i ddim fod Syr Ronald yn anfodlon â'r ddedfryd.'

'Mae o'n ddigon hapus â'r ddedfryd, am wn i. Dydy o ddim yn amau trosedd. Ond mae 'na ryw ysfa ynddo fo—am ei fod o'n wyddonydd, mae'n debyg—i fynd i'r afael â'r broblem, i gael gwybod yn union pam y cyflawnodd ei fab hunanladdiad. A fedra fo ddim gofyn i'r heddlu wneud hynny drosto fo. Wedi'r cyfan, does gennych chi ddim diddordeb ym mhroblemau personol Mark, yn nac oes?'

'Ddim os nad oes 'na ryw drosedd yn gysylltiedig â'i farwolaeth o—blacmêl neu fygwth, falle—ond fuodd 'na erioed unrhyw awgrym o hynny.'

'Ydych chi'n bersonol yn hapus â'r ddedfryd?'

Craffodd y Sarjant arni.

'Pam 'dach chi'n gofyn hyn'na, Miss Gray?'

'Wn i ddim. Am i chi fynd i gymaint o drafferth, mae'n debyg. Rwy wedi holi Miss Markland ac wedi darllen yr adroddiad am y cwest yn y papur newydd. Ddaru chi gael patholegydd; ddaru chi dynnu llun y corff cyn iddo gael ei dynnu i lawr; ddaru chi ddadansoddi'r coffi oedd ar ôl yn y cwpan.'

'Rwy'n ymdrin â phob achos o'r math yma fel petai'n achos amheus. Fel roedd hi'n digwydd, doedd dim raid i mi fod wedi gwneud hynny'r tro yma, ond fe allai pethau fod wedi bod yn wahanol.'

'Ond roedd 'na rywbeth yn eich pigo chi; rhywbeth ddim fel y dylai fo fod, efallai?' holodd Cordelia.

'Roedd pethau'n ymddangos yn ddigon syml ar yr wyneb. Yr un hen stori. Hogyn ifanc yn gadael y coleg heb reswm yn y byd—am a wyddon ni, wrth gwrs—ac yn mynd i fyw ar ei ben ei hun mewn hen fwthyn unig. Myfyriwr tawel, unig, nad yw'n ymddiried yn ei deulu na'i ffrindiau. O fewn tair wythnos wedi iddo adael y coleg dyma'i gael o wedi marw. Does 'na ddim ôl ymladd; dim olion yn y bwthyn fod 'na neb wedi aflonyddu arno. Mae o'n gadael nodyn yn y teipiadur; y math o nodyn y byddech chi'n ei ddisgwyl. Mi wn i ei fod o wedi llosgi'i bapurau i gyd, ac eto wedi gadael ei fforch yn yr ardd a'i waith ar ei hanner, ac wedi hwylio swper iddo'i hun ond heb ei fwyta. Ond dydy hynny'n profi dim. Mae pobl yn ymddwyn yn afresymol ambell waith, yn enwedig pobl sy ar fin cyflawni hunanladdiad. Ond roedd 'na un peth oedd yn fy mhoeni i, a hwnnw oedd y cwlwm, Miss Gray.'

Dechreuodd chwilota yn nrôr chwith ei ddesg.

'Drychwch 'ma, Miss Gray,' meddai, 'sut fyddech chi'n crogi'ch hunan efo hwn?'

Strapen o ledr brown, cryf ydoedd, wedi duo mewn mannau gan henaint. Roedd hi tua pum troedfedd o hyd a thua modfedd o led. Yn y pen meinaf roedd rhes o dyllau wedi'u torri ar gyfer y bwcl pres oedd ar y pen arall. Cydiodd Cordelia ynddi.

'Dyna be ddefnyddiodd o,' meddai Sarjant Maskell. 'Strapen ydy hi, wrth gwrs, ond yn ôl Miss Markland byddai Mark yn arfer ei chlymu hi am ei ganol ddwywaith neu dair a'i gwisgo hi fel belt. Wel, Miss Gray, sut fyddech chi'n crogi'ch hunan?'

Bodiodd Cordelia'r strapen.

'Yn gyntaf, wrth gwrs, fe fyddwn i'n gwthio'r pen main drwy'r bwcl i wneud dolen, ac fe fyddwn i'n rhoi'r

70

ddolen am fy ngwddw. Yna fe fyddwn i'n sefyll ar gadair o dan y bachyn yn y nenfwd ac yn tynnu pen arall y strapen drwy'r bachyn. Fe fyddwn i'n tynnu'r strapen yn weddol dynn ac yn gwneud dau gwlwm ynddi i wneud yn siŵr ei bod hi'n sownd. Yna fe fyddwn i'n rhoi cic i'r gadair.'

Agorodd y Sarjant y ffeil oedd o'i flaen, a'i gwthio ar draws y ddesg.

'Sbiwch ar hwnna,' meddai. 'Dyna lun o'r cwlwm.'

Yr oedd y llun du a gwyn yn hynod o glir. Gorweddai'r cwlwm ar waelod dolen isel ryw droedfedd islaw'r bachyn. Meddai Sarjant Maskell:

'Dwi'n amau'n fawr a fydde fo, fwy na neb arall, wedi gallu clymu'r cwlwm yna efo'i ddwylo uwch ei ben. Mae'n rhaid, felly, ei fod o wedi gwneud y ddolen gyntaf, fel y d'wedsoch chi, a chlymu'r cwlwm wedyn. Ond dydy hynny ddim yn taro deuddeg chwaith. Doedd 'na ond chydig o fodfeddi o strap rhwng y bwcl a'r cwlwm. Petai o wedi gwneud hynny, allai o byth fod wedi rhoi'i ben drwy'r ddolen. Yr unig ffordd y gallai o fod wedi llwyddo fyddai trwy wneud y ddolen gyntaf a'i thynnu hi nes bod y strapen yn ffitio'i wddw fel coler. Yna clymu'r cwlwm, dringo i ben y gadair, gosod yr ail ddolen dros y bachyn a chicio'r gadair o'r ffordd. 'Drychwch ar hwn; dyma be dwi'n feddwl.'

Trodd i dudalen arall a gwthio'r ffeil at Cordelia.

Roedd y llun yn erchyll. Teimlodd Cordelia'i chalon yn curo fel gordd yn ei mynwes. Roedd hwn ganmil gwaeth na marwolaeth Bernie. Plygodd ei phen yn isel dros y ffeil, gan guddio'i hwyneb â'i gwallt, a gorfodi'i hunan i astudio'r erchylltra o'i blaen.

Roedd y gwddf wedi ymestyn nes bod y traed noeth, a oedd yn ei hatgoffa o draed dawnsiwr balé, brin droedfedd o'r llawr. Uwchben y stumog a'i chyhyrau tyn edrychai'r asennau mor frau ag asennau dryw bach. Pwysai'r pen ar yr ysgwydd dde ac roedd y tafod chwyddedig wedi ymwthio drwy'r gwefusau tew. Doedd dim ond gwyn y llygaid i'w weld dan yr amrannau trwm. Anodd credu i'r fath byped erchyll erioed fod yn fyw.

'Rwy'n deall rŵan. Does 'na brin bedair modfedd o strap rhwng y gwddw a'r cwlwm. Lle mae'r bwcl?'

'Ar ei war o, dan y glust chwith. Mae 'na lun o'r marc a wnaeth hwnnw ar ei gnawd o yn y ffeil hefyd.'

Nid edrychodd Cordelia. Pam oedd o wedi dangos y llun 'ma iddi? Doedd o ddim yn angenrheidiol i brofi'i ddadl o. Oedd o wedi gobeithio'i dychryn hi; ei chosbi hi am dresmasu ar ei filltir sgwâr o? Neu oedd o am ei gwneud hi'n ymwybodol o'i broffesiynoldeb o; ei rhybuddio hi efallai? Ond pam? Doedd yr heddlu ddim yn amau llofruddiaeth; roedd yr achos wedi'i gau. Ai casineb oedd wrth wraidd ei weithred, tybed? Oedd 'na ryw sadistiaeth yn ei gymeriad o, yn ei orfodi i frifo neu ddychryn?

'Rwy'n cytuno efo chi, Sarjant,' meddai Cordelia. 'Does 'na'r un ffordd arall y gallai Mark fod wedi clymu'r ddolen 'na; hynny yw, os mai Mark ddaru. Ond bwriwch fod rhywun arall wedi tynnu'r ddolen yn dynnach am ei wddw ac yna'i godi ar y gadair. Byddai'r corff yn drwm iawn. Oni fyddai wedi bod yn haws i wneud y cwlwm gyntaf a'i godi ar y gadair wedyn?'

'Ar ôl gofyn i Mark yn gyntaf am gael benthyg ei felt?'

'Pam defnyddio belt? Gallai'r llofrudd fod wedi'i dagu â chortyn, neu dei hyd yn oed. Ond a fyddai hynny wedi gadael ôl arall, dyfnach, dan ôl y strapen?'

'Fe ddaru'r patholegydd chwilio am ôl felly. Doedd 'na ddim ar ei wddw ar wahân i ôl y strapen.'

'Ond mae 'na ddulliau eraill: bag plastig dros ei wyneb o; sgarff denau; hosan neilon.'

'Fe fyddech chi'n llofrudd tan gamp, Miss Gray. Mae'n bosib, wrth gwrs, ond byddai'n rhaid wrth ddyn

72

go gry . . . a doedd 'na ddim arwydd o ymladd, cofiwch.'

'Ond mae'n bosib mai felly y digwyddodd hi?'

'Wrth gwrs, ond doedd 'na ddim tystiolaeth o gwbl i brofi hynny.'

'Ond beth petai o wedi cael ei roi i gysgu?'

'Dyna pam yr anfonais i'r coffi i gael ei ddadansoddi. Ond doedd o ddim wedi cymryd unrhyw gyffur. Roedd y P.M. yn cadarnhau hynny.'

'Faint o goffi oedd o wedi'i yfed?'

'Dim ond rhyw hanner llond cwpan, yn ôl y P.M., a bu farw yn union ar ôl hynny—rywbryd rhwng saith a naw o'r gloch y nos.'

'Ddaru chi ddim meddwl bod rhywbeth od ynglŷn â'r ffaith ei fod o wedi yfed coffi yn union cyn swper?'

'Pam lai? Wyddon ni ddim pryd oedd o'n bwriadu bwyta'i swper. A ph'run bynnag, fedren ni ddim seilio achos o lofruddiaeth ar y ffaith fod rhywun wedi dewis yfed paned o goffi *cyn* ei bryd bwyd yn hytrach nag ar ei ôl o.'

'Beth am y nodyn? A oes modd codi marciau bysedd oddi ar deipiadur?'

'Dydy o ddim yn hawdd ar deipiadur o'r math yna. Fe ddaru ni drio ond lwyddon ni ddim.'

'Felly, yn y diwedd, fe ddaru chi dderbyn bod Mark wedi'i ladd ei hun.'

'Yn y diwedd, fe dderbyniais i nad oedd gen i ddim tystiolaeth i brofi fel arall.'

'Ond roeddech chi'n amau bod 'na ryw ddrwg yn y caws? Byddai un o gyd-weithwyr 'y mhartner i—mae o'n Uwcharolygydd yn y C.I.D—yn mynnu dilyn pob sgwarnog.'

'Wel, dyna'r C.I.D. i chi; fe allan nhw fforddio gwneud hynny. Taswn i'n dilyn pob sgwarnog fyddai 'na ddim gwaith yn cael ei wneud o gwmpas y lle 'ma. Dydy amau rhywbeth yn dda i ddim, rhaid i chi *brofi*'r

73

peth. Dyna sy'n cyfri yn y pen draw.'

'Alla i fynd â'r nodyn a'r strapen?'

'Pam lai? Does 'na neb arall isio nhw. Bydd raid i chi arwyddo'r llyfr.'

'Ga i weld y nodyn rŵan, os gwelwch chi'n dda?'

Tynnodd y nodyn allan o'r ffeil a'i estyn iddi. Dechreuodd Cordelia ddarllen iddi'i hun:

A void, boundless as the nether sky appeared beneath us. . .

Sylweddolodd, ac nid am y tro cyntaf chwaith, bwysigrwydd y gair ysgrifenedig a hud y symbolau trefnus. A fyddai barddoniaeth yr un mor swynol ped ysgrifennid hi fel rhyddiaith, neu ryddiaith yr un mor rymus heb batrwm a phwyslais yr atalnodi? Roedd Miss Leaming wedi adrodd geiriau Blake fel petai hi'n cydnabod eu prydferthwch ond yma, mewn du a gwyn, roedden nhw gymaint â hynny'n fwy pwerus.

Yna, ar amrantiad, sylweddolodd ddau beth. Doedd hi ddim am ddatgelu'r cyntaf wrth Sarjant Maskell, ond allai hi yn ei byw â gweld unrhyw reswm dros beidio â chyfeirio at yr ail. Meddai:

'Mae'n rhaid bod Mark Callender yn deipydd go dda. Teipiwyd hwn gan rywun profiadol.'

'Ddaru mi ddim meddwl hynny. Os sbiwch chi'n fanwl fe welwch chi fod rhai o'r llythrennau'n sgafnach na'r lleill. Mae hynny, bron bob tro, yn arwydd o amatur.'

'Ond nid yr un llythrennau ydyn nhw bob tro. Fel arfer, y llythrennau ar ymylon yr allweddell sy'n cael eu taro'n ysgafnach gan deipydd amhrofiadol. Ac mae'r cyfan wedi cael ei osod allan mor dda—bron hyd ddiwedd y darn. Mae'n edrych fel petai'r teipydd wedi sylweddoli'n sydyn y dylai drio cuddio'r ffaith ei fod o'n brofiadol, ond nad oedd ganddo fo amser i aildeipio'r cyfan. Ac mae'n rhyfedd bod yr atalnodi mor gywir.'

'Ei gopïo fo o lyfr wnaeth o, siŵr o fod. Roedd 'na

gyfrol o waith Blake yn llofft y bachgen. Dyfyniad o waith Blake ydy o, wyddoch chi—bardd y *"Tyger Tyger burning bright"* 'na.'

'Mi wn i. Ond os ddaru o gopïo'r pennill o'r llyfr, pam ddaru o drafferthu dychwelyd y gyfrol i'r llofft?'

'Hogyn taclus oedd o.'

'Ond ddim digon taclus i lanhau'r fforch nac i olchi'i gwpan.'

'Dydy hynny'n profi dim. Fel d'wedais i, mae pobl yn ymddwyn yn od ar brydiau, yn enwedig pan fyddan nhw'n cynllunio hunanladdiad. Ei deipiadur o oedd o; roedd o ganddo fo ers blwyddyn. Ond allen ni ddim cymharu'r nodyn â'i waith o, gan fod ei bapurau i gyd wedi cael eu llosgi.'

Taflodd y Sarjant gipolwg ar ei oriawr a chododd ar ei draed. Sylweddolodd Cordelia fod y cyfweliad drosodd. Arwyddodd am y strapen ledr a'r nodyn a diolchodd i'r Sarjant am ei gymorth. Agorodd yntau'r drws iddi ac meddai dros ei ysgwydd:

'Mae'n edrych yn debyg fod 'na ddynes wedi bod efo fo y diwrnod y buodd o farw. Cafodd y patholegydd hyd i ôl lipstic piwsgoch—y mymryn lleia—ar ei wefus ucha.'

PENNOD 3

Roedd y New Hall Bysantaidd ei olwg, a'i neuadd gromennog yn disgleirio fel oren wedi'i blicio, yn debycach i harîm nag i goleg, ym marn Cordelia. Harîm a oedd yn eiddo i swltan go ryddfrydig, hwyrach, a chanddo hoffter anarferol o ferched deallus. Byddai'n anodd astudio o ddifrif mewn lle mor hardd, meddyliodd, gan syllu ar yr adeilad o frics gwyn, y pyllau dŵr a'r pysgod aur yn gwibio rhwng y lilïau, a'r coed ieuainc wedi'u gosod yn artistig hwnt ac yma; roedd yma ormod i ddenu sylw.

Penderfynodd beidio â galw gyda'r porthor i ofyn am weld Miss Tilling rhag ofn iddo wrthod mynediad iddi. Gwell fyddai cerdded i mewn ar ei hunion a mentro'i lwc. Ac yn ffodus iawn, pan ofynnodd i'r drydedd fyfyrwraig y daethai ar ei thraws a wyddai hi ym'hle'r oedd stafell Sophie, meddai honno:

'Dydy hi ddim yn byw yn y coleg ond mae hi'n eistedd ar y lawnt draw fan 'cw efo'i brawd.'

Prysurodd Cordelia i gyfeiriad y grŵp bach ar y lawnt. Roedd yno bedwar i gyd, yn gorwedd ar eu hyd ar y gwelltglas cynnes. Ni ellid camgymryd Hugo a Sophie Tilling; roeddent cyn debyced i'w gilydd ag efeilliaid. Atgoffent Cordelia o gwpwl o bortreadau gan un o'r cyn-Raphaeliaid, gyda'u pennau o wallt du, trwchus, eu gyddfau byr, eu trwynau syth a'u gwefusau llawn, synhwyrus. Wrth eu hochr hwy, ymddangosai'r ferch arall yn bictiwr o dynerwch. Os hon oedd yr un oedd wedi ymweld â Mark yn y bwthyn, roedd Miss Markland yn llygad ei lle pan ddywedodd ei bod hi'n hardd. Roedd ganddi wyneb hir, trwyn bach pwt, gwallt hir melyn a llygaid gyda'r glasaf a welsai Cordelia erioed. Gwisgai ffrog gotwm borffor gyda bodis tyn yn anwesu'i bronnau llawn. Roedd hi'n droednoeth, a thrwy hollt yn ei sgert hir datgelid ei choesau gwynion, siapus. Er mor ddeniadol yr oedd Sophie Tilling, doedd hi ddim yn yr un cae â'r ferch brydferth hon.

Digon cyffredin, ar yr olwg gyntaf, oedd pedwerydd aelod y grŵp. Stocyn ifanc ydoedd a chanddo wallt cyrliog, coch ac egin barf ar ei wyneb crwn. Gorweddai ar y glaswellt yn ymyl Sophie Tilling.

Gwisgai pob un ohonynt, ac eithrio'r ferch wallt golau, hen jîns a chrysau cotwm amryliw.

Bu Cordelia'n sefyll gerllaw iddynt am rai eiliadau cyn iddynt gymryd unrhyw sylw ohoni.

'Rwy'n chwilio am Hugo a Sophie Tilling,' meddai toc. 'Cordelia Gray ydw i.'

Edrychodd y bachgen gwallt du arni ac meddai:

'Fi ydy Hugo Tilling a dyma fy chwaer i. Dyma Isabelle de Lasterie a dyma Davie Stevens.'

Cododd Davie Stevens ar ei eistedd yn sydyn fel jac-yn-y-bocs a chyfarchodd hi'n ddigon cyfeillgar.

Roedd o'n craffu arni'n chwilfrydig, a sylweddolodd Cordelia, wrth syllu i fyw ei lygaid deallus, ei bod wedi cael camargraff ohono gynnau, pan oedd hi'n gwylio'r grŵp o hirbell. Roedd hi'n siŵr bellach mai Davie Stevens—ac nid Hugo—a feddai ar y bersonoliaeth gryfaf.

Nodiodd Sophie Tilling arni gan ddweud 'Helô'.

Ni thorrodd Isabelle air, ond lledaenodd gwên hyfryd dros ei hwyneb.

'Steddwch, Cordelia Gray. Beth allwn ni'i wneud i chi?' gofynnodd Hugo'n gellweirus.

Penliniodd Cordelia o'u blaen, yn ofalus i beidio â chael ôl glaswellt ar ei sgert. Fyddai hi ddim yn hawdd cynnal cyfweliad yn ei chwrcwd fel hyn, meddyliodd.

'Ditectif preifat ydw i,' meddai. 'Mae Syr Ronald Callender wedi 'nghyflogi i i geisio darganfod pam y bu farw'i fab.'

Cafodd ei geiriau effaith syfrdanol. Am ennyd, trawsffurfiwyd y pedwar—a fuasai, funud neu ddwy'n ôl, yn hamddena'n ddioglyd—yn gerflun marmor. Yna, gwelodd Cordelia hwy'n ymlacio drachefn. Bron na allai'u clywed yn ailddechrau anadlu. Gwyliodd eu hwynebau. Davie Stevens oedd i weld yn poeni leiaf. Roedd ganddo hanner-gwên ryfedd ar ei wyneb a thaflodd gipolwg i gyfeiriad Sophie, fel petai'r ddau ohonynt yn gyfrannog o ryw gyfrinach neu'i gilydd. Ond edrychodd hi ddim arno; syllai hi a Hugo'n syth o'u blaenau, gan osgoi edrych ar ei gilydd. O'r pedwar, Isabelle oedd yr un a gawsai'r sioc fwyaf. Roedd hi mor welw fel yr ofnai Cordelia y byddai'n llewygu unrhyw funud.

'Mae'n amlwg p'run o'r rhain fyddai'r gwanna mewn argyfwng,' meddai wrthi'i hun.

'Dydych chi 'rioed yn deud wrthon ni fod Ronald Callender wedi'ch cyflogi chi i ddarganfod pam y bu Mark farw?' meddai Hugo'n syn.

'Be sy mor od ynglŷn â hynny?'

'Mae o'n anghredadwy. Fuo ganddo fo 'rioed fawr o ddiddordeb yn ei fab pan oedd o'n fyw. Pam dechrau rŵan?'

'Sut gwyddoch chi nad oedd Syr Ronald yn cymryd diddordeb yn ei fab?'

'Dyna'r argraff ges i.'

'Wel,' meddai Cordelia, 'mae ganddo fo ddiddordeb rŵan, beth bynnag. Neu o leia mae o am wybod y gwir—am ei fod o'n wyddonydd, mae'n debyg.'

'Pam na gadwith o at ei wyddoniaeth? Allith o ddim dadansoddi pobl fel taen nhw'n rhan o arbrawf mewn lab.'

Ymunodd Davie Stevens yn y sgwrs:

'Dwn i ddim sut medrwch chi ddiodde'r ffasgydd ffroenuchel.'

Roedd ei eiriau gwawdlyd yn gyforiog o atgofion i Cordelia, ond gwnaeth ei gorau i'w hanwybyddu:

'Fuon ni ddim yn trafod gwleidyddiaeth.'

'Nid dyna mae Davie'n ei feddwl,' chwarddodd Hugo. 'Mae o'n ei alw'n ffasgydd am fod ganddo ddaliadau nad oes modd eu hamddiffyn. Er enghraifft, na fyddai modd gwneud pawb yn gyfartal, na fyddai rhoi'r bleidlais i bawb ddim, o reidrwydd, yn cyfrannu at eu hapusrwydd nhw, nad ydy gormes y chwith ddim yn haws ei ddioddef na gormes y dde, nad ydy dyn du yn lladd dyn du fawr gwell na dyn gwyn yn lladd dyn du, hynny yw, o safbwynt yr un a leddir, ac na ddylid bwrw'r bai am holl wendidau dyn ar ysgwyddau cyfalafiaeth, boed y gwendid hwnnw'n gyffuriau neu'n wallau gramadegol. Dydw i ddim yn awgrymu am funud fod Ronald Callender yn credu'r pethau yma ond mae Davie o'r farn ei fod o.'

Taflodd hwnnw lyfr at Hugo, ac meddai:

'Cau dy geg! Rwyt ti'n swnio fel y *Daily Telegraph*. Ac rwyt ti'n diflasu Cordelia.'

'Ai Syr Ronald awgrymodd eich bod chi'n ein holi ni?' gofynnodd Sophie Tilling yn sydyn.

'Dweud ddaru o mai chi oedd ffrindiau Mark; roedd o wedi'ch gweld chi yn y cwest ac ar lan y bedd.'

Chwarddodd Hugo.

'Dduw mawr! A dyna be mae cyfeillgarwch yn ei olygu iddo fo!'

'Ond roeddech chi yno?' gofynnodd Cordelia.

'Fe aethon ni i'r cwest—pawb ond Isabelle. Braidd yn ddiflas oedd o. Roedd 'na lawer iawn o dystiolaeth feddygol amherthnasol ynglŷn â chyflwr iechyd Mark. Roedd o mor iach, mi fase fo wedi byw am byth tase rhywun heb roi belt am ei wddw fo.'

'A'r angladd? Oeddech chi yn fan'no hefyd?'

'Oedden—yn Amlosgfa Caer-grawnt. Angladd tawel iawn. Dim ond chwech oedd yno; ni'n tri, Ronald Callender, yr ysgrifenyddes be-chi'n-galw 'na sydd ganddo fo a rhyw hen ddynes mewn du. Mi daflodd honno ryw gysgod dros yr holl achlysur. Edrychai mor debyg i hen nani o'r oes o'r blaen nes i mi ddechrau amau mai un o'r heddlu oedd hi.'

'Pam? Oedd hi'n edrych fel un?'

'Nac oedd. Ond dydych chithau ddim yn edrych fel ditectif preifat chwaith.'

'A 'sgynnoch chi ddim syniad pwy oedd hi?'

'Na, dim o gwbl. Chawson ni mo'n cyflwyno. A dweud y gwir, ddaru ni ddim torri gair â neb. Gwnaeth Syr Ronald sioe go dda—roedd o fel brenin yn galaru ar ôl ei etifedd.'

'A Miss Leaming?'

'Consort y Frenhines; fe ddylai fod wedi gwisgo gorchudd du dros ei hwyneb.'

'Roedd ei galar hi'n ddigon didwyll am wn i,' meddai Sophie.

'Sut gwyddost ti? Does neb yn gwybod. Be ydy galar? Be ydy didwyll?'

Trodd Davie Stevens ar ei fol fel ci chwareus ac meddai'n sydyn:

'Ro'n i'n gweld Miss Leaming yn edrych yn reit sâl. Gyda llaw, Pilbeam oedd enw'r hen ddynes; wel, dyna be oedd ar y dorch beth bynnag.'

Chwarddodd Sophie.

'Yr hen groes hyll 'na o rosod, a'r cerdyn efo ymyl du? Ond sut wyt ti'n gwybod?'

'Sbio ddaru mi, bach. Mi ddaru'r dynion oedd yn trefnu'r angladd dynnu'r dorch oddi ar yr arch a'i gosod yn erbyn y wal ac mi ges i gipolwg arni. "Gyda chydymdeimlad dwys, oddi wrth Nani Pilbeam" oedd ar y cerdyn.'

'O ie, mae gen i go' i mi dy weld di'n edrych,' meddai Sophie. 'Nani druan, mae'n rhaid ei bod hi wedi costio ffortiwn iddi.'

'Glywsoch chi Mark yn sôn am ryw Nani Pritchard erioed?' gofynnodd Cordelia.

Edrychodd y pedwar ar ei gilydd. Ysgydwodd Isabelle ei phen.

'Wnes i ddim,' atebodd Sophie.

Atebodd Hugo:

'Doedd o byth yn sôn amdani, ond mae gen i go' i mi'i gweld hi unwaith cyn yr angladd. Galwodd yn y coleg ryw chwech wythnos yn ôl—diwrnod pen-blwydd Mark yn un ar hugain i fod yn fanwl. Ro'n i'n digwydd bod yn stafell y porthor ar y pryd, a gofynnodd Robbins i mi a oedd Mark i mewn. Fe fuodd hi efo fo yn ei stafell am awr, o leia, ond soniodd o'r un gair amdani, na chynt nac wedyn.'

Ac yn fuan wedyn, meddyliodd Cordelia, roedd o wedi hel ei bac o'r brifysgol. Oedd 'na gysylltiad tybed? Trywydd go fain, ond un gwerth ei ddilyn, serch hynny.

'Oedd 'na flodau eraill?' gofynnodd Cordelia.

Sophie atebodd:

'Un tusw bychan o flodau gardd. Dim cerdyn. Miss Leaming mae'n debyg. Nid dyna steil Syr Ronald.'

'Chi oedd ei ffrindiau fo,' meddai Cordelia. 'Beth allwch chi ddweud wrtha i amdano fo?'

Edrychodd y pedwar ar ei gilydd fel petaent yn ceisio penderfynu pwy ddylai siarad. Rhwygai Sophie Tilling y glaswellt dan ei dwylo. Siaradodd heb godi'i phen:

'Roedd Mark yn berson preifat iawn. Doedd 'run ohonon ni'n ei nabod o go iawn. Roedd o'n dawel, yn fonheddig. Doedd o ddim yn uchelgeisiol. Roedd o'n alluog heb fod yn glyfar. Roedd o'n garedig. Roedd o braidd yn ddihyder, ond doedd hynny'n poeni dim arno. Dyna'r Mark roedden ni'n ei nabod.'

'Roedd o'n annwyl,' meddai Isabelle, mewn llais mor dawel fel mai prin y gallodd Cordelia'i chlywed.

Trodd Hugo at Cordelia'n ddiamynedd.

'Roedd o'n annwyl ac mae o wedi marw. Does 'na ddim byd arall i'w ddweud. Welodd yr un ohonon ni mo Mark ar ôl iddo roi'r gorau i'w gwrs. Dd'wedodd o ddim wrthon ni'i fod o'n gadael, a dd'wedodd o ddim wrthon ni'i fod o'n mynd i'w ladd ei hun. Person preifat oedd o. Rwy'n awgrymu'ch bod chi'n gadael llonydd iddo.'

'Ylwch,' meddai Cordelia, 'fe aethoch chi i'r cwest, fe aethoch chi i'r angladd. Pam wnaethoch chi hynny os nad oeddech chi'n malio amdano fo?'

'Aeth Sophie am ei bod hi'n hoffi Mark. Aeth Davie am fod Sophie'n mynd. Es innau oherwydd chwilfrydedd, parch—galwch chi o be fynnoch chi.'

'Bu rhywun yn ymweld â Mark yn y bwthyn y noson y

buodd o farw,' meddai Cordelia'n styfnig. 'Bu rhywun yn yfed paned o goffi efo fo. Rwy'n bwriadu darganfod pwy oedd y rhywun hwnnw.'

Ai dychmygu roedd hi neu a oedd hyn wedi taflu'r pedwar oddi ar eu hechel braidd? Roedd Sophie ar fin dweud rhywbeth pan dorrodd Hugo ar ei thraws yn gyflym:

'Pwy bynnag oedd o, doedd o ddim yn un ohonon ni. Y noson y bu Mark farw roedden ni i gyd yn eistedd yn ail res yr oriel yn Theatr y Celfyddydau yn gwylio drama gan Pinter. Wn i ddim a alla i brofi hynny. Fi ddaru archebu'r seddi, ac efallai y byddai'r ferch yn y swyddfa docynnau yn 'y nghofio i. Fe allwn i'ch cyflwyno chi i ffrind a wyddai'n bod ni'n mynd i weld y ddrama, ac i ffrind arall a'n gwelodd ni yn y bar yn ystod yr egwyl, ac i ffrind arall y bûm i'n trafod y perfformiad ag o. Ond byddai'n haws taech chi'n derbyn 'mod i'n dweud y gwir. Wedi'r cyfan, pam fyddwn i'n dweud celwydd? Roedden ni'n pedwar yn Theatr y Celfyddydau ar y 26ain o Fai.'

'Pam na dd'wedwch chi wrth Tada Callender uffern i fynd i'r diawl a gadael ei fab yn llonydd?' meddai Davie Stevens yn dawel. 'Chwiliwch am achos bach syml o ladrad i'w ddatrys.'

'Neu fwrdwr,' meddai Hugo Tilling.

'Ie, neu fwrdwr.'

Ar y gair, cododd y pedwar, gan gasglu'u llyfrau at ei gilydd a brwsio'r glaswellt oddi ar eu dillad. Dilynodd Cordelia hwy nes cyrraedd Renault gwyn yn y maes parcio. Aeth at Isabelle a gofynnodd:

'Ddaru chi fwynhau'r ddrama? Ddaru'r olygfa ola 'na, yr un pan mae Wyatt Gillman yn cael ei saethu gan y brodorion, ddim codi ofn arnoch chi?'

Roedd hi mor hawdd ei thwyllo; bron nad oedd Cordelia'n ei chasáu'i hun.

'Naddo! Ro'n i gyda Hugo a'r lleill. Doedd arna i

ddim ofn.'

Trodd Cordelia at Hugo Tilling, ac meddai:

'Mae'n ymddangos nad ydy'ch ffrind yn gwybod y gwahaniaeth rhwng Pinter ac Osborne.'

Roedd Hugo wrthi'n ei wneud ei hun yn gyfforddus y tu ôl i lyw'r car. Agorodd y drws cefn i Sophie a Davie.

'Mae fy ffrind, fel rydych chi'n ei galw hi, wedi dod i Gaer-grawnt i ddysgu Saesneg. Hyd yma dydy hi ddim wedi cael rhyw lwyddiant mawr. All neb fod yn siŵr faint mae hi wedi'i ddeall.'

Taniodd yr injan, ac fel roedd y car yn dechrau symud i ffwrdd, gwthiodd Sophie Tilling ei phen drwy'r ffenestr ac meddai'n gyflym:

'Os ydych chi eisiau siarad am Mark rwy'n fodlon helpu. Dewch draw i'r tŷ pnawn 'ma os liciwch chi—57 Norwich Street. Peidiwch â bod yn hwyr: mae Davie a finnau'n mynd am bicnic ar yr afon. Dewch efo ni os mynnwch chi.'

Cyflymodd y car a gwyliodd Cordelia ef nes ei fod wedi diflannu o'i golwg. Cododd Hugo'i law i ffarwelio â hi, ond ni throdd yr un o'r lleill ei ben.

Ailadroddodd Cordelia'r cyfeiriad wrthi'i hun nes cafodd gyfle i'w ysgrifennu yn ei llyfr nodiadau: 57 Norwich Street. Ai cyfeiriad llety Sophie oedd hwn, tybed—hostel, efallai—neu a oedd ei rhieni'n byw yng Nghaer-grawnt? Câi wybod maes o law. Pryd ddylai hi fynd yno? Doedd hi ddim am gyrraedd yn rhy gynnar rhag ymddangos yn orawyddus, ac eto petai'n ei gadael hi'n rhy hwyr byddent wedi mynd. Beth bynnag oedd wedi ysgogi Sophie i'w gwadd hi draw, doedd hi ddim am golli gafael arno rŵan.

Roedden nhw'n celu rhywbeth; roedd hynny'n amlwg. Dyna pam y cawsant gymaint o sioc pan ddechreuodd hi eu holi. Roedden nhw am iddi adael llonydd i Mark Callender ac fe wnaent eu gorau glas i'w pherswadio i roi'r ffidil yn y to. Oedden nhw'n debygol o'i bygwth hi tybed? Ond pam? Am eu bod nhw'n cysgodi rhywun? Ond eto, pam? Byddai unrhyw ffrind gwerth ei halen yn barod i ddweud celwydd ambell dro i helpu rhywun oedd wedi cyflawni rhyw *fân* drosedd— megis dringo i mewn i erddi'r coleg yn hwyr y nos—ond roedd llofruddiaeth yn fater hollol wahanol. Ac roedd Mark yn ffrind iddynt. Roedd rhywun roedd o'n ei nabod ac yn ymddiried ynddo wedi clymu'r strapen yn dynn am ei wddw, wedi gwrando ar ei dagfeydd dychrynllyd, wedi'i hongian o'r trawst fel lwmp o gig. Doedd bosib fod ei ffrindiau wedi'i ladd? Beth am Isabelle? Os oedden nhw'n cysgodi rhywun, roedden nhw'n ei chysgodi hi. Ond allai Isabelle de Lasterie fyth fod wedi llofruddio Mark, meddyliodd Cordelia, wrth gofio'i chorff tenau a'i dwylo gwan a'i hewinedd hir, pinc. Os oedd Isabelle yn euog, nid hi oedd yr unig un. Dim ond merch dal, gryf iawn fyddai wedi medru codi'r corff marw 'na ar y gadair a'i hongian ar y bachyn.

Stryd unffordd oedd Norwich Street a bu Cordelia mor anffodus â dod ati o'r cyfeiriad anghywir. Cafodd gryn drafferth i ganfod ei ffordd yn ôl i Hills Road, heibio i'r Eglwys Babyddol ac i lawr y pedwerydd tro i'r dde. Stryd o dai teras oedd hi, tai bychain a adeiladwyd yng nghyfnod Fictoria. Roedd ôl gofal ar y tai, y drysau wedi'u peintio a llenni trymion yn gorchuddio pob ffenestr. Du oedd drws rhif 57, a sgleiniai'r rhif yn wyn tu ôl i'r gwydr uwchben. Trwy lwc, roedd lle i Cordelia barcio'r Mini. Roedd rhes hir o hen geir a beiciau'n cydredeg ag ymyl y pafin ond doedd dim sôn am y Renault yn unman.

Roedd y drws ffrynt led y pen ar agor. Canodd Cordelia'r gloch a chamodd i mewn i'r cyntedd cul. Sylwodd mor debyg oedd y tŷ i fwthyn teras Fictorianaidd Mrs Gibson yn Romford. Bu'n byw gyda hi am ddwy flynedd, oddi ar pan oedd hi'n chwe blwydd oed. Cofiai'r grisiau serth a chul yn syth o'i blaen, y drws ar y dde a arweiniai i'r parlwr ffrynt, y drws arall a arweiniai i'r parlwr cefn a, thrwyddo, i'r gegin a'r iard. Gwyddai y byddai yno gypyrddau ac alcof o bobtu'r lle tân, ac y gallai ganfod drws y twll-dan-staer mewn tywyllwch dudew, petai raid. Bron na allai arogli llieiniau heb eu golchi, bresych a saim—yr arogleuon a dreiddiai'n feunyddiol drwy'r tŷ yn Romford. Bron na allai glywed lleisiau'r plant yn galw'i henw bondigrybwyll ar draws iard chwarae'r ysgol gynradd, gan neidio'n rhythmig ar y tarmacadam yn eu welingtons, a'u breichiau tenau'n cyhwfan uwch eu pennau: 'Cor, Cor, Cor!'

Roedd y drws pellaf yn gilagored a thrwyddo gallai weld ystafell olau wedi'i pheintio'n felyn llachar. Ymddangosodd pen Sophie drwy gil y drws.

'O, chi sy 'na! Dewch i mewn. Mae Davie wedi mynd i brynu bwyd ar gyfer y picnic. Hoffech chi baned o de rŵan neu wedyn? Mi fydda i wedi gorffen y smwddio 'ma mewn dau funud.'

'Mi ddisgwylia i, diolch.'

Eisteddodd Cordelia a gwyliodd Sophie'n plygu lliain ac yn weindio'r wifren drydan o gwmpas yr haearn smwddio. Taflodd gipolwg o gwmpas yr ystafell. Roedd hi'n ddeniadol ac yn groesawgar, a'r dodrefn yn gymysgedd o bethau rhad a rhai drudfawr, heb fod yn perthyn i unrhyw gyfnod neilltuol. Roedd clamp o fwrdd derw solet yn ymyl y wal a phedair cadair ddigon hyll yr olwg o'i gwmpas. O dan y ffenestr roedd soffa Fictorianaidd wedi'i gorchuddio â melfed brown ac, yn ei hymyl, gadair Windsor ac arni glustog melyn tew. Ar y silff-ben-tân, uwchben y grât haearn, roedd tri ffigwr Staffordshire gwerthfawr. Roedd un o'r parwydydd wedi'i orchuddio bron â hysbysfwrdd o gorc tywyll ac arno bosteri, cardiau, nodiadau a lluniau wedi'u torri allan o gylchgronau. Yn eu plith roedd dau lun o gyrff noeth.

Trwy'r ffenestr gwelai Cordelia ardd fechan, yn wledd o liw, a wal o'i chwmpas. Tyfai hocys mawr, amryliw ar hyd ffrâm ddelltwaith dila'r olwg. Roedd y rhosod yn eu blodau, ac ar hyd y wal roedd rhes o botiau pridd yn llawn o fynawyd y bugail coch.

'Rwy'n hoffi'r tŷ 'ma. Chi bia fo?' gofynnodd Cordelia.

'Ie. Cafodd Hugo a minnau arian ar ôl Nain, a fu farw ryw ddwy flynedd yn ôl. Fe rois i'n arian i at y tŷ 'ma, ond gwariodd Hugo'r cwbl ar seler o win, er mwyn sicrhau canol oed hapus am wn i. Sicrhau presennol hapus wnes i. Dyna'r gwahaniaeth rhyngon ni, mae'n debyg.'

Rhoddodd yr haearn smwddio i gadw yn un o'r cypyrddau ac eisteddodd gyferbyn â Cordelia. Gofynnodd yn sydyn:

'Ydych chi'n hoffi 'mrawd?'

'Na, ddim llawer. Ro'n i'n meddwl ei fod o braidd yn ddig'wilydd.'

'Doedd hynny ddim yn fwriadol, rwy'n siŵr.'

'Mae hynny'n waeth byth. Mae o'n ansensitif felly.'

'Ar Isabelle mae'r bai. Dyna'r effaith mae hi'n ei gael arno fo.'

'Oedd hi mewn cariad â Mark Callender?'

'Bydd raid i chi ofyn hynny iddi hi, Cordelia. Ond faswn i ddim yn meddwl. Doedden nhw prin yn nabod ei gilydd. Fy nghariad i oedd Mark. Ro'n i am ddweud hynny wrthoch chi fy hunan; fe fyddech wedi dod i wybod yn hwyr neu'n hwyrach, p'run bynnag. Doedd o ddim yn byw efo fi, wrth gwrs. Roedd ganddo stafell yn y coleg. Ond roedden ni'n gariadon gydol y flwyddyn dd'wetha. Fe orffennon ni ar ôl Nadolig pan ddaru mi gyfarfod Davie.'

'Oeddech chi mewn cariad?'

'Dwn i ddim. Mae 'na elfen hunanol ym mhob perthynas am wn i. Roedden ni'n agos iawn. Roedd Mark yn hoffi meddwl ei fod o mewn cariad ond o'm rhan i, wel, dydw i ddim yn siŵr 'mod i'n gwybod ystyr y gair.'

Gallai Cordelia gydymdeimlo â hi i raddau. Wyddai hithau ddim chwaith. Cofiodd am ei chariadon ei hun. Dyna Georges druan. Roedd hi wedi cysgu efo fo am ei fod o'n addfwyn ac yn anhapus; ac am ei fod o'n ei galw'n Cordelia, ac nid Delia fel y'i gelwid hi gan ei thad. Delia, ffasgydd bach Dadi. A dyna Carl, oedd mor ifanc ac mor wyllt. Roedd hi mor hoff ohono nes iddi deimlo ar y pryd mai'r unig ffordd y gallai ddangos hynny oedd cysgu efo fo. Wedi'r cyfan, onid rhywbeth dros dro oedd gwyryfdod, rhyw gyflwr anghyfleus a oedd yn rhan o'r ansicrwydd cyffredinol hwnnw a berthynai i ieuenctid? Cyn iddi gyfarfod Georges a Carl, roedd hi'n unig ac yn amhrofiadol. Wedi iddynt ddiflannu o'i bywyd, roedd hi'n unig ond yn llai amhrofiadol. Ni lwyddodd y naill berthynas na'r llall i'w gwneud hi'n fwy hyderus yn ei hymwneud â'i thad a'i lletywragedd. Chyffyrddodd yr un o'r ddau â'i chalon, er i Carl ddod yn go agos ati. Diolchodd i'r drefn ei fod wedi gadael Rhufain cyn iddo ddod i olygu gormod iddi, cyn i'w caru roi gormod o fwynhad iddi. Allai hi ddim diodde meddwl y byddai'r giamocs rhyfedd 'na, ryw ddiwrnod, yn anhepgor iddi. Roedd hi wedi dod i'r penderfyniad ers tro byd fod rhyw yn cael ei orbrisio.

'Oeddech chi'n hoff o'ch gilydd 'te?' gofynnodd Cordelia. 'Oeddech chi'n mwynhau cysgu efo'ch gilydd?'

'Oedden.'

'Pam ddaru chi orffen? Cweryla ddaru chi?'

'Na, fedrech chi ddim cweryla efo Mark. Un felly oedd o. D'wedais wrtho 'mod i eisiau gorffen efo fo, ac fe dderbyniodd o'r newydd yn dawel, ddi-ddadl, fel tawn i'n dweud nad o'n i am fynd i'r theatr neu rywbeth. Ac os ydych chi'n meddwl fod Mark wedi lladd ei hunan oherwydd hynny, 'dych chi'n anghywir. Do'n i ddim mor bwysig â hynny iddo fo. A dweud y gwir, rwy'n meddwl 'mod i'n fwy hoff ohono fo nag oedd o ohona i.'

'Os felly, pam gorffen efo fo?'

'Ro'n i'n teimlo fel tawn i dan chwyddwydr yn barhaus. Doedd hynny ddim yn wir, ond felly ro'n i'n teimlo. Allwn i ddim cyrraedd ei safonau o, a do'n i ddim am drio chwaith. Dyna Gary Webber, er eng-hraifft. Roedd agwedd Mark tuag at Gary'n esbonio llawer amdano. Plentyn awtistig ydy Gary—un o'r rhai mwya gwyllt ac afreolus. Mi ddaru Mark ei gyfarfod o a'i rieni a'u dau blentyn arall yn Jesus Green ryw flwyddyn yn ôl; roedd y plant yn chwarae ar y siglenni. Siaradodd Mark â Gary a dyna ddechrau'r berthynas arbennig a dyfodd rhyngddyn nhw. Roedd plant bob amser yn cymryd at Mark. Dechreuodd ymweld â'r teulu, a byddai'n gofalu am Gary un noswaith yr wythnos er mwyn i'w rieni gael mynd allan. Mi ddaru o hyd yn oed aros yno yn ystod ei wyliau fel bod gweddill y teulu'n gallu mynd i ffwrdd. Roedden nhw'n ddigon hapus i adael Gary efo fo. Mi fyddwn i'n galw heibio'r tŷ ambell dro a byddai Mark wrthi'n magu'r bachgen ar ei lin, yn ei siglo'n ôl a 'mlaen am oriau bwygilydd. Dyna'r unig ffordd i'w dawelu o. Roeddwn i'n anghytuno ynglŷn â Gary. Ro'n i'n meddwl y byddai pawb ar eu hennill petai o'n marw; ei rieni, ei deulu, Gary ei hunan. Doedd Mark ddim yn cytuno. Rwy'n cofio dweud wrtho ryw dro:

"Os wyt ti'n credu ei bod hi'n iawn i blant diodde er mwyn i ti gael boddhad emosiynol allan o'u helpu nhw. . ."

Ac yntau'n ateb:

"Fyddet ti na fi'n fodlon lladd Gary. Mae o'n bodoli.

Mae'i deulu o'n bodoli. Maen nhw angen ein help ni. Gweithredoedd sy'n bwysig, nid ein teimladau ni." '

'Ond mae'n gweithredoedd ni'n deillio o'n teimladau ni,' meddai Cordelia.

'Cordelia fach, peidiwch chi â dechrau! Rwy wedi clywed hyn sawl gwaith o'r blaen. Wrth gwrs eu bod nhw!'

Eisteddodd y ddwy'n dawel am eiliad. Doedd Cordelia ddim am chwalu'r cyfeillgarwch brau oedd yn tyfu rhyngddynt, ond fe'i gorfododd ei hun i ofyn:

'Pam ddaru o'i ladd ei hun—os dyna wnaeth o?'

'Mi adawodd nodyn yn do?' atebodd Sophie'n swta.

'Do, nodyn. Ond dim esboniad. Mae'r dyfyniad 'na'n ddarn bendigedig o ryddiaith, ond ydy o'n cyfiawnhau hunanladdiad? Dydy o ddim yn f'argyhoeddi i.'

'Roedd o'n ddigon i argyhoeddi'r rheithgor.'

'Gwrandwch, Sophie! Hyd y gwela i, dau reswm sy 'na dros gyflawni hunanladdiad. Mae rhywun naill ai'n dianc oddi wrth rywbeth neu tuag at rywbeth. Rwy'n gallu deall y cynta. Os ydy dyn mewn poen mawr, yn diodde o ryw afiechyd nad oes 'na wella iddo fo, mae marwolaeth yn siŵr o fod yn ddihangfa. Ond dydw i ddim yn deall rhywun sy'n ei ladd ei hunan yn y gobaith o gael gwell bywyd, neu er mwyn cael profiad o farwolaeth. Dydy hynny ddim yn bosib. Rydych chi naill ai'n fyw neu'n farw; allwch chi ddim elwa ar eich profiad. Os oes 'na fywyd ar ôl marwolaeth, fe gawn ni wybod hynny'n ddigon buan. Os nad oes, fyddwn ni ddim ar gael i gwyno'n bod ni wedi cael ein twyllo. Ond mae'n ddigon rhesymol i gredu mewn bywyd ar ôl marwolaeth. A'r rheini ydy'r unig rai na fyddan nhw'n cael eu dadrithio yn y pen draw.'

'Rydych chi wedi meddwl llawer am y peth, yn do? Ydych chi'n credu bod y bobl sy'n eu lladd eu hunain yn gwneud hynny? Onid gweithred fyrbwyll ac afresymol ydy hi?'

'Oedd Mark yn fyrbwyll ac yn afresymol?'

'Do'n i ddim yn nabod Mark.'

'Ond roeddech chi'n gariadon! Roeddech chi'n cysgu efo'ch gilydd!'

Edrychodd Sophie'n ddig, fel petai wedi'i brifo.

'Do'n i ddim yn ei nabod o! Ro'n i'n meddwl 'mod i, ond mewn gwirionedd do'n i'n gwybod affliw o ddim amdano fo!'

Thorrodd yr un ohonynt air am ysbaid. Yna gofynnodd Cordelia:

'Fe gawsoch chi swper efo'r teulu yn Garforth House, yn do? Ddaru chi fwynhau'ch hun?'

'Roedd y bwyd a'r gwin yn flasus iawn, ond nid dyna roeddech chi am wybod mae'n debyg. Roedd Syr Ronald yn ddigon clên unwaith y sylwodd o 'mod i yno. Ac am Miss Leaming, wel, roedd honno'n fy nhrin fel darpar ferch-yng-nghyfraith, ar yr adegau prin hynny pan oedd hi'n llwyddo i dynnu'i llygaid oddi ar y dyn mawr ei hunan. Roedd Mark braidd yn dawel. Rwy'n credu'i fod o wedi 'ngwadd i yno er mwyn profi rhywbeth i mi, neu iddo'i hunan falle. Dwn i ddim beth. Soniodd o'r un gair am y noson wedyn. Ryw fis yn ddiweddarach aeth Hugo a minnau yno i swper. Dyna pryd ddaru mi gyfarfod Davie. Roedd o yno fel gwestai i un o'r beiolegwyr ac roedd Ronald Callender am ei gyflogi. Bu Davie'n gweithio yno yn ystod y gwyliau pan oedd o ar ei flwyddyn ola. Os ydych chi eisiau gwybod rhywbeth am Garforth House, fo ydy'r dyn i chi.'

Bum munud yn ddiweddarach cyrhaeddodd Hugo, Isabelle a Davie. Roedd Cordelia newydd fynd i fyny'r grisiau i'r tŷ bach pan glywodd sŵn car tu allan a chleber lleisiau yn y cyntedd. Clywodd sŵn traed yn mynd i gyfeiriad y parlwr cefn. Rhoddodd dro i'r tap dŵr poeth ac ar amrantiad dechreuodd y bwyler nwy yn y gegin ruo fel petai ar gychwyn i'r lleuad unrhyw funud. Gadawodd Cordelia i'r dŵr redeg, a chamodd allan o'r tŷ bach gan gau'r drws yn ysgafn o'i hôl. Cripiodd yn llechwraidd i lawr y tair gris gyntaf a chlustfeiniodd. Teimlai'n euog am wastraffu dŵr poeth Sophie, ond roedd yr ymdeimlad o dwyll yn waeth byth. Roedd drws y ffrynt wedi'i gau erbyn hyn ond roedd drws y parlwr led y pen ar agor. Adnabu lais uchel Isabelle:

'Ond os ydy'r Syr Ronald 'ma'n ei thalu hi am wneud ymholiadau ynglŷn â marwolaeth Mark, pam na alla i dalu iddi hi am adael pethau'n llonydd?'

'F'annwyl Isabelle,' meddai Hugo'n ddirmygus, 'pryd ddysgi di nad oes modd prynu pawb?'

Gwnaeth Sophie ryw sylw yn ei llais meddal ac atebodd ei brawd:

'All hi ddim, p'run bynnag. Dwi'n ei hoffi hi.'

'Ryden ni i gyd yn ei hoffi hi. Y cwestiwn ydy sut cawn ni wared â hi?'

Gostyngodd y lleisiau'n furmur annealladwy am ennyd, ac yna siaradodd Isabelle unwaith eto:

'Dydw i ddim yn meddwl ei fod o'n waith addas iawn i ferch.'

Clywodd Cordelia sŵn cadair yn crafu'n erbyn y llawr a rhuthrodd yn ôl i'r tŷ bach i droi'r tap i ffwrdd. Cofiodd am y sylw a wnaethai Bernie ryw dro pan oeddent yn trafod rhyw ysgariad neu'i gilydd:

'Does dim modd gwneud y job yma, mêt, a bod yn ŵr bonheddig.'

Arhosodd hi yn y tŷ bach nes clywed Hugo ac Isabelle yn mynd, ac yna mentrodd i lawr i'r parlwr cefn. Roedd Sophie a Davie wrthi'n dadbacio'r nwydd-au. Gwenodd Sophie ac meddai:

'Mae 'na barti yn nhŷ Isabelle heno—yn Panton Street, heb fod ymhell o fan hyn. Mae'n bosib y bydd Edward Horsfall, tiwtor Mark, yno ac roedden ni'n meddwl y byddech chi'n hoffi cael gair efo fo. Am wyth mae'r parti, ond gallwch alw yma'n gynta os mynnwch chi. Roedden ni'n meddwl mynd i byntio rŵan am ryw awr, a mynd â phicnic efo ni. Mae croeso i chi ddod efo ni—dyna'r ffordd orau o ddigon i weld Caer-grawnt.'

Wrth edrych yn ôl ar y picnic ar yr afon, gwelai Cordelia gyfres o ddarluniau byrhoedlog, ond cwbl eglur yn ei meddwl, adegau pan oedd ei synhwyrau wedi ymdoddi i'w gilydd ac amser fel petai wedi peidio â bod. Yr haul yn disgleirio ar yr afon ac yn troi'r blew ar frest a breichiau Davie yn lliw euraid hyfryd; ei groen yn frith o frychau haul; Sophie'n oedi yn awr ac yn y man i sychu'r chwys oddi ar ei thalcen; hwyaden yn arddangos ei chynffon wen cyn plymio i'r dyfnder tywyll. Fel roedden nhw'n llithro dan y Bont Arian, nofiodd ffrind i Sophie gydag ymyl y cwch, fel dyfrgi chwareus, ei wallt du fel llafnau ar draws ei fochau. Cydiodd yn ochr y cwch ac agorodd ei geg led y pen i dderbyn talpiau o frechdanau o law Sophie. Gwthiai a chrafai'r cychod yn erbyn ei gilydd yn y dŵr gwyn, gwyllt o dan y bont. Roedd yr awyr yn llawn chwerthin, a'r glannau gwyrdd yn boblog gan gyrff hanner noeth yn gorwedd ar eu hyd â'u hwynebau tua'r haul.

Davie oedd yng ngofal y polyn a gorweddai Sophie a Cordelia ar glustogau, un ym mhob pen i'r cwch. Roedd hi'n amhosib cynnal sgwrs a hwythau mor bell oddi wrth ei gilydd, ac roedd hynny'n siŵr o fod yn fwriadol, meddai Cordelia wrthi'i hun. O bryd i'w gilydd câi bytiau o wybodaeth gan Sophie, fel petai'n trio pwysleisio mai trip addysgol oedd hwn i fod.

'Teisen briodas John ydy honna—Pont Clare ydy hon, un o'r rhai tlysa, dwi'n meddwl. Adeiladwyd hi gan Thomas Grumbald yn 1639. Dim ond tri swllt gafodd o am y cynllun, meddan nhw. Queen's ydy'r adeilad acw, wrth gwrs—golygfa dda ohono hefyd.'

Fedrai Cordelia yn ei byw â magu digon o hyder i dorri ar draws ymson twristaidd Sophie a gofyn iddi'n blaen:

'Ddaru ti a dy frawd ladd dy gariad?'

Rywsut, nid oedd y cwestiwn yn gydnaws â sigl cysglyd y cwch a diogi'r prynhawn. Roedd hi mewn peryg o gael ei suo i ryw gyflwr bodlon, braf. Efallai nad oedd ei hamheuon hi'n ddim ond dyhead niwrotig am ddrama ac enwogrwydd; a'r angen i gyfiawnhau'r tâl a dderbyniai maes o law gan Syr Ronald. Onid credu roedd hi fod Mark wedi'i lofruddio am mai dyna oedd arni eisiau'i gredu? Daethai i'w adnabod yn rhy dda; deallai ei awydd i fod ar ei ben ei hun, ei ddymuniad i fod yn hunan-gynhaliol, ei ymddieithrwch oddi wrth ei dad a'i blentyndod unig. Onid oedd hithau'n gwybod am y pethau hyn? Roedd hi'n ei gweld ei hun yn dechrau achub ei gam, a thalai hynny ddim. Wedi i Davie drosglwyddo'r polyn i Sophie, nid nepell o Westy'r Garden House, a suddo i blygion cyfforddus y glustog wrth ei hochr, gwyddai Cordelia na feiddiai hi yngan gair am Mark. Yn hytrach, dechreuodd ei holi'n ddiniwed am Garforth House:

'Ydy Syr Ronald Callender yn wyddonydd da?'

Cydiodd Davie mewn rhodl bychan a dechreuodd chwarae'n ddioglyd â'r dŵr gloyw.

'Mae'n wyddonydd digon parchus, am wn i. Yn fwy na pharchus, a dweud y gwir. Ar hyn o bryd mae'r labordy'n gweithio ar ddulliau o asesu llygredd yn y môr a'r aberoedd; fe ddaru nhw waith defnyddiol iawn y llynedd ar y modd y mae plastig yn dirywio. Does gan R.C. fawr o syniadau gwreiddiol, fel y gellid disgwyl ac yntau dros ei hanner cant, ond mae o'n gwybod be ydy be, ac mae ganddo ddawn arbennig i weld talent a rheoli tîm. Ac mae hynny'n iawn, os wyt ti'n licio'r agwedd pawb-efo'i-gilydd yna. Dydw i ddim. Maen nhw hyd yn oed yn cyhoeddi'u papurau yn enw Labordy Ymchwil Callender, ac nid yn eu henwau'u hunain. Wnâi hynny mo'r tro i mi. Er clod i David Forbes Stevens yn unig y bydda i a Sophie yn cyhoeddi. Mae llwyddiant yn golygu llawer i'r Tillings.'

'A dyna pam ddaru chi wrthod pan gynigiodd o swydd barhaol i chi?'

'I raddau. Mae o'n talu'n rhy dda ac yn gofyn gormod. Dydw i ddim yn licio'r syniad o gael 'y mhrynu, a fedrwn i ddim diodde gorfod gwisgo siwt ffurfiol i swper bob nos, fel mwnci mewn sw. Beiolegydd ydw i. Dydw i ddim yn chwilio am y greal sanctaidd. Ces fy magu'n Fethodist a wela i ddim pam y dylwn i gefnu ar 'y nghrefydd ac addoli'r egwyddor wyddonol neu Ronald Callender. Mae'n gas gen i'r gwyddonwyr offeiriadol yma. Mae'n syndod nad ydy'r giwed 'na yn Garforth House ddim yn penlinio o flaen y Cavendish deirgwaith y dydd.'

'A be am Lunn? Be ydy'i waith o?'

'O, mae'r hogyn yna'n blydi rhyfeddod! Ronald Callender gafodd hyd iddo mewn cartre plant pan oedd o'n bymtheg—peidiwch â gofyn imi sut—a'i ddysgu i fod yn gynorthwywr lab. Does 'na neb tebyg iddo fo am ofalu am offer lab, ac mae o wedi datblygu sawl peth ei hun. Os oes 'na unrhyw un yn y lab 'na'n anhepgorol, Lunn ydy hwnnw. Roedd gan Ronald Callender dipyn mwy o feddwl ohono fo nag oedd ganddo o'i fab ei hun, mae hynny'n siŵr. Ac mae Lunn, fel y gellwch ddychmygu, yn credu bod yr haul yn tywynnu o ben-ôl R.C. Mae'n anhygoel, a dweud y gwir, fod yr holl egni 'na a arferai gael ei ddefnyddio i ymladd ac i ymosod ar hen wragedd yn cael ei ddefnyddio bellach er budd gwyddoniaeth. Dyna Ronald Callender i'r dim. Mae o'n gwybod yn union sut i ddewis ei staff.'

'A beth am Miss Leaming?'

'Wel, wn i ddim yn iawn be ydy Eliza Leaming. Hi

sy'n gyfrifol am reoli'r busnes ac mae hithau, fel Lunn, yn anhepgorol. Does 'na fawr o gariad rhyngddi hi a Lunn—neu falle bod hefyd. Hwnnw sy'n curo sy'n caru, medden nhw.'

'Sut ar wyneb y ddaear mae Syr Ronald yn gallu fforddio talu'r holl staff 'ma?'

'Duw a ŵyr! Mae 'na si iddo gael arian mawr ar ôl ei wraig ac iddo fo ac Eliza Leaming ei fuddsoddi'n reit gall. Ac wedyn, mae o'n gwneud peth gwaith contract ac yn codi crocbris am ei wasanaeth, mae'n siŵr. Eto i gyd hen fusnes digon costus ydy o. Pan o'n i yno roedd 'na sôn fod Ymddiriedolaeth Wolvington yn bwriadu noddi rhyw fenter neu'i gilydd. Os felly, fe fyddai Ronald Callender ar ben ei ddigon. Fe gafodd o dipyn o golled yn sgîl marwolaeth Mark. Fe fyddai Mark wedi derbyn swm sylweddol o arian ymhen pedair blynedd, ac yn ôl Sophie roedd o'n bwriadu rhoi'r cwbl i'w dad.'

'Pam yn y byd oedd o'n mynd i wneud hynny?'

'Arian cydwybod falle. Dyna be dd'wedodd o wrth Sophie.'

Arian cydwybod am beth, meddyliodd Cordelia'n gysglyd. Am beidio â charu'i dad? Am iddo siomi'i dad mewn rhyw ffordd? A beth a ddigwyddai i ffortiwn Mark rŵan? Pwy fyddai ar ei ennill, tybed? Byddai'n rhaid iddi ddychwelyd i Lundain i gael cip ar ewyllys ei daid.

Ond am y tro, gorweddodd yn ôl gan lusgo'i llaw yn y dŵr. Roedd hi mor braf, mor ddioglyd. Tasgodd diferyn neu ddau o ddŵr ar ei llygaid. Fe'u hagorodd a gweld bod y cwch yn llithro'n agos i'r lan, dan gysgod canghennau trwchus. Yn union o'i blaen gwelodd gangen fawr, gymaint â chorff dyn, yn hongian wrth ddarn tenau o risgl. Trodd yn dawel ac yn araf wrth i'r cwch fynd heibio. Daeth Cordelia'n ymwybodol o lais dwfn Davie unwaith eto; roedd wedi bod yn siarad ers tro, roedd hynny'n amlwg. Dyna ryfedd nad oedd hi'n gallu cofio'i eiriau!

'Does dim angen rhesymau dros eich lladd eich hunan; mae mwy o angen rhesymau dros beidio â'ch lladd eich hunan. Hunanladdiad oedd o, Cordelia. Dim mwy a dim llai.'

Roedd hi wedi bod yn pendympian mae'n rhaid, meddyliodd, gan ei fod o fel petai'n ateb cwestiwn nad oedd hi'n cofio'i ofyn. Caeodd ei llygaid unwaith eto. Gallai glywed lleisiau eraill, taerach, yn y pellter. Llais Syr Ronald Callender: 'Mae fy mab wedi marw. Fy mab i. Os oedd 'na fai arna i, rwy am wybod. Os oedd bai ar rywun arall, yna rwy am wybod hynny hefyd.' Llais Sarjant Maskell: ''Drychwch 'ma, Miss Gray, sut fyddech chi'n crogi'ch hunan efo hwn?' Gallai deimlo'r belt, yn llyfn ac yn llithrig rhwng ei bysedd, fel neidr.

Deffrôdd drwyddi a chododd ar ei heistedd mor sydyn nes i Sophie orfod gafael mewn cangen uwch ei phen rhag syrthio i'r dŵr. Lluniai cysgod y dail batrymau ar ei hwyneb tywyll, a syllai i lawr ar Cordelia fel petai o'r uchelderau. Edrychodd i fyw ei llygaid. Yn yr eiliad honno, sylweddolodd Cordelia mor agos y daethai i roi'r gorau i'r achos. Roedd y cyfuniad meddwol o brydferthwch y dydd, yr heulwen, syrthni, a chwmni difyr, wedi peri iddi anghofio pam roedd hi yma. Ac roedd hynny'n wrthun o beth. Dywedasai Davie fod Syr Ronald yn un da am ddewis ei bobl. Wel, roedd o wedi'i dewis hi. Hwn oedd ei hachos cyntaf hi a doedd neb na dim yn mynd i sefyll yn ei llwybr hi bellach. Neb.

'Diolch i chi am eich cwmni,' meddai'n ffurfiol, 'ond dydw i ddim am golli'r parti heno. Mae'n bwysig 'mod i'n cael gair â thiwtor Mark, ac efallai y bydd 'na bobl eraill fydd yn gallu fy helpu i. Ydy hi ddim yn amser i ni'i throi hi am adre?'

Taflodd Sophie gipolwg ar Davie. Amneidiodd yntau. Heb dorri gair, gwthiodd Sophie'r polyn yn galed yn erbyn y lan a dechreuodd y cwch droi'n araf.

Roedd hi'n tynnu am naw o'r gloch pan gyrhaeddodd
Sophie, Davie a Cordelia barti Isabelle. Rhyw bum
munud o waith cerdded oedd ganddynt o Norwich
Street; ni chafodd Cordelia wybod y cyfeiriad yn llawn.
Roedd hi'n hoffi golwg y tŷ; faint o rent roedd hi'n ei
dalu am hwn, tybed? Tŷ gwyn deulawr ydoedd, gyda
ffenestri tal, wedi'i osod yn ôl o'r stryd. Roedd 'na
risiau'n arwain at ddrws y ffrynt, a rhes arall o risiau'n
mynd i lawr o'r lolfa i'r ardd.

Roedd y lolfa eisoes dan ei sang. Wrth edrych o
gwmpas ar ei chyd-westeion, diolchodd Cordelia ei bod
hi wedi gwisgo'i ffrog newydd. Ymddangosai'r mwyaf-
rif fel petaent wedi newid cyn dod i'r parti, er nad oedd
pawb wedi'u gwisgo'n ddeniadol chwaith. Y nod, yn
amlwg, oedd gwisgo rhywbeth gwreiddiol, rhywbeth a
fyddai'n tynnu sylw.

Ychydig o ddodrefn oedd yn yr ystafell a'r rheini'n
adlewyrchu chwaeth anymarferol Isabelle. Roedd
Cordelia'n amau'n fawr ai perchenogion y tŷ oedd wedi
gosod y siandelîr drudfawr yr olwg a oedd yn hongian
fel haul mawr o ganol y nenfwd. Roedd o'n llawer rhy
fawr a rhy drwm i'r stafell hon, meddyliodd. Isabelle
oedd wedi dewis y clustogau sidan a'r llenni trymion yn
ogystal, roedd Cordelia'n siŵr o hynny, a doedd dim
amheuaeth mai'i lluniau hi a addurnai'r waliau. Ni
fyddai'r un landlord yn ei iawn bwyll yn gadael lluniau
o'r ansawdd yma yng ngofal ei denantiaid. Denodd llun
bach uwchben y silff-ben-tân sylw Cordelia, llun o ferch
ifanc yn cofleidio ci bach. Syllodd arno gan deimlo rhyw
gyffro yn codi o'i mewn. Y lliw glas 'na ar y ffrog, y
bochau llawn a'r breichiau bach tew!

'Ond un o luniau Renoir ydy hwnna!' meddai, mewn

97

llais mor uchel nes i bobl droi i edrych arni mewn chwilfrydedd.

Chwarddodd Hugo.

'Ie. Ond dim ond un bach ydy o, cofia. Gofynnodd Isabelle i Papa am lun i'w roi yn y lolfa. Faset ti 'rioed yn disgwyl iddo anfon print o'r *Haywain* iddi, neu un o'r copïau ofnadwy 'na o gadair Van Gogh?'

'Fyddai Isabelle yn gwybod y gwahaniaeth?'

'O byddai. Mae gan Isabelle lygad da am bethau drud.'

Ni fedrai Cordelia lai na sylwi ar y chwerwedd a'r dirmyg caled yn ei lais—dirmyg tuag at Isabelle, tybed, ynteu ato fo'i hun? Edrychodd y ddau arni; roedd hi'n sefyll ym mhen arall yr ystafell. Gwenodd arnynt. Aeth Hugo ati fel dyn mewn breuddwyd a chydiodd yn ei llaw. Gwyliodd Cordelia hwynt. Roedd Isabelle wedi plethu'i gwallt yn uchel ar ei chorun, fel Groeges, a gwisgai ffrog hir o sidan gwyn a gwddw isel iddi. Doedd hi ddim yn addas ar gyfer parti anffurfiol fel hwn, meddyliodd Cordelia, ac eto edrychai'n fendigedig ynddi. Gwnâi i ffrog pawb arall edrych fel coban. Roedd ei ffrog newydd hi fel cerpyn blêr o'i chymharu â hi.

Roedd Cordelia'n benderfynol o gael gair ag Isabelle ar ei phen ei hun ond haws dweud na gwneud. Mynnai Hugo ddilyn Isabelle i bob man, â'i law ar ei chanol fel petai'n ei llywio o gwmpas ei gwesteion. Gofalai fod ei gwydryn bob amser yn llawn. Efallai y llwyddai i'w gwahanu yn nes ymlaen, meddyliodd Cordelia, pan na fyddai'r ddau mor ofalus. Yn y cyfamser, penderfynodd fynd ar sgawt o gwmpas y llofftydd. Yn un peth, roedd arni eisiau gwybod ble'r oedd y tŷ bach; byddai'i angen arni yn y man. Doedd neb byth yn trafferthu dweud pethau felly wrthych mewn parti fel hwn.

Aeth i fyny un rhes o risiau ac ar hyd y landing i'r drws pellaf un. Fe'i gwthiodd ar agor, a llanwyd ei ffroenau ar unwaith ag arogl chwisgi. Aeth i mewn a chau'r drws yn gyflym ar ei hôl rhag i'r oglau dreiddio drwy'r tŷ. Ar y gwely, dan gwrlid tenau, gorweddai dynes mewn gŵn-wisg o sidan pinc, a'i gwallt coch yn gorchuddio'r gobennydd. Camodd Cordelia tuag ati. Roedd hi'n feddw gaib. Chwyrnai'n swnllyd gan lygru'r ystafell â'i hanadl drewllyd. Roedd golwg flin iawn ar ei hwyneb, fel petai o'i cho' wrthi'i hun am ymddwyn mor wirion. Ar ei gwefusau roedd lipstic piws, trwchus, a hwnnw i'w weld hefyd yn y craciau o gwmpas ei cheg. Gorffwysai'i dwylo'n llonydd ar y cwrlid, y bysedd cnotiog yn frown gan nicotîn ac yn llwythog gan fodrwyau. Roedd dau o'i hewinedd hir wedi hollti a'r farnais coch ar y lleill wedi cracio.

O flaen y ffenestr roedd bwrdd gwisgo ac arno'r llanast rhyfeddaf o hancesi papur budr, poteli o golur a'r rheini ar agor, olion powdr a chwpanau hanner llawn o goffi du. Gan grychu'i thrwyn mewn atgasedd ac osgoi edrych ar y llanast orau y medrai, gwthiodd Cordelia'i hun y tu ôl i'r bwrdd gwisgo ac agorodd y ffenestr. Llyncodd sawl llond ysgyfaint o awyr glân y nos. Yn yr ardd odani gwelai gysgodion tywyll yn ymlwybro dros y lawnt a rhwng y coed fel ysbrydion gloddestwyr a fu. Gadawodd y ffenestr ar agor a dychwelodd at y gwely. Doedd dim a allai'i wneud ond gwthio'r dwylo oer dan y cwrlid a gorchuddio'r ddynes â gŵn-wisg arall, gynhesach oedd yn hongian y tu ôl i'r drws. Byddai honno, o leiaf, yn ei chadw'n gynnes rhag y drafft a ddeuai drwy'r ffenestr agored.

Gan daflu cipolwg arall brysiog i gyfeiriad y gwely, llithrodd yn dawel allan o'r llofft mewn pryd i weld Isabelle yn dod allan o'r llofft drws nesaf. Achubodd Cordelia'i chyfle a thynnodd y ferch arall gerfydd ei braich yn ôl i mewn i'r stafell. Wedi cau'r drws o'i hôl, gwthiodd Isabelle yn ei erbyn ac meddai mewn llais tawel, awdurdodol:

'Deud wrtha i be wyddost ti am Mark Callender.'

Gwibiodd llygaid Isabelle yn wyllt o'r drws i'r ffenestr fel petai'n chwilio am ddihangfa.

'Do'n i ddim yno pan wnaeth o fo.'

'Pan wnaeth pwy be?'

Nesaodd Isabelle at y gwely, fel petai'n credu y gallai'r globen feddw—a oedd erbyn hyn yn griddfan dros y lle—ei chysuro a'i gwarchod. Yn sydyn, trodd y ddynes ar ei hochr a chwythu'n swnllyd drwy'i thrwyn fel anifail mewn poen. Neidiodd y ddwy ferch mewn braw.

'Pan wnaeth pwy be?' gofynnodd Cordelia eto.

'Pan laddodd Mark ei hunan; do'n i ddim yno.'

Ochneidiodd y ddynes ar y gwely.

'Ond roeddet ti yno rai diwrnodau 'nghynt, yn doeddet?' holodd Cordelia'n dawelach. 'Fe ddaru ti alw yn y tŷ a holi amdano fo. Aeth Miss Markland â ti ato fo. Fuest ti'n eistedd yn yr ardd nes ei fod o wedi gorffen ei waith.'

Ai dychmygu roedd hi neu a oedd Isabelle wedi ymlacio ychydig. Roedd y cwestiwn mor ddiniwed.

'Galw i weld Mark wnes i. Ro'n i wedi cael ei gyfeiriad gan borthor y coleg.'

'Pam? Oeddet ti a Mark yn gariadon?' gofynnodd Cordelia'n siarp. Waeth iddi siarad yn blaen ddim, meddyliodd. Efallai na fyddai Isabelle yn gyfarwydd ag ymadroddion gwirion fel 'cysgu 'da'ch gilydd' neu 'mynd i'r gwely 'da'ch gilydd'.

'Na, fu Mark erioed yn gariad i mi. Roedd o'n gweithio yn yr ardd ac roedd yn rhaid i mi ddisgwyl amdano wrth y bwthyn. Eisteddais yn yr haul yn darllen nes oedd o wedi gorffen.'

'Be oeddet ti'n ddarllen?'

'Dydw i ddim yn cofio. Llyfr go ddiflas oedd o. Ro'n innau'n ddiflas hefyd nes daeth Mark. Gwnaeth baned o de i mi mewn mŵg doniol efo rhimyn glas arno fo, ac ar ôl te aethon ni am dro, ac yna fe gawson ni swper. Salad.'

'Ac wedyn?'

'Es i adre.'

Roedd hi wedi hen ymdawelu erbyn hyn. Aeth Cordelia ymlaen â'i holi, gan anwybyddu'r lleisiau ar y landing a'r sŵn traed ar y grisiau.

'A'r tro cynt? Pryd welaist ti Mark cyn hynny?'

'Ychydig ddyddiau cyn iddo adael y coleg. Aeth y ddau ohonom am bicnic i lan y môr, yn 'y nghar i. Mi ddaru ni stopio ar y ffordd—yn St. Edmunds Town rwy'n meddwl—ac aeth Mark i weld doctor.'

'Pam? Oedd o'n sâl?'

'O na, doedd o ddim yn sâl, a fuodd o ddim yno'n ddigon hir i gael . . . be ydy'r gair?—archwiliad. Dim ond cwpwl o funudau. Lle digon tlawd yr olwg oedd o hefyd. Eisteddais i yn y car i ddisgwyl amdano—nid o flaen y tŷ chwaith.'

'Dd'wedodd o pam y galwodd o yno?'

'Naddo, ond rwy'n siŵr na chafodd o'r hyn roedd o'i eisiau. Daeth oddi yno'n ddigon digalon ond erbyn i ni gyrraedd glan y môr roedd o yn ei hwyliau unwaith eto.'

Gwenodd ar Cordelia. Y bwthyn sy'n ei dychryn hi, meddyliodd Cordelia. Dydy siarad am y Mark byw yn mennu dim arni—ei farwolaeth o sy'n ei phoeni. Ac eto, doedd hi ddim mewn galar. Roedd o wedi bod yn ffrind iddi, roedd o'n annwyl, roedd hi'n hoff ohono, ond gallai fyw'n iawn hebddo hefyd, diolch yn fawr.

Daeth cnoc ar y drws a daeth Hugo i mewn. Edrychodd ar Isabelle ac meddai, gan anwybyddu Cordelia:

'Dy barti di ydy hwn, pwt. Tyrd i lawr.'

'Roedd Cordelia eisiau siarad efo fi am Mark.'

'Wrth gwrs. Ac mi dd'wedaist ti wrthi dy fod ti wedi treulio un diwrnod efo fo ar lan y môr ac un pnawn pleserus yn Summertrees ac na welaist ti mono fo wedyn.'

'Do, mi dd'wedodd hi hyn'na i gyd wrtha i,' meddai Cordelia, 'bron air am air. Rwy'n credu y gelli di fentro'i gadael hi ar ei phen ei hun rŵan, Hugo.'

'Paid â bod yn goeglyd, Cordelia. Dydy o ddim yn gweddu i ti.'

Fel roedden nhw'n mynd i lawr y grisiau gofynnodd Cordelia:

'Y ddynes 'na ar y gwely—ydy hi bob amser mor feddw?'

'Mademoiselle de Congé? Ddim bob amser, ond dydy hi braidd byth yn sobor chwaith.'

'Elli di ddim gwneud rhywbeth i'w helpu hi?'

'Be aflwydd ddylwn i wneud? Ei throsglwyddo hi i ofal seiciatrydd fel 'Nhad? Be mae hi wedi'i wneud i haeddu hynny? Beth bynnag, mae hi'n boenus o gydwybodol ar yr adegau prin hynny pan mae hi'n sobor. Mae'n well gen i pan mae hi'n feddw.'

'Mae hyn'na'n beth anghyfrifol iawn i'w ddweud, Hugo,' meddai Cordelia'n llym.

Safodd Hugo'n stond a syllu i fyw ei llygaid.

'Cordelia fach, rwyt ti'n siarad fel 'taet ti'n blentyn i rieni blaengar, wedi dy fagu gan nani Biwritanaidd a d'addysgu mewn cwfaint. Rwyt ti'n werth y byd!'

Roedd Hugo'n dal i wenu wrth i Cordelia ddianc i ganol y gwesteion eraill. Doedd o ddim ymhell o'i le, meddai wrthi'i hun.

Aeth i nôl gwydraid o win, ac ymlwybrodd o gwmpas yr ystafell, gan glustfeinio'n astud ar sgwrs hwn a'r llall, yn y gobaith o glywed rhywun yn crybwyll enw Mark. Unwaith yn unig y digwyddodd hynny. Roedd dwy ferch yn siarad â llanc ifanc llywaeth yr olwg. Dywedodd un o'r merched:

'Mae Sophie Tilling wedi dŵad ati'i hun yn rhyfeddol ar ôl marwolaeth Mark. Wyddet ti fod y ddau ohonyn

nhw—y hi a Davie—wedi mynd i'r angladd? Dyna
Sophie i ti—yn mynd â'i chariad presennol i weld ei hen
gariad yn cael ei losgi'n ulw. Roedd hynny'n rhoi
mwynhad mawr iddi, siŵr o fod.'

Chwarddodd ei ffrind:

'Ac mae'r brawd bach yn bachu cariad Mark. Os na
fedri di gael prydferthwch, arian a brêns, mi wneith y
ddau gynta'r tro! Druan â Hugo! Dydy o ddim cweit
digon golygus; ddim cweit digon clyfar; ddim cweit
digon cyfoethog. Does ryfedd ei fod o'n gorfod dibynnu
ar ryw i adfer tipyn o'i hunanhyder.'

'A hyd yn oed wedyn—dydy o ddim cweit . . .'

'D'weda di, pwt. Ti sy'n gw'bod!'

Chwarddodd y tri a symud draw. Roedd wyneb
Cordelia'n llosgi a'i llaw'n crynu nes iddi bron â cholli'i
gwin. Doedd hi ddim wedi sylweddoli faint roedd
Sophie wedi dod i'w olygu iddi. Ac roedd hynny, wrth
gwrs, yn rhan o fwriad y Tillings. Os na fedrwch chi'i
darbwyllo hi i roi'r ffidil yn y to, ewch â hi ar yr afon,
byddwch yn glên efo hi, gwnewch yn siŵr ei bod hi'n
eich hoffi, ac yn gefnogol i chi. Ac roedden nhw wedi
llwyddo. Yr oedd hi'n eu hoffi nhw. Doedd hi ddim am
glywed neb yn maeddu Sophie fel yna. Ond doedd y
merched 'ma'n ddim ond dwy hoeden faleisus yn hel
clecs mewn parti, meddyliodd, gan geisio'i chysuro'i
hun. Waeth iddi heb â phoeni beth ddweden nhw.

Teimlodd rywun yn pwyso yn ei herbyn. Davie oedd
yno yn cario tair potelaid o win. Roedd yntau'n amlwg
wedi clywed cynffon y sgwrs—fel roedd y merched
wedi'i fwriadu—ond roedd o'n gwenu'n ddigon
cyfeillgar.

'Fel 'na mae hen gariadon Hugo bob amser—yn ei
gasáu o â chas perffaith. Ond dydy hi ddim felly yn
achos Sophie. Mae'i hen gariadon hi'n ddigon o boen,
yn llenwi Norwich Street â'u hen feics a'u ceir sgrap ac
yn dŵad acw bron bob dydd i yfed cwrw ac i fwrw'u

103

boliau am rywbeth neu'i gilydd.'

'A dydy hynny ddim yn dy boeni di?'

'Dim o gwbl, cyn belled â'u bod nhw'n aros yn y lolfa! Wyt ti'n mwynhau dy hun?'

'Nac dw. Dim llawer.'

'Gad i mi dy gyflwyno di i un o'n ffrindiau i. Mae o wedi bod yn dy lygadu di ers meitin.'

'Dim diolch, Davie. Dydw i ddim wedi cael gair efo Mr Horsfall eto, ble bynnag mae o.'

Gwenodd arni, yn dosturiol rywsut. Roedd o fel petai ar fin dweud rhywbeth arall ond ailfeddyliodd a throdd ymaith, gan wthio drwy glwstwr o bobl a safai gerllaw, a'r poteli wedi'u gwasgu'n dynn i'w fynwes.

Crwydrodd Cordelia o amgylch yr ystafell, yn gwrando ac yn gwylio. Synnai fod cynifer o'r gwesteion yn trafod rhyw, a hynny'n hollol agored. Ddychmygodd hi erioed fod pobl academaidd yn gallu bod mor gnawdol. Buasai dan gamargraff dybryd. O feddwl am y peth, roedd y cymrodyr—a allai fod wedi cael eu cyhuddo lawer gwaith o neidio o'r naill wely i'r llall—yn ymboeni llawer llai am ryw. Yn wir, roedd hi wedi teimlo ambell waith mai dyletswydd yn hytrach na greddf oedd yn rheoli'u gweithrediadau rhywiol nhw, rhyw ymgais i chwyldroi moesau dirmygedig y *bourgeois*. Gwleidyddiaeth oedd eu byd, gwleidyddiaeth oedd yn mynd â'u hegni. Doedd hi ddim yn anodd dyfalu beth oedd yn mynd ag egni'r mwyafrif o westeion Isabelle.

Doedd dim angen iddi fod wedi poeni am ei ffrog; roedd hi'n llwyddiant ysgubol. Roedd amryw o'r dynion yn fodlon—a hyd yn oed yn awyddus—i ddatgysylltu'u hunain oddi wrth eu partneriaid er mwyn sgwrsio â hi. Hanesydd ifanc oedd un ohonynt, a theimlodd Cordelia y gallai fod wedi treulio noswaith ddigon difyr yng nghwmni hwnnw. Cael cyfle i fwynhau cwmni un dyn dymunol, a chael perffaith lonydd gan bawb arall, dyna'i pharti delfrydol hi. Doedd hi ddim yn berson cymdeithasol wrth natur, ac yn ystod y chwe blynedd diwethaf roedd amgylchiadau wedi'i gorfodi i dreulio llai a llai o amser yng nghwmni cyfoedion, gyda'r canlyniad fod partïon swnllyd, gwyllt fel hwn yn codi ofn braidd. P'run bynnag, nid yma i'w mwynhau'i hun ar draul Syr Ronald yr oedd hi. Doedd 'run o'r dynion oedd yn ei ffansïo hi yn nabod Mark Callender nac yn dangos unrhyw ddiddordeb ynddo, yn fyw nac yn farw. Roedd yn rhaid iddi ofalu na fyddai'n gwastraffu'r noson yng nghwmni pobl na fedrent ddweud dim wrthi am Mark. Pan deimlai fod ambell sgwrs yn tyfu'n rhy bersonol, byddai'n mwmian rhyw esgus neu'i gilydd ac yn diflannu i'r tŷ bach neu i'r ardd, lle'r oedd 'na grwpiau o bobl yn eistedd o gwmpas yn ysmygu pot. Roedd hi'n nabod oglau hwnnw'n iawn. Doedd neb o'r rheini'n cymryd unrhyw sylw ohoni a châi lonydd i gerdded o gwmpas yn magu hyder ar gyfer y cyrch nesaf ar y lolfa, y cwestiwn achlysurol a'r ateb anochel.

'Mark Callender? Sori—do'n i ddim yn ei nabod o. Ddaru o ddim gadael y coleg a chrogi'i hunan neu rywbeth?'

Ar un adeg, aeth i guddio yn llofft Mademoiselle de Congé, ond gwelodd fod honno wedi cael ei thaflu'n ddiseremoni ar y carped, a bod y gwely'n cael ei ddefnyddio i bwrpas hollol wahanol.

Ceisiodd ddyfalu pryd y byddai Edward Horsfall yn cyrraedd—os oedd o'n bwriadu dod o gwbl. Ac a fyddai Hugo'n ei chyflwyno hi iddo, tybed? Doedd dim golwg o Sophie nac yntau yng nghanol y cyrff chwyslyd a lenwai'r lolfa yn ogystal â'r cyntedd a hanner y grisiau. Roedd hi'n dechrau meddwl ei bod hi wedi cael noson ofer pan gydiodd Hugo yn ei braich.

'Tyrd i gwrdd ag Edward Horsfall,' meddai. 'Edward, dyma Cordelia Gray; mae hi am gael gair â chi

105

ynglŷn â Mark Callender.'

Doedd Edward Horsfall ddim byd tebyg i'r hyn a ddisgwyliai Cordelia. Roedd hi wedi dychmygu athro oedrannus, ei wallt yn wyn ac ôl ei ddysg yn rhychau dwfn ar ei dalcen. Gŵr oddeutu deg ar hugain oedd Mr Horsfall. Roedd o'n dal iawn ac yn osgeiddig. Roedd ei wallt hir yn gorchuddio un llygad, a gwisgai grys melyn a thei-bô.

Chwalwyd gobeithion Cordelia y byddai Edward Horsfall yn cymryd ati ac yn treulio gweddill y noson yn ei chwmni, a hynny ar unwaith. Gwibiai'i lygaid yn ôl ac ymlaen at ddrws y lolfa; roedd yn amlwg ei fod yn disgwyl am rywun neu'i gilydd. Roedd mor aflonydd nes peri i Cordelia fod ar binnau'n ogystal. Meddai wrtho:

'Does dim raid i chi aros efo fi drwy'r nos. Dim ond ychydig o wybodaeth dwi isio.'

Trodd ati'n sydyn, fel petai newydd gofio am ei bodolaeth ac ymddiheurodd am ei anfoesgarwch.

'Mae'n ddrwg gen i. Be 'dech chi am wybod?'

'Unrhyw beth y gallwch chi ddeud wrtha i am Mark. Roeddech chi'n dysgu Hanes iddo fo, yn doeddech? Oedd o'n dipyn o hanesydd?'

Gwyddai nad oedd y cwestiwn yn berthnasol ond roedd o'n fan cychwyn.

'Roedd Mark yn fyfyriwr da. Wn i ddim pam y dewisodd o astudio Hanes chwaith. Roedd o'n hyddysg iawn mewn gwyddoniaeth. Ond Hanes oedd ei ddewis o.'

'Ai adwaith yn erbyn ei dad oedd hynny, tybed?'

'Adwaith yn erbyn Syr Ronald?' Cydiodd mewn potel oddi ar y bwrdd y tu ôl iddo a gofynnodd, 'Be gym'rwch chi? Un peth da am bartïon Isabelle, mae'r gwin yn ardderchog—am mai Hugo sy'n ei archebu o mae'n debyg. A does 'na byth gwrw.'

'Dydy Hugo ddim yn yfed cwrw, felly?' gofynnodd

Cordelia.

'Nac ydy, medda fo. Am be oedden ni'n siarad? O ie. Adwaith yn erbyn Syr Ronald. Mi dd'wedodd Mark ei fod o wedi dewis astudio Hanes am nad oes modd deall y presennol heb, yn gyntaf, ddeall y gorffennol. Dyna'r math o ystrydeb ryden ni'n ei glywed byth a beunydd mewn cyfweliadau, ond mae'n bosib fod Mark yn ei gredu o. Mae'r gwrthwyneb yn wir hefyd, wrth gwrs—rydyn ni'n dadansoddi'r gorffennol yn ôl yr hyn a wyddon ni am y presennol.'

'Oedd o'n glyfar?' gofynnodd Cordelia. 'Fydde fo wedi cael Dosbarth Cynta?'

Yn ei diniweidrwydd, credai Cordelia fod gradd dosbarth cyntaf yn dynodi camp academaidd orchestol, ac y byddai'n agor drysau lu. Roedd arni eisiau clywed fod Mark yn deilwng o radd dosbarth cyntaf.

'Rydech chi wedi gofyn dau gwestiwn hollol wahanol rŵan. Dydy bod yn glyfar ddim yn golygu bod rhywun yn mynd i gael Dosbarth Cynta. Roedd Mark yn gwneud gwaith da, o oedd. Ond go brin y bydde fo wedi cael Cynta. Roedd ganddo doreth o syniadau gwreiddiol, ac mae arholwyr yn hoffi gwreiddioldeb, ond maen nhw hefyd yn hoffi i chi raffu'r ffeithiau, petai hynny ddim ond i brofi'ch bod chi wedi'u dysgu nhw. Co' da a sgwennu clir, taclus—dyna'r gyfrinach. Gyda llaw, ble ydech chi?'

Edrychodd Cordelia'n wirion arno.

'Ym mha goleg?'

'O! Dim un. Ditectif preifat ydw i.'

'Mi ddaru f'ewythr i gyflogi ditectif preifat ryw dro i geisio darganfod a oedd fy modryb yn caru efo'r deintydd. Mi fyddai'n well petai o wedi gofyn i'w wraig, yn lle talu crocbris am wasanaeth ditectif preifat a cholli gwraig a deintydd da yn y fargen. Achosodd hynny gryn dipyn o gyffro yn y teulu ar y pryd. Ta waeth, faswn i ddim yn meddwl . . .'

Gorffennodd Cordelia'r frawddeg iddo.

'. . . ei bod hi'n swydd addas i ddynes?'

'I'r gwrthwyneb. Dwi'n credu'i bod hi'n swydd hynod o addas; swydd sy'n gofyn am beth wmbredd o chwilfrydedd, gallu i fanylu'n ddiflino a thuedd i fusnesa ym mywyd pobl eraill.'

Roedd ei feddwl yn crwydro unwaith eto. Yn eu hymyl roedd grŵp bychan yn sgwrsio a gallent glywed ambell bwt.

'. . . nodweddiadol o'r sgwennu academaidd gwaetha. Dim rhesymu, gormod o eiriau mawr, rhyw ddwyster ffals a gramadeg uffernol.'

Trodd y tiwtor ei gefn ar eu cleber academaidd ac ymostyngodd i siarad â Cordelia unwaith eto.

'Pam y diddordeb mawr 'ma ym mywyd Mark Callender?'

'Ei dad o sydd wedi 'nghyflogi i i ddarganfod pam y bu Mark farw. Ro'n i'n gobeithio y gallech chi helpu. Ydech chi'n cofio Mark yn isel ei ysbryd erioed? Dd'wedodd o wrthoch chi pam ei fod o'n gadael y coleg?'

"Run gair. Doedden ni ddim mor glòs â hynny. Fe ddaeth o i ffarwelio â mi a diolchodd am bob cymorth a d'wedais innau y dylai fo ailfeddwl—y geiriau arferol— ond i ddim pwrpas. Roedd pob dim yn ffurfiol iawn. Ro'n i'n teimlo braidd yn annifyr, ond ymddangosai Mark yn gwbl hunanfeddiannol.'

Ar hynny, daeth criw swnllyd i mewn drwy'r drws ac yn eu mysg roedd merch dal, dywyll mewn ffrog goch. Teimlodd Cordelia'r tiwtor yn ymsythu. Suddodd ei chalon wrth weld yr olwg bryderus, ddwys, ymbilgar bron, yn ei lygaid. Châi hi fawr o wybodaeth ganddo bellach. Meddai, gan geisio'i gorau i adennill ei sylw:

'Dydw i ddim yn siŵr ai lladd ei hunan wnaeth Mark. Mae 'na bosibilrwydd iddo gael ei lofruddio.'

Atebodd yntau hi'n ddi-hid a'i lygaid wedi'u hoelio

ar y ferch dywyll yn ei hewyllysio i edrych i'w gyfeiriad.

'Llofruddiaeth? Gan bwy? Pam? Doedd 'na neb yn casáu Mark. Heblaw am ei dad falle. Ond nid Ronald Callender wnaeth, os dyna 'dech chi'n ei feddwl. Roedd o'n ciniawa yn y New Hall y noson y bu Mark farw. Ro'n i'n eistedd nesa ato fo. Fe gafodd o alwad ffôn gan ei fab.'

'Faint o'r gloch oedd hynny?' gofynnodd Cordelia'n eiddgar.

'Yn fuan ar ôl i ni ddechrau bwyta. Daeth Benskin—un o'r bobl sy'n gweithio yn y coleg—i mewn â'r neges. Rywbryd rhwng wyth o'r gloch a chwarter wedi oedd hi. Diflannodd Callender am ryw ddeng munud ac yna dychwelodd i fwyta'i gawl. Roedd y gweddill ohonon ni'n dal heb ddechrau ar yr ail gwrs.'

'Dd'wedodd o pam ddaru Mark ffonio? Oedd o fel tae o'n poeni am rywbeth?'

'Wn i ddim. Chawson ni fawr o sgwrs. Dydy Syr Ronald ddim yn un i wastraffu'i amser yn malu awyr efo haneswyr. Esgusodwch fi.'

A diflannodd ar drywydd y ferch yn y ffrog goch. Yfodd Cordelia weddill ei gwin ac aeth i chwilio am Hugo.

'Gwranda,' meddai wrtho, 'rwy am gael gair efo dyn o'r enw Benskin sy'n gweithio yn dy goleg di. Fydd o yno heno?'

Llanwodd Hugo ei wydr â gwin ac yfodd ef ar ei dalcen.

'Falle. Mae o'n byw yn y coleg. Ond dwi'n amau'n fawr a wneith o siarad efo ti'r adeg yma o'r nos. Ond os ydy o mor bwysig â hynny, mi ddo i efo ti.'

Cadarnhaodd y porthor chwilfrydig fod Benskin yn y coleg ac aethpwyd i'w nôl. Tra oeddynt yn disgwyl amdano bu Hugo'n clebran â'r porthor a Cordelia'n darllen y posteri ar yr hysbysfwrdd. Cyrhaeddodd Benskin ymhen rhyw bum munud—hen ŵr penwyn, creithiog, a siwt ffurfiol amdano a golwg ddirmygus ar ei wyneb.

Dangosodd Cordelia nodyn Syr Ronald iddo ac yna bwrw iddi i'w holi ar unwaith. Doedd ganddi fawr o obaith cael gwared â Hugo. Meddai:

'Mae Syr Ronald wedi 'nghyflogi i i ymchwilio i farwolaeth ei fab.'

'O, felly'n wir, Miss.'

'Roedd Syr Ronald Callender yn ciniawa yma yn New Hall y noson y bu'i fab farw. Rwy'n deall iddo dderbyn galwad ffôn gan Mark yn ystod y cinio, ac mai chi ddaru roi'r neges iddo.'

'Ro'n i'n meddwl ar y pryd, Miss, mai Mr Callender oedd ar y ffôn, ond do'n i ddim yn iawn.'

'O? Sut gallwch chi fod mor siŵr, Mr Benskin?'

'Syr Ronald ei hun dd'wedodd wrtha i, Miss, pan welais i e yma yn y coleg gwpwl o ddyddie ar ôl i'w fab farw. Rwy'n nabod Syr Ronald er pan oedd e'n stiwdent 'ma chi'n gweld, ac es i lan ato fe i gydymdeimlo. Fe soniais i rwbeth am yr alwad ffôn 'na ac fe dd'wedodd Syr Ronald 'mod i wedi gwneud camgymeriad ac nad Mr Callender oedd wedi'i ffonio fe.'

'Ddaru o ddweud pwy oedd ar y ffôn?'

'Do; y dyn lab 'na sy 'da fe—Chris Lunn.'

'Oeddech chi'n synnu'ch bod chi wedi gwneud camgymeriad?'

'Wel, oeddwn, rwy'n cyfadde, Miss. Ond 'na fe, mae pawb yn gwneud camgymeriade weithie, on'd ŷn nhw?'

'Ydech chi'n credu, wir, eich bod chi wedi cam-glywed yr enw?'

Roedd yr wyneb creithiog yn hollol ddifynegiant.

'Roedd Syr Ronald yn gw'bod yn iawn 'da pwy roedd

e wedi bod yn siarad.'

'Oedd Mr Callender yn arfer ffonio'i dad tra oedd o'n ciniawa yn y Coleg?'

'Sa i'n gw'bod. Nid fi sy'n ateb y ffôn fel arfer. Nid dyna 'ngwaith i. Mae 'na lot o bobl eraill yn gweithio yn y Coleg 'ma—gofynnwch iddyn nhw. Ond sa i'n credu y bydde Syr Ronald yn fodlon i chi wneud yr holl ymholiade 'ma.'

'Peidiwch chi â phoeni am Syr Ronald, Mr Benskin,' meddai Cordelia'n benderfynol, 'Mae o'n awyddus iawn i ddarganfod popeth ynglŷn â marwolaeth ei fab. Oes 'na unrhyw beth arall y carech chi ddweud wrtha i am Mark?'

Chafodd hi fawr o ymateb i'w hapêl.

'Dim, Miss. Dim o gwbl. Roedd Mr Callender yn ŵr ifanc ffein a thawel, a hyd y gwn i roedd e mewn iechyd da. Ry'n ni yma yn y Coleg yn cydymdeimlo'n fawr â'r teulu. Oes 'na rywbeth arall, Miss?'

Safodd yno'n ddisgwylgar, nes i Cordelia roi caniatâd iddo ymadael. Fel y cerddai Hugo a hithau'n ôl i Trumpington Street methodd Cordelia ag ymatal rhag dangos ei chwerwedd:

'Dydy o'n malio dim, nac ydy?'

'Pam ddylai fo? Mae Benskin wedi bod yn gweithio yn y coleg 'ma ers deng mlynedd a thrigain ac mae o wedi gweld popeth sy 'na i'w weld. Unwaith yn unig y gwelais i o'n galaru am rywun—mab i Ddug oedd hwnnw, ac fe laddodd yntau'i hun.'

'Ond doedd o ddim wedi gwneud camgymeriad ynglŷn â'r alwad ffôn 'na. Mi allwn i weld ar ei osgo fo. Wneith o ddim cyfadde, wrth gwrs, ond mae o'n gwybod yn iawn.'

'Dyna Benskin i'r dim,' meddai Hugo. 'Ddim am greu helynt. Mae o'n byw yn yr oes o'r blaen.'

'Ond dydy o ddim yn drwm ei glyw. Fe glywodd o bob gair dd'wedais i rŵan er i mi, o fwriad, siarad yn

111

dawel efo fo. Alli di gredu'i fod wedi gwneud cam-gymeriad?'

'Mae'n hawdd iawn camgymryd enw rhywun dros y ffôn, cofia.'

'Ond nid enw mor anghyffredin â Lunn, 'does bosib!'

'Yli, Cordelia, does bosib dy fod ti'n amau Ronald Callender! Dydy hynny ddim yn gwneud synnwyr. Does 'na'r un llofrudd am gael ei ddal, nac oes? Mae Mark wedi marw a'i lwch o wedi'i gladdu. Ti ydy'r unig un sy wedi crybwyll llofruddiaeth. Yna, mae Syr Ronald yn dy gyflogi di i gynhyrfu'r dyfroedd. Pam, os oes ganddo fo rywbeth i'w guddio?'

'Dydw i ddim yn meddwl am funud mai fo laddodd ei fab. Ŵyr o ddim sut y bu Mark farw ac mae o'n ysu i gael gwybod. Dyna pam mae o wedi 'nghyflogi i. Ond rwy'n methu'n lân â deall pam ei fod o'n dweud celwydd am yr alwad ffôn 'na.'

'Wel, os ydy o'n dweud celwydd, mae 'na gant a mil o resymau posib. Os ddaru Mark ffonio'r coleg, mae'n rhaid ei fod o'n fater go bwysig; rhywbeth nad yw ei dad am ei ddatgelu'n gyhoeddus, rhyw gliw i farwolaeth ei fab, falle.'

'Ond pam fy nghyflogi i 'te, os ydy o'n gwybod eisoes?'

'Wel be am hyn 'te? Roedd ar Mark angen help, a hynny ar frys. Gwrthododd ei dad. Gelli di ddych-mygu'i hateb. "Paid â bod yn hurt, Mark. Dwi'n cael cinio efo'r Prifathro. Alla i ddim gadael rŵan, jyst achos dy fod ti ar fin cael sterics. Callia!" Fydde rhywbeth fel 'na ddim yn swnio'n rhy dda mewn llys barn; mae ynadon yn feirniadol iawn o bethau fel 'na.'

Aeth Hugo yn ei flaen mewn llais awdurdodol: "Nid fy mwriad i ydy ychwanegu at ofid Syr Ronald ond erys y ffaith anffodus iddo ddewis anwybyddu cri o'r galon. Petai o wedi gadael ar ei union a mynd at ei fab

112

byddai'r myfyriwr ifanc galluog hwn, o bosib, yn fyw heddiw.'' Rwy wedi sylwi bod y myfyrwyr sy'n eu lladd eu hunain bob amser yn rhai galluog; ddarllenais i 'rioed am rywun yn cyflawni hunanladdiad ac yntau ar fin cael ei daflu allan.'

'Ond bu Mark farw rhwng saith a naw o'r gloch y nos. Yr alwad ffôn 'na ydy *alibi* Syr Ronald!'

'Ond does arno fo ddim angen *alibi*. Dim ond pobl euog sy'n creu *alibi*.'

'Ond sut oedd Mark yn gwybod ble'r oedd ei dad? D'wedodd Syr Ronald yn ei dystiolaeth nad oedd o wedi torri gair â'i fab ers pythefnos.'

'Gofynna i Miss Leaming. Neu'n well fyth, gofynna i Lunn ai fo ddaru ffonio'r coleg. A sôn am Lunn, mae hwnnw'n dderyn go frith. Os wyt ti'n chwilio am adyn, hwnnw ydy'r dyn i ti.'

'Wyddwn i ddim dy fod ti'n ei nabod o.'

'O, mae o'n go adnabyddus yng Nghaer-grawnt, cred di fi. Mae o'n gyrru'r hen fan fach ddu 'na o gwmpas y lle fel tase fo'n gyrru myfyrwyr anufudd i'r siamberi nwy. Mae pawb yn nabod Lunn. Mi faswn i'n canol-bwyntio arno fo taswn i'n dy le di.'

Cerddodd y ddau'n dawel drwy Trumpington Street. Disgleiriai ambell olau melyn yma a thraw o stafelloedd y porthorion ac o ffenestri'r coleg. Edrychai'r gerddi'n hudolus yn nharth cynnes y nos. Yn sydyn, gorchfyg-wyd Cordelia gan unigrwydd a thristwch. Petai Bernie'n fyw, meddyliodd, byddai'r ddau ohonynt wrthi'n trafod yr achos mewn cornel glyd yn un o dafarnau Caer-grawnt. Byddent yn ceisio dadansoddi personol-iaeth y dyn ifanc a gysgai'r nos â llun clasurol prydferth yn hongian ar y pared uwch ei ben, ond eto a oedd wedi prynu cylchgrawn budr yn llawn lluniau amheus. Os gwnaeth o hefyd. Os nad ef oedd wedi'i brynu, sut y daethai'r fath beth i fod yng ngardd y bwthyn yn

Summertrees? Byddent yn trafod tad a fedrodd ddweud celwydd ynglŷn â galwad ffôn olaf ei fab; yn ceisio dyfalu arwyddocâd y rhaw fudr, y rhes ar hanner ei phalu, y cwpan heb ei olchi, a'r dyfyniad o waith Blake wedi'i deipio'n gymen. A dyna Isabelle ofnus; Sophie, a ymddangosai'n hollol onest; a Hugo, a oedd yn gwybod rhywbeth am farwolaeth Mark. Roedd o'n glyfar, ond nid yn ddigon clyfar chwaith. Am y tro cyntaf dechreuodd Cordelia amau'i gallu i ddatrys yr achos ar ei phen ei hun. Trueni na fyddai ganddi rywun y gallai ymddiried ynddo, rhywun a fyddai'n gefn iddi. Daeth Sophie i'w meddwl unwaith eto, ond roedd honno'n chwaer i Hugo ac yn gyn-gariad i Mark. Doedd ganddi neb, ac erbyn meddwl, felly y buasai erioed. Ac wrth sylweddoli hynny, dychwelodd ei gobaith unwaith eto.

Safodd y ddau ar gornel Panton Street ac meddai Hugo:

'Wyt ti am ddod 'nôl i'r parti?'

'Na, dim diolch, Hugo; mae gen i waith i'w wneud.'

'Wyt ti'n aros yng Nghaer-grawnt?'

Tybed a oedd mwy y tu ôl i'r cwestiwn na chwil-frydedd diniwed, meddyliodd Cordelia.

'Dim ond am ddiwrnod neu ddau,' meddai'n bwyll-og. 'Rwy'n aros mewn lle gwely a brecwast wrth yr orsaf.'

Ffarweliodd y ddau â'i gilydd, heb i Hugo ei holi ymhellach. Dychwelodd Cordelia i Norwich Street. Roedd ei char yn dal y tu allan i rif pum deg saith, ond roedd y tŷ'n dywyll a distaw, yn ei chau hi allan yn llwyr.

Erbyn iddi barcio'i char yn y guddfan goediog roedd hi wedi'i darganfod y bore hwnnw, a cherdded yn ôl i'r bwthyn, roedd hi wedi blino'n lân. Gwichiodd y glwyd wrth iddi'i hagor. Roedd hi'n noson dywyll. Ymbalfalodd yn ei bag am ei fflachlamp ac yng ngolau honno cerddodd heibio i ochr y bwthyn ac at ddrws y cefn. Rhoddodd ei hallwedd yn y clo. Agorodd y drws a chamodd i'r ystafell. Roedd golau'r fflachlamp, a ddaliai Cordelia'n llipa yn ei llaw, yn creu patrymau gwibiog ar y llawr teils. Yna'n sydyn, ac yn ddiarwybod iddi bron, cododd ei braich a disgleiriodd y golau ar rywbeth oedd yn crogi o'r bachyn yn y nenfwd. Sgrechiodd Cordelia a chydio yn y bwrdd. Y bolster oddi ar ei gwely ydoedd, a chortyn wedi'i glymu amdano i greu pen anferth. Stwffiwyd y pen arall i bâr o drowsus Mark. Roedd y coesau'n hongian yn wag ac yn anghytbwys, un yn is na'r llall. A hithau'n syllu arno mewn arswyd, a'i chalon yn curo fel gordd, trodd y gobennydd yn araf yn yr awel a ddeuai drwy'r drws agored, fel petai yn llaw rhyw bypedwr.

Teimlai fel petai wedi bod yn sefyll yno, â'i llygaid wedi'u hoelio ar yr erchylltra o'i blaen, am oriau—yn hytrach nag eiliadau—cyn y medrodd ddringo i ben cadair a thynnu'r peth i lawr. Er gwaethaf ei dychryn, cofiodd graffu'n ofalus ar y cwlwm. Doedd o ddim yr un cwlwm â'r un a ddefnyddiwyd i grogi Mark. Felly, naill ai roedd ei hymwelydd wedi dewis peidio ag ailadrodd ei dechneg blaenorol, neu doedd o ddim yn gwybod sut gwlwm a ddefnyddiwyd y tro cyntaf. Gosododd Cordelia'r bolster ar y gadair ac aeth allan i nôl y gwn. Yn ei blinder, roedd hi wedi anghofio amdano, ond yn awr dyheai am deimlo'r metel oer yn ei dwylo. Safodd wrth ddrws y cefn am eiliad i wrando. Roedd yr ardd fel petai'n llawn synau dirgel: rhyw brysurdeb gwyllt yn y prysgwydd, a sŵn y dail yn sibrwd fel ochneidiau dynol. Wrth i Cordelia ymlwybro tua'r llwyn ysgaw, roedd fel petai'r nos yn dal ei hanadl. Oedodd am ennyd, ei chalon yn ei gwddf, cyn magu digon o blwc i ymestyn am y gwn. Roedd o'n dal yno. Gollyngodd ochenaid o ryddhad a brysiodd yn ôl i'r bwthyn, ei hofn wedi cilio am y tro.

Cyn mynd i'r gwely, aeth ati i archwilio'r bwthyn yn ofalus, y fflachlamp yn un llaw a'r gwn yn y llall. Wedyn, archwiliodd y ffenestr. Doedd dim cliced arni, a'r peth hawsaf yn y byd oedd ei gwthio ar agor o'r tu allan—fel y gwnaethai'r tresmaswr, yn ddiamau. Aeth i nôl rholyn o Sellotape o blith ei thaclau, a thorrodd ddau rimyn ohono a'u gludo dros waelod y paen a ffrâm y ffenestr. Amheuai'n fawr a ellid agor ffenestri'r ffrynt o gwbl, ond seliodd hwythau yn yr un modd, rhag ofn. Nid oedd hyn, wrth reswm, yn mynd i gadw neb allan, ond petai rhywun yn dod i mewn yn ystod y nos, o leiaf byddai'n gwybod hynny yn y bore. O'r diwedd, wedi iddi ymolchi yn y gegin, aeth i fyny'r grisiau. Nid oedd clo ar ddrws y llofft ond gadawodd ef yn gilagored a gosododd sosban rhyngddo a'r ffrâm. Cofiodd yn sydyn ei bod hi'n delio â llofrudd, a llwythodd y gwn a'i osod yn gyfleus yn ei hymyl ar y bwrdd bach. Bodiodd y cortyn a ddefnyddiwyd i glymu'r gobennydd. Cortyn cryf digon cyffredin yr olwg ydoedd, tua phedair troedfedd o hyd. Doedd ganddi ddim gobaith mul o ddarganfod o ble'r oedd o wedi dod. Dododd label arno, fel roedd hi wedi cael ei dysgu gan Bernie, a rhoddodd ef i gadw yn ei ches bach. Trosglwyddodd y strapen a'r nodyn a gawsai gan y Sarjant o'i bag llaw i amlenni plastig tryloyw a rhoddodd y rheini gyda'r cortyn yn y ces. Roedd hi wedi ymlâdd erbyn hyn. Rhoddodd y bolster yn ôl yn ei le ar y gwely, gan ymwrthod â'r awydd i'w daflu ar y llawr. Gorweddodd yno am rai eiliadau yn gwrando ar dician ei horiawr cyn i flinder ei goddiweddyd a'i chario'n ddiwrthwynebiad drwy dwnelau tywyll cwsg.

116

PENNOD 4

Dihunwyd Cordelia'n gynnar fore trannoeth gan glegar aflafar côr y wig a haul cryf, clir a argoelai ddiwrnod braf arall. Arhosodd yn ei gwely am rai munudau, gan ymestyn yn ei sach gysgu a sawru arogleuon bore o haf yng nghefn gwlad, y cyfuniad cynnil hwnnw o bridd, gwelltglas gwlithog, melys ac arogl cryfach clos ffarm. Ymolchodd yn y gegin fel y gwnaethai Mark. Safodd yn y baddon tun a thywallt sosbennaid ar ôl sosbennaid o ddŵr oer dros ei chorff noeth. Onid oedd y bywyd syml 'ma'n galed? Meddyliodd Cordelia na fyddai hi fyth, o'i gwirfodd, wedi ymolchi mewn dŵr oer yn Llundain, nac wedi mwynhau aroglau stôf baraffîn yn gymysg ag arogl cig moch yn ffrio, na chael cystal blas ar ei chwpanaid cyntaf o de cryf.

Llifai'r haul i mewn i'r bwthyn gan wneud y lle'n gynnes a chyfeillgar, a theimlai Cordelia y gallai wynebu unrhyw beth. Yn heddwch tawel bore o haf fel hwn, roedd yn anodd dychmygu bod y fath drasiedi wedi digwydd yn yr ystafell hon. Edrychai'r bachyn yn y nenfwd yn hollol ddiniwed. Roedd erchylltra'r foment honno pan lewyrchodd golau'r fflachlamp ar gysgod y bolster hir yn siglo yn awel y nos yn ymddangos mor afreal â hunllef erbyn hyn. Yng ngolau clir y bore, ymddangosai'r cwbl a wnaethai'r noson cynt yn gwbl ddianghenraid. Teimlai braidd yn ffôl wrth dynnu'r bwledi allan o'r gwn. Cuddiodd hwynt ymhlith ei dillad isaf fel o'r blaen ac aeth â'r gwn yn ôl i'w guddfan yn y llwyni ysgaw, gan edrych o'i chwmpas yn ofalus rhag ofn bod rhywun yn ei gwylio. Wedi iddi olchi'r llestri a rhoi'r lliain gwlyb allan i sychu yn yr haul, casglodd dusw bychan o bansis, briallu Mair a blodau'r mêl o ben pellaf yr ardd a'u gosod ar y bwrdd yn un o'r mygiau glas.

Roedd hi wedi penderfynu mai'i thasg gyntaf hi am y dydd fyddai mynd ar drywydd Nani Pilbeam. Hyd yn oed pe na byddai'r hen wraig yn gwybod dim o bwys am farwolaeth Mark na'i resymau dros adael y coleg, gallai siarad am ei blentyndod a'i fachgendod. Roedd hi'n ei adnabod yn well na neb. Roedd yn amlwg fod ganddi feddwl mawr ohono, a hithau wedi trafferthu mynd i'r angladd a phrynu torch mor ddrud. Roedd hi wedi galw i'w weld yn y coleg ar ei ben-blwydd yn un ar hugain. Efallai'i fod o wedi cadw cysylltiad â hi, wedi ymddiried ynddi hyd yn oed. Am fod ei fam wedi marw, efallai yr ystyriai Nani Pilbeam fel mam faeth iddo.

Ystyriodd Cordelia'i chynlluniau'n fanwl ar ei ffordd i Gaer-grawnt. Roedd Miss Pilbeam, yn ôl pob tebyg, yn byw rywle yn yr ardal. Ond go brin ei bod hi'n byw yn y ddinas, gan mai unwaith yn unig yr oedd Hugo Tilling wedi'i gweld hi. O'r disgrifiad byr a gawsai ganddo ef, roedd yn swnio fel petai hi'n hen ac yn dlawd. Nid oedd hi'n debygol, felly, ei bod wedi teithio ymhell i'r angladd. Roedd yn amlwg nad oedd hi'n un o'r galarwyr swyddogol o Garforth House ac na chawsai wahoddiad gan Syr Ronald. Peth od hefyd, os oedd hi wedi bod yn gwasanaethu'r teulu dros gyfnod hir. Roedd y ffaith fod Syr Ronald wedi'i hanwybyddu hi ar y fath achlysur yn ennyn chwilfrydedd Cordelia. Beth yn union oedd perthynas Miss Pilbeam â'r teulu, tybed?

Os oedd yr hen wraig yn byw yn ymyl Caer-grawnt, roedd hi'n debygol o fod wedi archebu'r dorch yn un o siopau blodau'r ddinas. Fyddai siop fach mewn pentref ddim yn cynnig y math yna o wasanaeth. Roedd hi'n dorch ddrudfawr, oedd yn awgrymu bod Miss Pilbeam wedi bod yn barod i wario'n helaeth, ac felly, o bosib, wedi mynd i un o'r siopau mwyaf. Hefyd, yn ôl pob tebyg, byddai wedi'i harchebu'n bersonol. Roedd hen wragedd, ar y cyfan, yn gyndyn i ddefnyddio'r ffôn, ac am ryw reswm credent eu bod yn cael gwell gwasanaeth drwy ddelio â rhywun wyneb yn wyneb. Os oedd Miss Pilbeam wedi dod i'r ddinas ar y trên neu ar y bws, byddai fwy na thebyg wedi dewis siop yn weddol agos i ganol y ddinas. Y cam cyntaf felly, meddyliodd Cordelia, fyddai gofyn i bobl a wyddent am siop flodau dda.

Roedd hi wedi dysgu eisoes, trwy brofiad, nad dinas i yrwyr ceir oedd Caer-grawnt. Arhosodd ar fin y ffordd i astudio'r map yng nghefn ei harweinlyfr a phenderfynodd adael y Mini yn y maes parcio yn ymyl Parker's Piece a cherdded. Gallai fod wrthi am oriau a doedd hi ddim am fentro cael dirwy am barcio'n anghyfreithlon, ac yn sicr ni fynnai weld y car yn cael ei gaethiwo â chlampiau. Edrychodd ar ei horiawr. Ychydig funudau wedi naw. Roedd y diwrnod i gyd o'i blaen.

Chafodd hi fawr o lwc yn ystod yr awr gyntaf. Roedd y bobl a holodd yn ddigon parod i'w chynorthwyo, ond roedd eu syniad nhw o siop flodau dda yn agos i ganol y ddinas yn rhyfedd a dweud y lleiaf. Cyfeiriwyd Cordelia i siop lysiau fechan a werthai dusw neu ddau o flodau yn unig, i siop offer garddio a oedd yn gwerthu planhigion ond nid torchau, a hyd yn oed i le trefnwr angladdau. Doedd yr un o'r ddwy siop flodau, a oedd ar yr olwg gyntaf yn ddigon addawol, wedi clywed am Miss Pilbeam nac wedi anfon torch i angladd Mark Callender. Oedd hi wedi gosod tasg amhosib iddi'i hun, meddyliodd Cordelia'n ddigalon. Efallai fod Miss Pilbeam yn byw yn Bury St. Edmunds neu Newmarket; gallai fod wedi prynu'r dorch yn unrhyw le.

Ond ni fu ei hymweliad â'r trefnwr angladdau yn ofer. Rhoddwyd iddi enw siop a wnâi 'dorchau bach neis iawn, Miss, neis iawn wir'. Roedd y siop ymhellach o ganol y ddinas nag roedd Cordelia wedi'i ddisgwyl. Hyd yn oed o'r pafin, roedd y lle'n sawru o briodasau neu angladdau, yn dibynnu ar hwyliau rhywun ar y pryd, ac wrth iddi wthio'r drws ar agor, daeth chwa o wynt cynnes i'w chyfarfod. Roedd yno flodau ym mhobman. Bwcedi gwyrdd anferth ar hyd y waliau a'r rheini'n llawn o flodau'r lili, gellhesg a bysedd y blaidd; piseri llai ac ynddynt lysiau'r fagwyr a melyn mair; bwndeli o rosod yn eu blagur, eu drain wedi'u tynnu a phob blodyn yn union yr un faint ac yn union yr un lliw, fel petaent wedi'u cynhyrchu mewn *test tube*. O bobtu'r llwybr cul tuag at y cownter, fel gwarchodlu o flodau, safai rhes o blanhigion mewn potiau, wedi'u haddurno â rhuban amryliw.

Roedd dwy gynorthwywraig wrthi'n brysur mewn ystafell fechan yng nghefn y siop. Gwyliodd Cordelia hwynt drwy'r drws agored. Merch benfelen, wanllyd yr olwg, gyda phlorod ar ei hwyneb oedd yr ieuengaf o'r ddwy. Dosbarthu rhosod a freesias yn ôl maint a lliw oedd ei gwaith hi, tra bod y llall—gwraig hŷn, awdurdodol yr olwg—yn torri pennau'r blodau, yn gwanu pob un â gwifren ac yn eu gosod yn ddestlus mewn gwely anferth o fwsogl ar ffurf calon. Allai Cordelia ddim dioddef edrych ar y fath erchylltra.

Ymddangosodd dynes fronnog mewn ffrog binc y tu ôl i'r cownter. Roedd ganddi hithau, fel y siop, ei harogl arbennig ei hun, a hwnnw'n arogl ecsotig powdr cyri a choed pîn. Roedd yr effaith bron yn llesmeiriol.

Adroddodd Cordelia'i haraith barod:

'Yma ar ran Syr Ronald Callender o Garforth House ydw i. Sgwn i a allwch chi'n helpu ni? Cafodd ei fab ei amlosgi ar Fehefin y 3ydd, ac anfonodd hen nyrs y teulu dorch o rosod coch ar ffurf croes. Mae Syr Ronald am sgrifennu ati i ddiolch, ond yn anffodus mae o wedi colli'i chyfeiriad hi. Pilbeam ydy'i henw hi.'

'Mae'n ddrwg gen i, dydw i ddim yn meddwl mai ni ddaru baratoi'r archeb yna.'

'Allech chi sbio yn y llyfr . . .?'

Torrwyd ar ei thraws yn sydyn gan yr eneth benfelen:

120

'Goddard ydy'i henw hi.'

'Dd'wedest ti rywbeth, Shirley?' gofynnodd y ddynes dew.

'Goddard ydy'i henw hi. Nani Pilbeam oedd ar y cerdyn ond enw'r cwsmer oedd Mrs Goddard. Mi fuodd 'na rywun arall yma'n holi ar ran Syr Ronald Callender. Edrychais yn y llyfr bryd hynny. Mrs Goddard, Lavender Cottage, Ickleton. Croes, pedair troedfedd o hyd mewn rhosod coch. Chwephunt. Mae o i lawr yn y llyfr.'

'Diolch yn fawr iawn,' meddai Cordelia'n wresog a throdd ar ei sawdl yn gyflym rhag ofn iddynt ddechrau'i holi ynglŷn â'r ymwelydd arall o Garforth House. Edrychai'n od braidd, ond diau y câi'r tair fwynhad yn trafod y peth ar ôl iddi fynd. Lavender Cottage, Ickleton. Ailadroddodd y cyfeiriad wrthi'i hun nes ei bod hi'n ddigon pell o'r siop ac yna gwnaeth nodyn ohono yn ei llyfr bach.

Prysurodd yn ôl i'r maes parcio ac edrychodd ar ei map. Pentref bach oedd Ickleton, yn ffinio ag Essex, a thua deng milltir o Gaer-grawnt. Byddai'n rhaid iddi fynd 'nôl cyn belled â Duxford, meddyliodd. Gallai fod yno mewn llai na hanner awr.

Ond tipyn o gamp oedd gweu trwy draffig Caer-grawnt, a chymerodd bymtheg munud ar hugain iddi gyrraedd eglwys brydferth Ickleton. Parciodd y Mini gerllaw llidiart yr eglwys ac ymwrthod â'r demtasiwn i gael cipolwg ar y tu mewn. Gallai Mrs Goddard fod yn paratoi i ddal bws i Gaer-grawnt unrhyw funud. Aeth i chwilio am Lavender Cottage.

Nid bwthyn ydoedd mewn gwirionedd, ond tŷ talcen wedi'i adeiladu o frics coch hyll ym mhen pellaf y Stryd Fawr. Roedd rhimyn tenau o laswellt rhwng y ffordd a'r drws ffrynt a dim argoel o lafant yn unlle. Cododd Cordelia'r 'stwffwl haearn, a luniwyd ar ffurf pen llew, a'i ollwng yn galed, gan ysgwyd y drws. Pan gafodd

121

ymateb ymhen ysbaid fer, nid o Lavender Cottage y daeth, ond o'r tŷ drws nesaf. Ymddangosodd gwraig denau, oedrannus ar y trothwy. Gwisgai ffedog fawr, flodeuog, slipers am ei thraed a chap pom-pom gwlân am ei phen. Roedd hi'n fusnes i gyd.

'Chwilio am Mrs Goddard y'ch chi, sbo?'

'Ie. Allwch chi ddweud wrtha i ble i gael gafael arni?'

'Yn y fynwent, siŵr o fod. Dyna lle mae hi tua'r adeg yma, pan fydd hi'n braf.'

'Rwy newydd ddod o'r eglwys. Welais i neb yno.'

'Bendith y byd arnoch chi, Miss, nid yn yr eglwys y mae hi! So ni'n claddu neb fan 'na ers blynydde nawr. Ym mynwent Hinxton Road y claddwyd ei gŵr hi, ch'weld, a dyna lle bydd hithau'n mynd pan ddaw ei hamser hi, druan fach. Mae'n ddigon hawdd cael hyd i'r lle, dim ond i chi fynd yn syth yn eich blaen.'

'Bydd raid i mi fynd yn ôl at yr eglwys i 'mofyn y car,' meddai Cordelia. Byddai'r hen wraig yn siŵr o'i gwylio a theimlai y dylai esbonio pam roedd hi'n mynd i'r cyfeiriad arall. Gwenodd yr hen wraig a daeth allan i bwyso ar y gât er mwyn gallu dilyn camau Cordelia i lawr y Stryd Fawr. Nodiai'i phen fel pyped, a dawnsiai'r pom-pom lliwgar yn yr haul.

Canfu Cordelia'r fynwent yn gwbl ddidrafferth. Parciodd y Mini ar lecyn cyfleus yn ymyl mynegbost yn dynodi llwybr troed i Duxford a cherddodd yr ychydig lathenni'n ôl at lidiardau haearn y fynwent. Roedd llwybr o laswellt yn rhedeg trwy ganol y fynwent, ac o boptu iddo roedd y beddau, rhai o farmor gwyn, rhai o garreg lwyd ac eraill wedi'u gorchuddio â blodau amryliw. Roedd hi'n heddychlon iawn yno. Amgylchynwyd y fynwent â choed, a'u dail yn llonydd yn yr awyr boeth, dawel.

122

Eisteddodd Cordelia ar fainc yn wyrdd gan fwsog. Gallai weld y fynwent i gyd o'r fan honno. Un person arall oedd yno—gwraig oedrannus yn ei chwman dros un o'r beddau pellaf. Cerddodd Cordelia'n dawel ar hyd y llwybr glaswellt tuag ati. Gwyddai fod hwn yn mynd i fod yn gyfweliad pwysig, ac eto roedd hi'n gyndyn iawn i fwrw iddi. Safodd wrth droed y bedd, yn ddiarwybod i'r hen wraig, heb ddweud gair.

Pwten fach oedd hi, wedi'i gwisgo mewn du. Ar ei phen roedd het wellt henffasiwn, ei chantel wedi'i addurno â net di-liw, a phin het anferth yn ei dal yn ei lle. Penliniai wrth y bedd, â'i chefn at Cordelia, gan ddangos gwadnau'i hesgidiau di-siâp, a phâr o goesau cyn deneued â phriciau. Chwynnu'r bedd yr oedd hi; symudai'i bysedd yn ddeheuig fel tafod neidr dros y glaswellt. Yn ei hymyl roedd basged wedi'i leinio â phapur newydd, a bob ryw hyn a hyn taflai ddyrnaid o chwyn i mewn iddi.

Gwyliodd Cordelia hi mewn distawrwydd, ac ymhen ysbaid fe'i gwelodd yn dechrau llyfnhau'r gwelltglas o gwmpas y bedd fel petai'n cysuro'r esgyrn oddi tano. Darllenodd Cordelia'r arysgrif ar y garreg. 'Er cof am Charles Albert Goddard, gŵr annwyl Annie a fu farw 27ain Awst 1962, yn 70 mlwydd oed. Mewn hedd.' Mewn hedd; beddargraff mwyaf cyffredin y genhedlaeth a ystyriai mai cael gorffwys mewn hedd oedd y moethusrwydd eithaf, y fendith fwyaf oll.

Pwysodd y wraig yn ôl ar ei sodlau am ennyd, â golwg fodlon ar ei hwyneb. Dyna pryd y daeth yn ymwybodol fod Cordelia'n sefyll yno a throdd ei hwyneb crychiog tuag ati.

'Mae hi'n garreg neis, on'd yw hi?' meddai, heb arlliw o chwilfrydedd na dicter yn ei llais.

'Ydy, mae hi,' atebodd Cordelia. 'Edmygu'r sgwennu roeddwn i.'

'Mae e wedi'i dorri'n ddwfn, ch'weld. Fe wnaeth e

123

dipyn o dwll yn 'y mhoced i ond roedd e'n werth pob ceiniog. Bydd hwnna'n para, ch'weld. Bydd y sgrifen ar hanner y cerrig beddi 'ma'n diflannu—dim digon dwfn. Mae hynny'n difetha mynwent. Rwy wrth 'y modd yn darllen y cerrig beddi i ga'l gwybod pwy oedd y bobl, pryd y buon nhw farw a pha mor hir y bu'r gwragedd fyw ar ôl claddu'u gwŷr. Rydech chi'n dechre meddwl wedyn sut oedden nhw'n ymdopi a thybed oedden nhw'n unig, ac ati. Dydy carreg fedd yn dda i ddim os na allwch chi ddarllen y sgrifen. Mae hon braidd yn bendrwm nawr achos 'mod i wedi gofyn iddyn nhw adael lle i fi, ch'weld: "Hefyd Annie, ei wraig a fu farw . . ." ac yna'r dyddiad. Bydd hi'n edrych yn neis wedyn. Rwy wedi cynilo digon i dalu am bopeth hefyd.'

'Pa adnod fyddwch chi'n gael?' gofynnodd Cordelia.

'O, dim un! Bydd "Mewn hedd" yn ddigon da inni'n dau. Fyddwn ni ddim yn disgwyl mwy gan yr Arglwydd na hynny.'

'Roedd y groes rosod 'na ddaru chi anfon i angladd Mark Callender yn brydferth iawn,' meddai Cordelia.

'O, welsoch chi hi? Ond doeddech chi ddim yn yr angladd, oeddech chi? Ro'n i'n blês iawn 'da hi. Fe wnaethon nhw job dda arni. Druan â fe, gafodd e fawr o ddim arall, naddo fe?'

Syllodd yn chwilfrydig ar Cordelia:

'Roeddech chi'n nabod Mr Mark felly? 'I wejen e oeddech chi, sbo?'

'Nage, wir, ond mae gen i dipyn o feddwl ohono fo. Dyna ryfedd na soniodd o 'rioed amdanoch chi a chithau'n hen nani iddo fo.'

'Na, do'n i ddim yn nani iddo fe, bach—wel dim ond am fis neu ddau, ta beth. A babi oedd e bryd hynny. Na, nani i'w fam e o'n i.'

'Ond fe aethoch chi i weld Mark ar ei ben-blwydd yn un ar hugain?'

'O, fe dd'wedodd e hynny wrthoch chi, do fe? Ro'n i'n falch o'i weld e ar ôl yr holl flynydde, ond fyddwn i ddim yn meiddio gwthio'n hunan arno fe. Fydde peth felly ddim yn iawn, a'i dad e'n teimlo fel roedd e. Na, mynd yno i roi rhywbeth iddo gan ei fam wnes i, rhywbeth roedd hi wedi gofyn i mi'i wneud pan oedd hi ar ei gwely angau, druan fach. Wyddoch chi, do'n i ddim wedi gweld Mr Mark ers dros ugain mlynedd, er nad oedden ni'n byw'n bell iawn oddi wrth ein gilydd, ond ro'n i'n ei nabod e'n syth. Roedd e'n debyg iawn i'w fam, ch'weld.'

'D'wedwch yr hanes wrtha i. Nid busnesa rydw i; mae'n bwysig i mi gael gwybod.'

Gan bwyso ar handlen y fasged, cododd Mrs Goddard ar ei thraed yn llafurus. Ysgydwodd ei sgert, i gael gwared â'r darnau glaswellt a lynai wrthi, a thynnodd bâr o fenig cotwm llwyd o'i phoced.

'Yn bwysig, ydy e? Alla i ddim gweld pam. Mae popeth drosodd nawr. Mae hi wedi marw, druan fach, a Mark hefyd. Sa i wedi torri gair â neb arall am hyn, ond dyna fe, pwy fase eisiau gw'bod?'

'Efallai y gallen ni eistedd ar y fainc draw fan 'cw i gael sgwrs fach?' awgrymodd Cordelia.

'Pam lai? Dydw i ddim ar frys i fynd adre y dyddie hyn. Wyddoch chi, 'mach i, ro'n i'n hanner cant a thair pan briodais i 'ngŵr ac eto, rwy'n ei golli fel 'sen ni 'di caru er pan oedden ni'n blant. Roedd pobl yn meddwl 'mod i'n ffŵl yn priodi bryd hynny ond ro'n i'n nabod ei wraig ers deng mlynedd ar hugain, ch'weld, roedden ni yn yr ysgol 'da'n gilydd. Os ydy dyn yn garedig wrth un wraig, fe fydd e'n garedig wrth un arall hefyd, greda i. Ac ro'n i'n iawn.'

Eisteddai'r ddwy ar y fainc gan syllu i gyfeiriad y bedd. Meddai Cordelia:

'D'wedwch rywbeth am fam Mark wrtha i.'

'Miss Bottley oedd hi cyn priodi, Evelyn Bottley.

Ro'n i'n gweithio i'w mam hi, cyn iddi hi ga'l ei geni. Dim ond Harry bach oedd 'na bryd hynny. Cafodd e'i ladd yn y rhyfel ar ei gyrch cynta uwch yr Almaen. Roedd Mr Bottley yn meddwl y byd o Harry. Doedd 'na neb tebyg iddo fe, fe oedd cannwyll ei lygad e. Doedd 'da fe fawr i weud wrth Miss Evie, y crwt oedd ei fywyd e. Bu Mrs Bottley farw ar enedigaeth Miss Evie, a falle fod a wnelo hynny rywbeth â'r peth. Mae'n bosib, er y gwn i am rai tadau a garodd eu plentyn fwy byth—y pethe bach diniwed, nid eu bai nhw yw e. Esgus oedd e, dd'weden i, esgus i beidio â chymryd y plentyn i'w galon, fel y gwnaeth e 'da Harry.'

'Ie, mi wn i am dad arall wnaeth esgus o'r peth hefyd. Ond nid arnyn nhw mae'r bai chwaith. Allwn ni ddim ein gorfodi'n hunain i garu rhywun am ein bod ni eisiau gwneud hynny.'

'Gwaetha'r modd, 'merch i. Mi fydde'r hen fyd 'ma'n hyfrytach lle petaen ni'n gallu. Ond ei blentyn e'i hunan, mae hynny'n annaturiol!'

'Oedd hi'n ei garu o?'

'Sut alle hi? Wneith plentyn mo'ch caru chi os nad y'ch chi'n ei garu fe. Doedd hi byth yn gallu'i blesio fe, ch'weld—roedd e'n ddyn mawr, cas, yn ddigon i godi ofn ar blentyn bach. Fe fydde wedi dod 'mla'n yn well 'da chroten fach bert, siarp, na fydde'n ei ofni fe.'

'Be ddigwyddodd iddi? Sut ddaru hi gyfarfod Syr Ronald Callender?'

'Nid Syr Ronald oedd e bryd hynny, 'merch i. O nage! Ronny Callender, mab y garddwr, oedd e. Roedden nhw'n byw yn Harrogate, ch'weld. A 'na dŷ bendigedig oedd 'da nhw! Pan ddechreuais i weithio yno cyn y rhyfel roedd 'da nhw dri garddwr. Roedd Mr Bottley yn gweithio yn Bradford—yn y fasnach wlân. Ond siarad am Ronny Callender oedden ni, ynte-fe? Rwy'n ei gofio fe'n dda; crwt cwerylgar, digon smart ei olwg oedd e, ac yn cadw'i feddyliau iddo'i hunan.

Roedd e'n glyfar iawn hefyd. Enillodd ysgoloriaeth i'r ysgol ramadeg ac fe wnaeth e'n dda iawn yno.'

'Ac fe syrthiodd Evelyn Bottley mewn cariad?'

'Do, sbo. Pwy a ŵyr beth oedd yn mynd ymlaen rhyngddyn nhw pan oedden nhw'n ifanc? Yna aeth e bant i'r rhyfel. Roedd hithau'n daer am wneud rhyw-beth hefyd a chafodd ei derbyn yn V.A.D.—Duw'n unig a ŵyr sut basiodd hi'r prawf meddygol. Yna, fe gwrddodd y ddau unwaith eto yn Llundain a chyn pen dim roedden nhw'n briod.'

'A dod i fyw yma ar gyrion Caer-grawnt?'

'Na, ddim tan ar ôl y rhyfel. Daliodd hi i nyrsio ac anfonwyd ef dros y môr. Fe gafodd e'r hyn a eilw rhai pobl yn rhyfel da; rhyfel drwg fydden ni'n ei alw fe, sbo, llawer o ladd ac ymladd, carcharu a dianc ac ati. Er hyn i gyd, doedd gan Mr Bottley 'run gronyn o barch tuag ato fe. Rwy'n meddwl mai credu roedd e fod Ronny â'i lygad ar yr arian, ac roedd 'na ddigon o hwnnw 'da'r teulu ar y pryd, credwch chi fi. Falle'i fod e yn llygad ei le, ond pwy alle feio'r crwt? Fydde Mam bob amser yn dweud, "Paid â phriodi am arian ond prioda lle mae 'na arian i ga'l!" Dydy arian ddim yn ddrwg i gyd, cyhyd â bod 'na gariad a charedigrwydd yn ogystal.'

'Ydech chi'n meddwl bod 'na gariad a charedig-rwydd?'

'Wel, hyd y gwn i, roedd e'n ddigon caredig, ac roedd hi'n dwlu arno fe. Ar ôl y rhyfel aeth e lan i Gaer-grawnt. Roedd e wedi eisiau bod yn wydd-onydd ar hyd yr amser ac fe gafodd grant am ei fod e'n gyn-filwr. Cafodd Evie rywfaint o arian gan ei thad ac fe brynon nhw'r tŷ mae e'n byw ynddo fe nawr fel y galle fe fyw gartre tra oedd e'n studio. Dyw'r tŷ ddim yn gwmws 'run fath nawr ag oedd e bryd hynny, wrth gwrs. Mae e wedi gwneud llawer o newidiade yng nghwrs y blynydde. Doedd ganddyn nhw fawr o arian

127

bryd hynny a doedd 'da Miss Evie neb ond fi i'w helpu hi. Deuai Mr Bottley i aros o dro i dro ac roedd yn gas 'da hi'i weld e'n dod. Eisiau ŵyrion oedd e, ch'weld. Yna, bennodd Mr Callender yn y brifysgol a chafodd swydd ddysgu. Roedd e am aros yn y coleg i fod yn ddarlithydd neu rywbeth, ond fynnen nhw mono fe. Dim digon o ddylanwad medde fe, ond dim digon clyfar oedd e, dd'weden i. Roedden ni'n meddwl taw fe oedd y crwt clyfra yn ysgol ramadeg Harrogate, ond dyw hynny'n profi dim. Mae Caer-grawnt yn llawn dop o ddynion clyfar.'

'Ac yna ganed Mark?'

'Do, ar y 25ain Ebrill 1951, naw mlynedd ar ôl iddyn nhw briodi. Fe'i ganed e yn yr Eidal. Roedd Mr Bottley mor blês pan glywodd e'i bod hi'n disgwyl nes iddo roi mwy o arian iddyn nhw, a bydden nhw'n mynd ar wylie i'r Eidal yn eitha aml. Roedd Evie wrth ei bodd yn yr Eidal; rwy'n credu'i bod hi am i'r plentyn gael ei eni yno, neu fydde hi ddim wedi mynd yno ar wylie yn ystod mis ola'i beichiogrwydd. Es i i'w gweld hi ryw fis ar ôl iddi ddod adre 'da'r babi, ac yn wir i chi, welais i 'rioed fenyw mor hapus â hi. O, roedd e'n grwt bach pert!'

'Ond pam aethoch chi i'w gweld hi; doeddech chi ddim yn gweithio yno ar y pryd?'

'Nac o'n, 'mach i. Ddim ers rhai misoedd. Doedd hi ddim yn rhy iach yn ystod misoedd cynnar ei beichiogrwydd, ch'weld. Allen i weld ei bod hi dan straen ac yn anhapus ofnadw ac yna un diwrnod d'wedodd Mr Callender wrtha i fod Evie am i mi adael. Allen i ddim credu'r peth ond pan es i ati cydiodd yn fy llaw ac meddai: "Mae'n ddrwg 'da fi, Nani, ond gore po gynta yr ewch chi o 'ma."

'Mae gwragedd beichiog yn cael chwilod go ryfedd yn eu penne ambell waith, mi wn, ac roedd y babi 'ma mor bwysig i'r ddau ohonyn nhw. Meddyliais falle y bydde hi'n gofyn i mi ddod 'nôl ar ôl geni'r babi, ac fe wnaeth, ond chawn i ddim byw yn y tŷ. Fe ges i stafell yn y pentre 'da'r bostfeistres ac fe fyddwn i'n gweithio pedwar bore'r wythnos i Miss Evie a'r gweddill i fenywod eraill yn y pentre. Roedd hynny'n iawn, ond ro'n i'n gweld eisiau'r babi pan nad oedd e 'da fi. Do'n i ddim wedi gweld fawr arni pan oedd hi'n disgwyl ond trewais arni yng Nghaer-grawnt ryw ddiwrnod. Roedd ei naw mis hi bron ar ben dd'weden i. Cym'rodd arni nad oedd hi wedi 'ngweld i i ddechrau yna daeth at ei choed a chroesodd y ffordd. "Rydyn ni'n mynd i'r Eidal yr wythnos nesa, Nani," meddai, "Dyna neis, ynte-fe?" Ac meddwn i: "Os na chym'rwch chi ofal, 'mach i, Eidalwr bach fydd y babi 'na." Chwarddodd Miss Evie. Ymddangosai fel petai hi'n ysu am fynd 'nôl i'r haul.'

'A be ddigwyddodd wedi iddi ddod adre?'

'Bu farw ymhen naw mis, druan fach. Croten wan ei hiechyd fuodd hi 'rioed, fel y d'wedais i, ac fe gafodd hi'r ffliw. Bûm i'n nyrsio chydig arni a byddwn wedi gwneud mwy ond mynnodd Mr Callender ofalu am-dani'i hunan. Alle fe ddim diodde gweld neb arall ar ei chyfyl hi. Treuliais chydig funudau gyda hi pan oedd hi ar ei gwely angau a gofynnodd i mi roi'i llyfr gweddi hi i Mark ar ei ben-blwydd yn un ar hugain. Rwy'n ei chlywed hi fel tae hi'n ddoe: "Rhowch hwn i Mark pan fydd e'n un ar hugain, Nani. Lapiwch e'n ofalus ac ewch ag e iddo fe pan ddaw e i oed. Wnewch chi ddim anghofio, wnewch chi?" "Na, wna i ddim anghofio, 'merch i, mi wyddoch chi hynny," meddwn innau. Yna d'wedodd rywbeth digon od. "Os anghofiwch chi, neu os byddwch chi wedi marw cyn hynny, neu os na fydd e'n deall, sdim ots, sdim ots o gwbl. Ewyllys Duw fydd e, dyna i gyd." '

'Be oedd hi'n ei olygu, tybed?'

'Pwy a ŵyr, 'mach i? Roedd Miss Evie'n llawer rhy grefyddol er ei lles ei hun, dd'weden i. Rwy'n credu y

dylen ni dderbyn ein cyfrifoldebau a datrys ein prob-
lemau'n hunain yn lle gadael popeth yn nwylo Duw, fel
petai ganddo ddim byd gwell i'w wneud na gwrando ar
ein cwynion pitw ni. Ond dyna'i hewyllys ola hi a dyna
f'addewid inne. Felly pan oedd Mark yn un ar hugain fe
es i i'w weld fel yr addewais.'

'Be ddigwyddodd?'

'O, fe gawson ni amser da 'da'n gilydd. Wyddoch chi
be, doedd ei dad e 'rioed wedi sôn gair wrtho fe am ei
fam? Mae hynny'n digwydd ambell dro pan fydd gwraig
yn marw, ond rwy'n meddwl y dyle pob mab gael
gw'bod tipyn o hanes ei fam. Roedd ganddo lwyth o
gwestiyne, pethe y dylai'i dad fod wedi'u dweud wrtho
fe.

'Roedd e'n falch o gael y llyfr gweddi. Daeth i
'ngweld rai diwrnodau'n ddiweddarach i ofyn enw'r
meddyg oedd wedi trin ei fam. D'wedais wrtho taw Dr
Gladwin oedd ei enw e. Ef oedd meddyg y teulu,
ch'weld. Roedd e'n siŵr o fod dros ei ddeg a thrigen
bryd hynny, ac er bod 'na ddigon o bobl fydde'n ei
ganmol e i'r cymyle, doedd gen i fawr o ffydd ynddo fe.
Yfed oedd e, 'mach i; allech chi ddim dibynnu arno fe.
Trueni mawr hefyd, a Miss Evie mor eiddil. Ond 'na fe,
mae ynte wedi croesi'r afon bellach, siŵr o fod. Beth
bynnag, d'wedais wrth Mr Mark ac fe sgrifennodd e'i
enw fe i lawr. Yna fe gawson ni ddisgled fach o de a
sgwrs a bant â fe. Welais i mono fe wedyn.'

'A does 'na neb arall yn gwybod am y llyfr gweddi
'ma?'

'Neb ar y ddaear, 'mach i. Gwelodd Miss Leaming
enw'r siop flodau ar 'y ngherdyn i ac aeth i ofyn iddyn
nhw am 'y nghyfeiriad i. Daeth yma drannoeth yr
angladd i ddiolch i mi am bopeth ond busnesa roedd hi,
allen i weld hynny. Os oedd hi a Syr Ronald mor falch o
'ngweld i yn yr angladd pam na fydden nhw wedi dod i
ysgwyd llaw neu rywbeth? Roedd hi fel tae hi'n

awgrymu 'mod i yno heb wahoddiad. Gwahoddiad i angladd! Chlywais i 'rioed shwt beth!'

'Felly, chafodd hi wybod dim am hyn?' gofynnodd Cordelia.

'Sa i wedi dweud wrth neb byw, ond y chi, 'mach i, a sa i'n siŵr pam dd'wedais i wrthoch chi, chwaith. Ond na, chafodd hi wybod dim. A dweud y gwir, sa i'n hoffi'r fenyw. Cofiwch chi, sa i'n deud fod dim yn mynd 'mlaen rhyngddi hi a Syr Ronald, nid tra oedd Miss Evie'n fyw, beth bynnag. Chlywais i 'rioed neb yn hel clecs amdanyn nhw; roedd hi'n byw mewn fflat yng Nghaer-grawnt ac yn cadw iddi'i hunan. Fe gwrddodd Mr Callender â hi pan oedd e'n athro. Roedd hi'n dysgu Saesneg yn yr un ysgol. Ar ôl i Miss Evie farw y sefydlodd e'r labordy, ch'weld.'

'Ac mae gan Miss Leaming radd mewn Saesneg, felly?'

'Wrth gwrs, 'mach i! Rhoddodd y gorau i'w swydd i fynd i weithio i Mr Callender.'

'Felly, gadawsoch chi Garforth House pan fu Mrs Callender farw? Doeddech chi ddim am aros i ofalu am y babi?'

'Do'n i ddim digon da iddyn nhw, sbo. Cyflogodd Mr Callender groten ifanc yn syth o'r coleg ac yna, ac yntau fawr mwy na babi, anfonwyd Mark bant i ryw ysgol neu'i gilydd. Doedd ei dad e ddim am i mi weld y plentyn, roedd hynny'n amlwg, ac mae gan dad ei hawliau, wedi'r cyfan. Do'n i ddim am fynd i weld Mr Mark yn erbyn ewyllys ei dad. Fydde hynny ddim wedi bod yn deg. Ond nawr mae e wedi marw ac mae pawb wedi'i golli e. D'wedodd y crwner fod Mark wedi'i ladd ei hun; falle'i fod e'n iawn.'

'Dydw i ddim yn meddwl mai ei ladd ei hun wnaeth o,' meddai Cordelia.

'Nac ydych chi, wir? Ry'ch chi'n garedig iawn. Ond pa ots bellach, mae e wedi marw, on'd yw e? Wel, mae'n hen bryd i mi'i throi hi am adre. Os nad oes ots 'da chi, 'mach i, wna i mo'ch gwahodd chi i de heddi, rwy wedi blino braidd. Ond os byddwch chi am 'y ngweld i eto, cofiwch alw—fe fydd 'na groeso i chi unrhyw amser.'

Gadawodd y ddwy'r fynwent gyda'i gilydd. Gerllaw'r llidiardau, cyffyrddodd Mrs Goddard yn ysgafn ag ysgwydd Cordelia, fel petai hi'n mwytho anifail, ac ymlwybrodd yn araf i gyfeiriad y pentref.

Wedi i Cordelia yrru heibio i'r tro yn y ffordd, gwelodd groesfan drenau o'i blaen. Roedd trên newydd fynd heibio a'r llidiardau ar fin cael eu codi. Safai tri cherbyd ger y groesfan, ac wrth i'r ddau gyntaf yrru'n araf dros y rheiliau, cyflymodd y trydydd a phasio'r lleill. Sylwodd Cordelia mai fan fach ddu ydoedd.

O feddwl am y peth wedyn, ychydig a gofiai Cordelia am y daith yn ôl i'r bwthyn. Gyrrodd yn gyflym, gan ganolbwyntio ar y ffordd o'i blaen a chan geisio rheoli'i chyffro drwy dalu sylw i bob manylyn. Parciodd y Mini yn erbyn y gwrych o flaen y bwthyn, heb falio a fyddai rhywun yn ei weld ai peidio. Edrychai ac arogleuai'r bwthyn yn union fel y'i gadawsai. Bron nad oedd hi wedi ofni y byddai wedi cael ei ysbeilio a'r llyfr gweddi wedi diflannu. Rhoddodd ochenaid o ryddhad pan welodd fod y clawr gwyn yn dal yno ymysg y cloriau tywyll eraill. Doedd Cordelia ddim yn siŵr, wrth ei agor, beth roedd hi'n disgwyl ei ganfod; arysgrifen efallai, neu neges, neu hyd yn oed lythyr ymhlŷg rhwng y tudalennau. Ond doedd a wnelo'r unig arysgrifen y daeth o hyd iddo ddim byd o gwbl â'r achos. Fe'i hysgrifennwyd mewn llaw grynedig, henffasiwn; roedd y nib dur wedi cropian fel corryn ar draws y tudalen. 'I Evelyn Mary ar achlysur ei chonffirmasiwn, gyda llawer o gariad oddi wrth ei Mam Fedydd, 5ed Awst 1934.'

Ysgydwodd Cordelia'r llyfr. Ni chwympodd yr un darn o bapur allan ohono. Trodd y tudalennau'n gyflym. Dim byd.

Eisteddodd ar erchwyn y gwely, wedi'i threchu gan siom. Onid oedd o'n beth rhesymol iddi dybio bod 'na ryw arwyddocâd i'r llyfr gweddi, ynteu breuddwyd gwrach oedd y cyfan? Oedd hi wedi rhoi gormod o raff i'w dychymyg? Wedi'r cwbl, doedd 'na ddim byd yn anarferol nac annealladwy yn y ffaith fod mam dduwiol wedi gadael ei llyfr gweddi i'w hunig fab. A hyd yn oed os oedd hi'n iawn, pam ddylai'r neges fod yno o hyd? Os oedd Mark wedi darganfod nodyn oddi wrth ei fam rhwng y tudalennau, yr oedd hi'n ddigon posibl y byddai wedi'i losgi ar ôl ei ddarllen. Ac os na wnaeth Mark, gallai rhywun arall fod wedi gwneud. Yn ôl pob tebyg, roedd y nodyn—os bu un erioed—erbyn hyn yn rhan o'r lludw gwyn a lenwai'r grât yn y bwthyn.

Ysgydwodd ei hun o'i digalondid. Roedd 'na un trywydd ar ôl i'w ddilyn; fe geisiai gael hyd i Dr Gladwin. Wedi meddwl am ennyd, rhoddodd y llyfr gweddi yn ei bag a thaflodd gipolwg ar ei horiawr. Roedd hi'n tynnu am un o'r gloch. Penderfynodd gael cinio sydyn o gaws a ffrwythau yn yr ardd cyn ei throi hi'n ôl am Gaer-grawnt, i ymgynghori â chyfarwyddiadur meddygol yn y llyfrgell ganolog.

Ryw awr yn ddiweddarach canfu'r wybodaeth angenrheidiol. Dim ond un Dr Gladwin oedd yn y cyfarwyddiadur a allai fod wedi trin Mrs Callender ugain mlynedd yn ôl, ac yntau dros ei ddeg a thrigain ar y pryd. Emlyn Thomas Gladwin oedd ei enw llawn. Cafodd ei hyfforddi yn ysbyty St. Thomas, a'i gofrestru'n feddyg yn 1904. Ysgrifennodd Cordelia'r cyfeiriad yn ei llyfr nodiadau: 4 Pratts Way, Ixworth Road, Bury St. Edmunds. 'St. Edmunds Town'! Y dref, chwedl Isabelle, lle'r oedd hi a Mark wedi stopio ar eu ffordd i lan y môr.

Doedd hi ddim wedi cael diwrnod ofer wedi'r cwbl—roedd hi'n dilyn ôl traed Mark. Aeth i chwilio am fap o'r ardal. Roedd hi wedi troi'n chwarter wedi dau erbyn hyn. Petai hi'n dilyn yr A45 drwy Newmarket gallai fod yn Bury St. Edmunds o fewn yr awr. Gan ganiatáu awr i sgwrsio â'r meddyg ac awr arall i yrru adref, byddai'n ôl yn y bwthyn tua hanner awr wedi pump.

Roedd hi'n gyrru trwy'r wlad wastad ar gyrion Newmarket pan sylwodd fod fan ddu yn ei dilyn. Roedd hi'n rhy bell yn ôl iddi allu gweld yn iawn pwy oedd yn gyrru, ond roedd hi'n amau mai Lunn ydoedd. Cyflymodd, gan geisio cadw digon o bellter rhyngddynt, ond daeth y fan yn nes. Doedd 'na ddim rheswm yn y byd, wrth gwrs, pam na ddylai Lunn fod yn gyrru i Newmarket ar ran Syr Ronald, ond roedd gweld yr hen fan fach ddu 'na yn ei drych o hyd yn peri cryn aflonyddwch iddi. Penderfynodd Cordelia gael gwared ag ef. Ond roedd hi'n anghyfarwydd â'r ardal ac ychydig iawn o ffyrdd oedd yn troi i'r chwith oddi ar y briffordd. Felly penderfynodd ddisgwyl nes y cyrhaeddai Newmarket ac achub ei chyfle yn y fan honno.

Roedd y stryd fawr yn llawn tagfeydd traffig a phob tro i'r chwith wedi'i flocio gan ryw gerbyd neu'i gilydd. Ond yn ymyl yr ail gyfres o oleuadau, gwelodd Cordelia'i chyfle. Roedd y fan ddu wedi cael ei dal ar groesffordd ryw hanner canllath yn ôl. Pan drodd y goleuadau'n wyrdd, gwasgodd Cordelia'i throed ar y sbardun a throi i'r chwith. Yna trodd i'r chwith eto, ac wedyn i'r dde. Gyrrodd yn ei blaen am ryw bum munud drwy'r strydoedd anghyfarwydd nes cyrraedd croesffordd, a stopiodd. Doedd dim golwg o'r fan ddu. Yn ôl pob tebyg, roedd hi wedi llwyddo i gael gwared â hi. Arhosodd am ryw bum munud arall, ac yna dychwelodd yn araf i'r stryd fawr ac ymuno â llif dwyreiniol y traffig. Hanner awr yn ddiweddarach roedd hi wedi mynd trwy Bury St. Edmunds ac yn gyrru'n araf ar hyd Ixworth Road yn chwilio am Pratts Way. Daeth o hyd iddo o'r diwedd, rhesaid o dai bychain—chwech ohonynt i gyd—a Pratts Way wedi'i ysgrifennu ar fynegbost o'u blaen. Arhosodd y tu allan i rif pedwar, gan feddwl am Isabelle. Tybed pam roedd Mark wedi dweud wrthi am beidio â pharcio tu allan i'r tŷ? Oedd o'n meddwl y byddai'r Renault gwyn wedi tynnu gormod o sylw? Roedd hyd yn oed y Mini wedi ennyn diddordeb. Gallai Cordelia weld wynebau yn ffenestri'r llofftydd ac roedd criw bychan o blant wedi ymddangos o rywle. Safent yn glwstwr o gwmpas gât y drws nesaf, yn ei gwylio â llygaid mawr, difynegiant.

Tŷ digon diflas yr olwg oedd rhif pedwar; roedd yr ardd ffrynt eisiau'i chwynnu'n ddybryd ac roedd tyllau yn y ffens lle'r oedd rhai o'r planciau wedi pydru. Roedd y paent brown ar ddrws y ffrynt wedi codi'n swigod yn yr haul, a'r pren noeth yn y golwg mewn mannau. Ond sylwodd Cordelia fod y ffenestri ar y llawr isaf yn sgleinio a'r llenni les yn glaerwyn. Daeth i'r casgliad fod Mrs Gladwin yn wraig tŷ ofalus, yn gwneud ei gorau glas i gadw'r lle'n lân ond yn rhy hen i wneud y gwaith trwm ac yn rhy dlawd i allu fforddio cymorth. Tosturiai Cordelia wrthi. Ond doedd y ddynes a agorodd y drws o'r diwedd, mewn ymateb i'w chnocio taer—doedd y gloch ddim yn gweithio—ddim byd tebyg i'r hyn roedd Cordelia wedi'i ddychmygu. Diflannodd ei thosturi gerbron y llygaid caled, drwg-dybus, y geg dynn, a'r breichiau tenau, wedi'u plethu'n wrthglawdd esgyrnog o'i blaen fel na feiddiai neb gyffwrdd â hi. Roedd yn anodd dyfalu'i hoedran. Nid oedd ei gwallt, a oedd wedi'i glymu'n fynsen fach dynn ar ei chorun, wedi dechrau gwynnu ond roedd ei hwyneb yn greithiog a'r gewynnau a'r gwythiennau yn ei gwddw tenau fel cortynnau. Gwisgai ffedog gotwm liwgar amdani a slipers am ei thraed. Meddai Cordelia:

'Cordelia Gray ydw i. Hoffwn i gael gair neu ddau â Dr Gladwin, os ydy o gartre, ynglŷn ag un o'i hen gleifion o erstalwm.'

'Ydy mae e gartre. Ble arall fydde fe? Mae e yn yr ardd. Dewch i mewn.'

Sawrai'r tŷ o henaint a charthion a bwyd wedi llwydo a dogn helaeth o ddisinffectant cryf ar ben y cwbl. Cerddodd Cordelia trwyddo i'r ardd gan osgoi edrych ar y cyntedd na'r gegin rhag iddi ymddangos yn ddigywilydd.

Roedd Dr Gladwin yn eistedd yn yr haul mewn cadair Windsor uchel. Ni welsai Cordelia neb erioed yn edrych mor hen. Gwisgai rywbeth tebyg i siwt redeg wlân, ac roedd ganddo siôl glytwaith dros ei benliniau, ac am ei draed chwyddedig bâr o slipers ffelt anferth. Hongiai ei ddwy law grynedig dros freichiau'r gadair, fel petaen nhw'n rhy drwm i'w arddyrnau eiddil, ac edrychai'i benglog moel mor fach ac mor hawdd ei niweidio â phen baban. Roedd ei lygaid pŵl fel dau felynwy'n nofio mewn gwynnwy gludiog, gwythiennog.

Nesaodd Cordelia ato a galw'i enw'n dawel. Ni chafodd unrhyw ymateb o gwbl. Penliniodd ar y glaswellt o'i flaen ac edrychodd i fyny i'w wyneb.

'Dr Gladwin, ro'n i am gael gair â chi ynglŷn ag un o'ch cleifion erstalwm. Mrs Callender. Ydych chi'n cofio Mrs Callender, Garforth House?'

Atebodd o mohoni. Gwyddai Cordelia na fyddai'n ei hateb. Doedd ganddi mo'r wyneb i ofyn eilwaith. Safai Mrs Gladwin gerllaw fel petai hi'n ei arddangos i gynulleidfa chwilfrydig.

'Dyna chi, gofynnwch iddo fe! Mae'r cwbl yn ei ben e, ch'weld. 'Na beth fydde fe'n arfer dweud wrtha i, beth bynnag. "Rwy'n hidio dim am gofnodion a nodiadau ac ati. Ond paid â becso, mae popeth yn 'y mhen i." '

'Be ddigwyddodd i'r nodiadau meddygol pan ddaru o ymddeol?' gofynnodd Cordelia. 'Gawson nhw eu trosglwyddo i feddyg arall?'

'Rwy newydd ddweud wrthoch chi nawr. Doedd 'na ddim cofnodion. A waeth i chi heb â gofyn i mi. Dyna beth dd'wedes i wrth y crwt 'na hefyd. Roedd y doctor yn ddigon hapus i 'mhriodi i pan oedd eisiau nyrs arno fe, ond fydde fe byth yn trafod ei gleifion 'da fi. O na fydde! Roedd e'n gallu yfed holl elw'r practis bant a sôn am egwyddorion meddygol ar yr un gwynt. Dyna ddyn i chi!'

Roedd y chwerwder yn ei llais yn ddychrynllyd. Allai Cordelia ddim dioddef edrych ym myw ei llygaid. Tybiodd ei bod wedi gweld gwefusau'r hen ŵr yn symud. Plygodd ei phen a chlywodd yr un gair: 'Oer'.

'Rwy'n credu'i fod o'n trio dweud ei fod o'n oer. Oes 'na siôl arall i roi dros ei sgwyddau?'

'Oer! Yn yr haul poeth 'ma! Twt, mae e wastad yn oer.'

'Ond efallai y byddai'n hoffi cael blanced arall. Mi a' i i nôl un os mynnwch chi.'

'Gadael llonydd iddo fe sy orau, Miss. Os nad y'ch chi'n moyn ei nyrsio fe. I weld sut fyddech chi'n joio'i gadw fe'n lân fel babi, golchi'i glytiau fe, newid y gwely bob bore. Fe awn i i nôl siôl arall iddo fe tawn i ddim yn gwybod y bydde fe'n ei bwrw hi bant cyn pen dau funud. So fe'n gwybod be mae e'n moyn.'

'Mae'n ddrwg gen i,' meddai Cordelia'n ddiymadferth. Tybed a oedd 'na nyrs yn galw, meddyliodd, neu a oedd Mrs Gladwin wedi gofyn i'w meddyg a gâi'i gŵr fynd i'r ysbyty o bryd i'w gilydd er mwyn iddi hi gael seibiant? Ond waeth iddi heb â chrybwyll y peth. Doedd gan Mrs Gladwin druan mo'r egni bellach i fynd ar ofyn neb. Dywedodd:

'Mae'n ddrwg gen i. Wna i mo'ch trafferthu chi eto.'

Cerddodd y ddwy'n ôl drwy'r tŷ gyda'i gilydd. Ond

roedd 'na un cwestiwn arall yr oedd yn rhaid i Cordelia'i ofyn. Wrth y gât ffrynt, meddai:

'Mi ddaru chi sôn am fachgen ddaeth yma ryw dro. Ai Mark oedd ei enw fo?'

'Mark Callender. Holi am ei fam oedd e. Yna, rhyw ddeng niwrnod yn ddiweddarach daeth y llall yma.'

'Y llall?'

'O, roedd hwnnw'n rêl gŵr bonheddig. Cerddodd i mewn fel 'tai e'n berchen y lle. Dd'wedodd e ddim pwy oedd e, ond rwy'n siŵr 'mod i wedi gweld ei wyneb e'n rhywle. Gofynnodd a alle fe gael gair â Dr Gladwin. Roedden ni'n eistedd yn y parlwr cefn y diwrnod hwnnw—y gwynt braidd yn fain, ch'weld. Aeth e'n syth at y doctor a gweiddi "Bore da, Gladwin" fel 'tai e'n siarad â gwas. Yna, plygodd i lawr ac edrych arno fe. Ym myw ei lygaid e. Cododd wedyn, ffarweliodd â mi a bant â fe. O, rydyn ni'n boblogaidd iawn y dyddie hyn! Fe fydd raid i mi ddechrau codi tâl am y sioe.'

Roedd y ddwy'n dal i sefyll wrth y gât. Nid oedd Cordelia'n siŵr a ddylai hi ysgwyd llaw â Mrs Gladwin ond synhwyrodd fod yr hen wraig yn ei hewyllysio i beidio â mynd. Yn sydyn, dechreuodd siarad mewn llais uchel, garw, gan syllu'n syth o'i blaen.

'Chi'n gwybod y ffrind 'ma sy 'da, chi, y crwt 'na ddaeth yma. Fe roddodd ei gyfeiriad i mi. Fe dd'wedodd y bydde fe'n fodlon eistedd 'da'r doctor ambell i ddydd Sul i mi gael seibiant bach; d'wedodd y galle fe hwylio tamed o ginio iddyn nhw'u dau. Mae chwant mynd i weld fy chwaer yn Haverhill arna i ddydd Sul nesa. D'wedwch wrtho am ddod draw os licith e.'

Gwyddai Cordelia fod y gwahoddiad grwgnachlyd hwn wedi costio'n ddrud iddi ac meddai'n fyrbwyll:

'Mi ddo i, os mynnwch chi. Mae gen i gar, ac mi allwn i ddod yn y bore.'

Byddai'n colli diwrnod o waith ond chodai hi ddim ar Syr Ronald Callender amdano. Roedd hyd yn oed ditectif preifat yn haeddu diwrnod o wyliau weithiau.

'Fydd e ddim eisiau croten o gwmpas y lle. Mae'n rhaid cael dyn i wneud rhai pethe iddo fe. Roedd e wedi cymryd at y crwt 'na, gallwn i weld hynny. D'wedwch chi wrtho am ddod.'

Edrychodd Cordelia arni, ac meddai:

'Fe fyddai fo wedi dŵad, rwy'n siŵr o hynny. Ond fedr o ddim. Mae o wedi marw.'

Ddywedodd Mrs Gladwin yr un gair. Cyffyrddodd Cordelia â'i llawes. Doedd 'na ddim ymateb. Sibrydodd:

'Mae'n ddrwg gen i. Fe a' i rŵan.' Bu ond y dim iddi ychwanegu: 'Os na alla i wneud rhywbeth i chi,' ond brathodd ei thafod mewn pryd. Doedd dim y gallai hi na neb arall ei wneud.

Taflodd gipolwg brysiog dros ei hysgwydd wrth yrru i gyfeiriad Bury a gwelodd fod yr hen wraig yn dal i sefyll yno'n pwyso ar y gât.

Nid oedd Cordelia'n siŵr beth a barodd iddi stopio yn Bury a mynd am dro o gwmpas gerddi'r abaty, ond teimlai na allai wynebu'r siwrnai'n ôl i Gaer-grawnt â'i meddwl mor gythryblus. Wrth yrru heibio i'r abaty, cafodd gipolwg ar y glaswellt a'r blodau drwy'r porth mawr Normanaidd, a pharciodd y Mini ar Angel Hill. Cerddodd drwy'r gerddi at lan yr afon ac eistedd yno yn yr haul am ryw bum munud. Cofiodd nad oedd hi wedi gwneud nodyn o'r hyn roedd hi wedi'i wario ar betrol, a dechreuodd chwilota yn ei bag am ei llyfr nodiadau. Digwyddodd ei llaw daro ar y llyfr gweddi gwyn a thynnodd ef allan. Pe bai hi yn lle Mrs Callender ac am adael neges i Mark, neges y byddai ef—a neb arall—yn siŵr o ddod o hyd iddi, ym mh'le y byddai'n ei gadael? Ymddangosodd yr ateb mor olau â'r dydd o flaen ei llygaid. Onid ar y tudalen lle'r oedd y colect, yr epistol a'r efengyl ar gyfer Dydd Sant Marc? Cafodd ei eni ar y 25ain o Ebrill a'i enwi ar ôl y sant. Trodd i'r tudalen ar

139

unwaith. Ac yno, nesaf at weddi Cranmer am ras i wrthsefyll 'pob chwa o gamddysgeidiaeth', roedd y llythrennau a'r rhifau canlynol:

E M C

A A

14.1.52

Llythrennau cyntaf enw'i fam oedd y llinell uchaf yn ddiau. A'r dyddiad? Y diwrnod roedd hi wedi ysgrifennu'r neges, yn ôl pob tebyg. Onid oedd Mrs Goddard wedi dweud bod Mrs Callender wedi marw pan oedd ei mab tua naw mis oed? Ond beth am y ddwy A? Bu Cordelia ar drywydd sawl sgwarnog cyn iddi gofio am y cerdyn yn waled Mark. Un peth yn unig y gallai'r ddwy lythyren ei olygu—y grŵp gwaed. B oedd grŵp gwaed Mark. AA oedd grŵp gwaed ei fam. Doedd 'na ddim ond un rheswm pam y byddai hi wedi dymuno i Mark gael yr wybodaeth honno. Y cam nesaf oedd darganfod grŵp gwaed Syr Ronald Callender.

Bu bron iddi weiddi mewn gorfoledd wrth redeg drwy'r gerddi a chyfeirio trwyn y Mini tua Chaergrawnt unwaith eto. Doedd hi ddim wedi ystyried goblygiadau'i darganfyddiad, na hyd yn oed ddilysrwydd ei dadleuon. Ond o leiaf roedd ganddi rywbeth i'w wneud, o leiaf roedd ganddi drywydd i'w ddilyn. Gyrrodd fel cath i gythraul, yn awyddus i gyrraedd y Swyddfa Bost cyn amser cau. Gwyddai y gallai gael copi o'r rhestr swyddogol o feddygon lleol yn y fan honno. Fe'i cafodd yn gwbl ddidrafferth. Nawr roedd angen ffôn arni. Gyrrodd i 57, Norwich Street. Câi lonydd yn y fan'no i wneud cannoedd o alwadau pe bai raid.

Trwy lwc, roedd Sophie a Davie gartref yn chwarae gwyddbwyll yn y lolfa, a'r pen golau a'r pen tywyll bron cyffwrdd â'i gilydd uwchben y bwrdd. Doedd gan yr un o'r ddau unrhyw wrthwynebiad i Cordelia ddefnyddio'r ffôn.

'Mi dala i, wrth gwrs. Mi wna i nodyn o bob un.'

'Mi fyddi di eisiau'r stafell i ti dy hun, mae'n debyg?' meddai Sophie. 'Tyrd, Davie, mi awn ni allan i'r ardd.'

Gwyliodd Cordelia'r ddau'n cario'r bwrdd gwyddbwyll yn ofalus drwy'r gegin ac allan i'r ardd, gan ddiolch i'r drefn nad oedden nhw wedi dechrau holi a stilio. Eisteddodd wrth y bwrdd a chraffu ar ei rhestr. Roedd hi'n rhestr faith. Penderfynodd ddechrau gyda'r meddygon hynny a weithiai'n agos i ganol y ddinas. Fflachiodd un arall o ddoethinebau'r Siwper i'w meddwl: 'Mae angen dyfalbarhad sy'n ymylu ar styfnigrwydd i wneud gwaith ditectif.' Meddyliodd amdano wrth ddeialu'r rhif cyntaf. Am bennaeth annymunol! Diolch na fu hi'n gweithio dano—mi fyddai wedi mynd o dan ei chroen. Ond roedd o'n heneiddio rŵan—yn bump a deugain o leiaf. Byddai wedi dechrau llaesu dwylo erbyn hyn, mae'n debyg.

Atebwyd ei galwadau i gyd; un fantais o ffonio meddygfa oedd fod rhywun wrth law fel arfer i wneud hynny. Cafodd amrywiaeth o atebion, rhai'n gwrtais, rhai'n gwta, rhai'n frysiog, ond yr un oedd y neges bob tro. Doedd Syr Ronald Callender ddim ar lyfrau'r practis hwn. Ailadroddodd Cordelia'i hateb hithau. 'Mae'n ddrwg gen i beri trafferth i chi. Rwy wedi camddeall yr enw, siŵr o fod.'

A hithau wedi bod wrthi'n ddygn am awr a deng munud, fe gafodd hi dipyn o lwc o'r diwedd. Gwraig y meddyg a atebodd.

'Rydych chi wedi ffonio'r feddygfa anghywir, mae arna i ofn. Dr Venables ydy meddyg Syr Ronald Callender.'

Dyma beth oedd lwc! Ni fyddai wedi cyrraedd y llythyren V am awr arall o leiaf. Deialodd y rhif.

141

Nyrs Dr Venables a atebodd. Adroddodd Cordelia'i chais:

'Rwy'n ffonio ar ran Miss Leaming o Garforth House. Mae'n ddrwg gen i'ch poeni chi, ond allech chi'n hatgoffa ni beth ydy grŵp gwaed Syr Ronald Callender os gwelwch yn dda? Mae arno fo eisiau gwybod cyn mynd i Gynhadledd Helsinki'r mis nesa 'ma.'

'Un funud fach os gwelwch yn dda.' Ar ôl ysbaid fer clywodd Cordelia sŵn traed yn dychwelyd.

'Grŵp A ydy Syr Ronald. Mi faswn i'n gwneud nodyn ohono fo taswn i yn eich lle chi. Mi ffoniodd ei fab o ryw fis neu ddau'n ôl i ofyn yr un peth.'

'Diolch! Diolch yn fawr iawn! Fe rodda i o i lawr rŵan,' meddai Cordelia a mentrodd ychwanegu:

'Rwy'n newydd yma, yn helpu Miss Leaming, ac fe dd'wedodd hi wrtha i am ei roi o i lawr tro d'wetha, ond anghofiais i. Petai hi'n digwydd ffonio, plîs peidiwch â dweud wrthi 'mod i wedi gorfod ffonio eto.'

Chwarddodd y wraig.

'Peidiwch â phoeni, dd'weda i'r un gair wrthi. Dwi'n falch fod ganddi rywun i'w helpu hi o'r diwedd. Mae pawb yn iawn, gobeithio?'

'O, ydyn! Yn iawn diolch.'

Rhoddodd Cordelia'r derbynnydd i lawr. Edrychodd drwy'r ffenestr a gwelodd fod Sophie a Davie wrthi'n rhoi'r gêm wyddbwyll i gadw. Diolch byth ei bod hi wedi gorffen mewn pryd. Roedd hi'n go siŵr o'i phethau, ond byddai'n rhaid iddi gael cadarnhad. Roedd yn fater rhy bwysig iddi ddibynnu ar ryw frith gof o ddamcaniaethau Mendel ynglŷn ag etifeddeg. Roedd hi wedi darllen amdanynt ryw dro mewn pennod ar waed yn un o lyfrau Bernie ar feddygaeth fforensig. Byddai Davie'n gwybod, wrth gwrs. Ond allai hi ddim gofyn i Davie. Byddai'n rhaid iddi ddychwelyd i'r llyfrgell, a hynny ar frys os oedd hi am gyrraedd cyn i'r

142

lle gau am y dydd.

Cael a chael oedd hi, ond roedd y llyfrgellydd, a oedd
yn ei hadnabod erbyn hyn, mor gymwynasgar ag
erioed. Roedd y cyfeirlyfr priodol o'i blaen cyn pen dim
a gallodd Cordelia gadarnhau'r hyn a ddyfalai eisoes.
Ni allai gŵr a gwraig â'u grŵp gwaed yn A genhedlu
plentyn â'i waed yn B.

Roedd Cordelia wedi blino'n lân erbyn iddi gyrraedd y
bwthyn. Roedd cymaint wedi digwydd yn ystod y dydd;
cymaint wedi'i ddarganfod. Roedd llai na deuddeg awr
wedi mynd heibio oddi ar iddi gychwyn chwilio am
Nani Pilbeam, yn y gobaith y gallai honno ddweud
rhywbeth wrthi am blentyndod Mark, rhywbeth a
fyddai, o bosib, yn taflu rhyw oleuni ar ei gymeriad.
Freuddwydiodd hi erioed y byddai wedi llwyddo cystal;
teimlai'n gyffrous, ac eto'n rhy flinedig i geisio datrys y
cwlwm meddyliau a lenwai'i phen. Ni allai roi trefn ar y
ffeithiau; doedd 'na'r un patrwm amlwg, yr un ddam-
caniaeth a fyddai'n esbonio dirgelwch genedigaeth
Mark, ofn arswydus Isabelle, gwybodaeth gyfrinachol
Hugo a Sophie, diddordeb ysol Miss Markland yn y
bwthyn, amheuon cyndyn Sarjant Maskell, yr holl
anghysondebau rhyfedd a oedd yn gysylltiedig â mar-
wolaeth Mark.

Er gwaetha'i blinder, aeth ati â'i holl egni i dwtio o
gwmpas y bwthyn. Golchodd lawr y gegin, gosododd
dân oer yn y grât, chwynnodd ddarn o'r ardd gefn ac
yna hwyliodd omled madarch iddi'i hun, gan eistedd
wrth y bwrdd i'w fwyta, yn union fel y gwnaethai Mark,
yn ôl pob tebyg. Yna aeth i nôl y gwn o'i guddfan a'i
osod ar y bwrdd yn ymyl y gwely. Clodd ddrws y cefn
yn ofalus a thynnu'r llenni, gan wneud yn siŵr fod y
Sellotape yn dal yn gyfan. Ond roddodd hi mo'r sosban

ar ben y drws. Ymddangosai hynny, bellach, yn beth dianghenraid a phlentynnaidd i'w wneud. Cynheuodd gannwyll ac aeth at y ffenestr i ddewis llyfr. Roedd hi'n noson fwyn, ddi-awel; llosgai fflam y gannwyll yn ddi-grŷn yn yr awyr lonydd. Nid oedd hi eto wedi nosi ond roedd yr ardd yn dawel, heb ddim i aflonyddu ar yr heddwch ond cri ambell dderyn neu sŵn ambell gar yn cyflymu yn y pellter. Ac yna, drwy'r cyfnos, cafodd gip ar rywun yn sefyllian yn ymyl y gât. Miss Markland. Petrusodd, â'i llaw ar y gliced, rhwng dau feddwl a âi hi i mewn i'r ardd ai peidio. Â'i chefn yn dynn yn erbyn y wal, daliodd Cordelia'i hanadl. Parlyswyd Miss Markland, hithau, am ennyd, fel petai'n synhwyro bod rhywun yn ei gwylio. Yna, ymhen ysbaid, ymlwybrodd i gyfeiriad y berllan. Rhoddodd Cordelia ochenaid o ryddhad, dewisodd *The Warden* o blith llyfrau Mark a suddodd i mewn i'w sach gysgu. Hanner awr yn ddiweddarach diffoddodd y gannwyll, caeodd ei llygaid ac aeth i gysgu.

Deffrôdd yn oriau mân y bore. Roedd hi'n hollol effro ar unwaith, a'i llygaid led y pen ar agor yn yr hanner gwyll. Gallai glywed tician rhythmig ei horiawr ar y bwrdd wrth ochr y gwely a gweld, wrth ei hymyl, amlinelliad cysurus y dryll a choes ddu'r fflachlamp. Gorweddodd yno'n gwrando ar y nos. Teimlai fel baban newyddanedig yn mentro am y tro cyntaf i fyd anghyfarwydd. Nid oedd arni ofn; synhwyrai, yn hytrach, ryw heddwch, rhyw lesgedd dymunol, yn ei chofleidio.

Yn sydyn, sylweddolodd beth oedd wedi'i dihuno. Roedd ganddi ymwelwyr. Yn ei hisymwybod cysglyd, fwy na thebyg, yr oedd hi wedi clywed sŵn car. Nawr, clywodd y gât yn gwichian, sŵn traed, fel siffrwd llechwraidd anifail mewn llwyni, a murmur lleisiau tawel. Dringodd allan o'i sach gysgu a chripiad ar flaenau'i thraed at y ffenestr. Doedd Mark ddim wedi glanhau'r ffenestri ffrynt; efallai nad oedd o wedi cael amser, neu efallai nad oedd arno eisiau cael gwared â'r llen gysgodol o faw. Rhwbiodd Cordelia'r ffenestr yn galed nes teimlodd, o'r diwedd, y gwydr yn oer dan ei bysedd. Gwichiodd y gwydr wrth iddi'i rwbio; gwich uchel, dreiddgar fel cri anifail, a chredai'n siŵr y byddai'r sŵn wedi'i bradychu. Edrychodd allan drwy'r rhimyn o wydr clir i'r ardd odani.

Roedd y Renault bron o'r golwg tu ôl i'r gwrych uchel ond gallai Cordelia weld ei drwyn yn sgleinio gerllaw'r gât a'r ddau bwll o olau o'r lampau ochr yn disgleirio fel dwy leuad ar y lôn. Roedd gan Isabelle rywbeth hir, tyn amdani, ac roedd Hugo fel cysgod du wrth ei hochr. Wrth iddo droi i'w hwynebu, gwelodd Cordelia fflach ei grys gwyn a sylweddolodd eu bod nhw wedi'u gwisgo'n ffurfiol. Cerddodd y ddau i fyny'r llwybr, gan oedi am funud i drafod rhywbeth wrth ddrws y ffrynt, cyn mynd yn eu blaenau at gornel y bwthyn.

Cydiodd Cordelia yn ei fflachlamp a rhuthrodd yn droednoeth i lawr y staer ac ar draws yr ystafell i ddatgloi drws y cefn. Trodd yr allwedd yn dawel yn y clo. Yna, â'i chalon yn ei gwddf, dychwelodd i'r cysgodion ar waelod y grisiau. Agorodd y drws, a daeth rhuban o olau i mewn i'r ystafell. Clywodd lais Hugo:

'Aros funud i mi gael tanio matsen.'

Fflachiodd y fatsen a gwelodd Cordelia, yn yr ennyd fer honno, ddau wyneb dwys a llygaid mawr, ofnus Isabelle. Yna diffoddodd. Clywodd Hugo'n rhegi dan ei anadl a matsen arall yn cael ei thanio yn erbyn y bocs. Y tro hwn, daliodd hi'n uchel. Disgleiriodd ar y bwrdd, ar y bachyn mud, ac yna ar y gwyliwr tawel a safai ar waelod y grisiau. Neidiodd Hugo mewn dychryn a diffoddodd y fatsen. Sgrechiodd Isabelle.

'Be ddiawl . . .' gwaeddodd Hugo.

Goleuodd Cordelia'i fflachlamp a chamodd allan o'r

cysgodion.

'Fi sy 'ma; Cordelia.'

Ond ni chlywodd Isabelle. Roedd hi'n sgrechian
nerth ei phen nes i Cordelia ddechrau ofni y byddai'r
Marklands yn ei chlywed. Roedd y sŵn yn annynol, fel
sgrech anifail mewn trap. Rhoddwyd taw sydyn arni
gan fraich Hugo; clywyd sŵn clewten ac yna ochenaid.
Ennyd fer o dawelwch llethol wedyn, cyn i Isabelle
gwympo'n erbyn Hugo gan feichio crio.

Trodd yntau'n filain ar Cordelia:

'Pam ddiawl wnest ti hynna?'

'Gwneud be?'

'Mi ddaru ti'i dychryn hi'n ofnadwy, yn cuddio yn
fan'na. Be wyt ti'n wneud yma, beth bynnag?'

'Mi allwn i ofyn yr un peth i chi.'

'Dod yma i nôl yr Antonello ddaru Isabelle roi'i
fenthyg i Mark pan ddaeth hi yma i swper wnaethon ni,
a hefyd i geisio gorchfygu'r obsesiwn morbid sy ganddi
ynglŷn â'r lle 'ma. Ryden ni wedi bod yn nawns y Pitt
Club, ac roedden ni'n meddwl y bydde fo'n syniad da i
bicio yma ar ein ffordd adre. Ond roedd o'n syniad
hollol wallgo. Oes 'na ddiod yn y bwthyn 'ma?'

'Dim ond cwrw.'

'Dduw mawr, Cordelia, mae arni angen rhywbeth
cryfach na chwrw!'

'Does 'na ddim byd cryfach. Fe wna i baned o goffi.
Rho fatsen yn y tân 'na, wnei di? Mae o wedi'i osod yn
barod.'

Gosododd y fflachlamp i sefyll ar y bwrdd a
chynheuodd y lamp olew, ac yna rhoddodd Isabelle i
eistedd yn un o'r ddwy gadair freichiau wrth y lle tân.

Roedd y ferch yn crynu fel deilen. Aeth Cordelia i
nôl un o siwmperi trwchus Mark a'i gosod am ei
hysgwyddau. Dechreuodd y coed tân losgi'n braf. Aeth
Cordelia i'r gegin i hwylio coffi, gan osod ei fflachlamp
wysg ei hochr ar sil y ffenestr fel y disgleiriai'r golau ar y

stôf olew. Rhoddodd dân dan y tegell ac estynnodd jwg bridd frown, y ddau fŵg glas a chwpan iddi'i hun oddi ar y silff. Roedd 'na siwgr mewn cwpan arall, un a chrac ynddo. Ymhen cwpwl o funudau roedd y tegell wedi berwi ac arllwysodd y dŵr dros y coffi. Gallai glywed llais isel Hugo o'r stafell arall, fel petai'n ceisio cysuro Isabelle, a'i llais hithau'n ateb, am yn ail, mewn geiriau unsill. Cariodd Cordelia'r coffi ar hen hambwrdd tun ac arno lun o gastell Caeredin, a gosododd ef i lawr ar yr aelwyd. Cleciai a fflamiai'r tanwydd, a saethai'r gwreichion i bob cyfeiriad, gan addurno ffrog Isabelle â sêr. Yna, cynheuodd coedyn trwchus a dechreuodd y tân losgi'n boethach ac yn gryfach.

Wrth iddi blygu i roi tro i'r coffi, gwelodd Cordelia chwilen yn sgrialu ar hyd ymyl un o'r priciau yn y tân. Gafaelodd yn un o'r brigau oedd mewn bwndel ar yr aelwyd a'i gynnig yn ddihangfa iddi. Drysodd y chwilen druan yn lân a rasiodd yn ôl i gyfeiriad y fflamau cyn troi yn ei hunfan drachefn a chwympo i hollt yn y pren. Tybed a fedrodd y creadur amgyffred ei ddiwedd melltigedig, meddyliodd Cordelia. Pwy fuasai'n meddwl y byddai gweithred mor ddiniwed â chynnau tân yn esgor ar y fath ing a'r fath arswyd?

Estynnodd fygaid o goffi'r un i Isabelle a Hugo, ac eisteddodd yn ôl gyda'i chwpanaid ei hun. Go brin fod dau a ddrwgdybid o lofruddiaeth erioed wedi cael eu croesholi mewn awyrgylch mor glyd, meddyliodd Cordelia. Ymddangosai Isabelle yn dawelach erbyn hyn— yn gartrefol hyd yn oed, yn swatio'n gyfforddus yng ngwres y tân a braich Hugo am ei hysgwydd.

'Mi dd'wedaist ti gynnau fach fod gan Isabelle ryw obsesiwn morbid ynglŷn â'r lle 'ma,' meddai Cordelia wrth Hugo. 'Pam hynny?'

'Mae Isabelle yn sensitif iawn; dydy hi ddim yn galed fel ti.'

Roedd merched hardd i gyd yn groengaled, meddai

Cordelia wrthi'i hun—allen nhw ddim byw fel arall, ond faint gwell fyddai hi o chwalu breuddwydion Hugo? Iddo ef, rhywbeth dros dro oedd harddwch, rhywbeth bregus, hawdd ei niweidio. Roedd yn rhaid iddo amddiffyn Isabelle. Gallai'r rhai croengaled ofalu amdanynt eu hunain. Meddai:

'Os ydw i wedi deall yn iawn, unwaith yn unig y mae Isabelle wedi bod yma o'r blaen. Mi wn i fod Mark Callender wedi marw yn yr ystafell hon, ond fedri di ddim disgwyl imi gredu'i bod hi'n galaru am Mark. Rydych chi'n cuddio rhywbeth, y ddau ohonoch chi; well i chi ddweud wrtha i rŵan. Os na wnewch chi, fe dd'weda i wrth Syr Ronald Callender fod Isabelle a dy chwaer a thithau'n gwybod rhywbeth am farwolaeth ei fab a geith o benderfynu a ydy o am alw'r heddlu ai peidio.'

Hyd yn oed i Cordelia, swniai'i haraith yn rhodresgar ac yn ffurfiol; cyhuddiad di-sail a bygythiad gwag yn y fargen. Bron na ddisgwyliai i Hugo chwerthin yn ei hwyneb. Ond edrychodd arni am funud fel petai'n pwyso a mesur ei geiriau'n ofalus. Yna, meddai'n dawel:

'Elli di ddim derbyn 'y ngair i fod Mark wedi'i ladd ei hun ac y byddai galw'r heddlu'n achosi anhapusrwydd a gofid i'w dad a'i ffrindiau, ac na fyddai hynny o fudd i neb?'

'Na, Hugo, alla i ddim.'

'Os d'wedwn ni be wyddon ni, wnei di addo, ar dy lw, na dd'wedi di'r un gair wrth neb?'

'Sut alla i addo hynny, fwy nag y galla i addo'ch credu chi?'

Llefodd Isabelle yn sydyn:

'O, d'weda wrthi Hugo! Be ydy'r ots bellach?'

'Mae'n rhaid i ti, Hugo,' meddai Cordelia. 'Does gen ti ddim dewis.'

'Nac oes, mae'n amlwg. Reit 'te.' Rhoddodd ei fŵg i

lawr ar yr aelwyd a syllodd i'r tân.

'Wyt ti'n cofio i mi ddweud wrthat ti fod y pedwar ohonon ni—Sophie, Isabelle, Davie a minnau—wedi mynd i Theatr y Celfyddydau y noson y bu Mark farw? Wel, doedd hynny ddim yn hollol wir. Dim ond tair sedd oedd ar gael y noson honno, felly y tri a fyddai fwya tebygol o fwynhau'r ddrama a gafodd y tocynnau. Mynd i'r theatr i gael ei gweld yn hytrach nag i weld y mae Isabelle, ac mae hi'n meddwl bod sioe gyda llai na hanner cant o actorion yn ddiflas, felly chafodd hi ddim tocyn. Ac am iddi gael ei hesgeuluso gan ei chariad fel hyn, penderfynodd fynd i gael ei chysuro gan gariad arall.'

Gwenodd Isabelle.

'Doedd Mark ddim yn gariad i mi, Hugo.'

Doedd dim dicter na malais yn ei geiriau. Mynegi ffaith yr oedd hi, dyna i gyd.

'Mi wn i hynny. Rhamantydd oedd Mark. Fydde fo byth yn mynd i'r gwely efo merch—nac i unman arall, am wn i—os nad oedd 'na gyfathrach glòs yn bodoli rhyngddyn nhw, rhyw *rapport* dwfn, chwedl 'Nhad. Mae'n amheus gen i a alle fo fwynhau cyfathrach rywiol nes ei fod o'n argoeddedig ei fod o a'r ferch mewn cariad. Dwi wedi dod i'r casgliad nad oedd y *rapport* angenrheidiol ddim yn bod rhyngddo fo ac Isabelle. Dim ond mater o amser oedd hynny, wrth gwrs. Yn achos Isabelle, gallai Mark fod yr un mor euog o hunan-dwyll â'r gweddill ohonon ni.'

Roedd arlliw o genfigen yn ei lais.

'Gwranda, Hugo,' meddai Isabelle, yn araf ac amyneddgar fel mam yn ceisio esbonio rhywbeth i blentyn bach twp. 'Fu Mark a finnau 'rioed yn gariadon.'

'Dyna be dwi'n trio'i ddweud. Druan â Mark! Penderfynodd gyfnewid y sylwedd am y cysgod a rŵan mae o wedi colli'r cwbl.'

'Ond be ddigwyddodd y noson honno?' gofynnodd Cordelia i Isabelle. Ond Hugo a'i hatebodd.

'Cyrhaeddodd Isabelle yma toc wedi hanner awr wedi saith. Roedd y llenni wedi'u tynnu ar draws y ffenest gefn—mae'n amhosib agor un y ffrynt p'run bynnag—ond roedd y drws ar agor. Daeth Isabelle i mewn. Roedd Mark yn farw eisoes. Roedd ei gorff yn crogi wrth strapen o'r bachyn 'na. Ond doedd o ddim yn edrych 'run fath â phan ddaeth Miss Markland o hyd iddo drannoeth.'

Trodd at Isabelle:

'D'weda di wrthi.' Petrusodd Isabelle, a phwysodd Hugo ymlaen a'i chusanu'n ysgafn ar ei gwefusau.

'Tyrd, d'weda wrthi. Mae 'na rai pethe na fedr holl arian Papa hyd yn oed ddim dy gysgodi di rhagddyn nhw'n llwyr, ac mae hwn, 'y nghariad bach i, yn un ohonyn nhw.'

Trodd Isabelle ei phen a chraffodd yn ofalus o gwmpas yr ystafell, fel petai am wneud yn berffaith siŵr nad oedd 'na neb yn llechu yn yr un o'i phedair cornel. Disgleiriai glas ei llygaid yn borffor yng ngolau'r tân. Gwyrodd ymlaen, a'i hosgo'n atgoffa Cordelia o ryw hen gloncen yn rhannu'i chlecs diweddaraf â'i chymydog dros wal yr ardd. Sylwodd Cordelia fod yr arswyd wedi cilio o'i llygaid. Roedd yn amlwg ei bod hi'n hawdd ei chysuro; doedd ei harteithiau, er eu bod nhw'n ddirdynnol, ddim yn para'n hir. Byddai wedi cadw'i chyfrinach yn unol â gorchymyn Hugo, ond eto roedd hi'n falch o gael caniatâd i fwrw'i bol. Meddai:

'Penderfynais alw i weld Mark gan feddwl efallai y caen ni swper 'da'n gilydd. Doedd gen i ddim byd i'w wneud: doedd Mademoiselle de Congé ddim yn teimlo'n dda ac roedd Hugo a Sophie wedi mynd i'r theatr.

Roedd Mark wedi dweud wrtha i rywbryd nad oedd drws y ffrynt yn agor, felly es i i ddrws y cefn. Ro'n i wedi meddwl efallai y byddai fo yn yr ardd, ond doedd 'na ddim sôn amdano fo, er bod y fforch yn y pridd a'i sgidiau yn ymyl y drws. Agorais y drws. Chnociais i ddim, gan feddwl rhoi syrpreis i Mark.'

Petrusodd a syllodd i waelodion ei mŵg.

'Ac yna?' anogodd Cordelia.

'Ac yna fe welais i o'n crogi wrth felt o'r bachyn 'na yn y nenfwd a gwyddwn ei fod o wedi marw. O, Cordelia, roedd o'n erchyll! Roedd o'n gwisgo dillad isa' du—rhai merched. Dim byd arall. A'i wyneb o! Roedd o wedi peintio'i wefusau—roedd o'n edrych fel clown! Roedd o'n ofnadwy, ond yn ddoniol hefyd. Ro'n i eisiau chwerthin a sgrechian yr un pryd. Doedd o ddim yn edrych fel Mark. Doedd o ddim yn edrych fel bod dynol o gwbl. Ac ar y bwrdd acw roedd 'na dri llun. Doedden nhw ddim yn lluniau neis, Cordelia. Lluniau o ferched noeth.'

Syllai'i llygaid ofnus, llawn penbleth i fyw llygaid Cordelia.

'Paid ag edrych fel 'na, Cordelia,' meddai Hugo. 'Roedd o'n brofiad ofnadwy i Isabelle ar y pryd ac mae o'n beth digon annymunol i feddwl amdano rŵan hyd yn oed. Ond dydy o ddim yn beth anghyffredin. Mae o yn digwydd. Ac mae o'n ddigon diniwed, am wn i. Doedd o'n gwneud dim drwg i neb. A doedd o ddim yn bwriadu'i ladd ei hun; tipyn o anlwc oedd hynny, dyna i gyd. Y bwcl ddaru lithro, siŵr o fod, ac roedd hi ar ben arno fo.'

'Alla i ddim credu'r peth,' meddai Cordelia.

'Ro'n i'n meddwl na faset ti ddim. Ond mae o'n wir bob gair, Cordelia. Pam na ddoi di efo ni rŵan i ffonio Sophie? Mi fydd hi'n ddigon parod i gadarnhau'r stori.'

'Dydw i ddim eisiau cadarnhad. Rwy'n ddigon ffyddiog fod Isabelle yn dweud y gwir. Na, methu credu rydw i fod Mark wedi'i ladd ei hun.'

Cyn gynted ag roedd hi wedi yngan y geiriau, gwyddai ei bod wedi gwneud camgymeriad. Ni ddylai fod wedi datgelu'i hamheuon. Ond waeth iddi heb â phoeni am hynny rŵan; roedd ganddi gwestiynau i'w gofyn. Gwelodd Hugo'n gwgu'n ddiamynedd ar ei styfnigrwydd a'i thwpdra. Yna synhwyrodd ryw newid ynddo; oedd o'n flin, tybed, neu'n ofnus, neu'n siomedig? Siaradodd yn uniongyrchol ag Isabelle.

'Fe dd'wedaist ti fod y drws ar agor. Oedd yr allwedd yno'n rhywle?'

'Roedd yr allwedd yn y clo, tu mewn i'r drws. Sylwais i wrth fynd allan.'

'Be am y llenni?'

'Roedden nhw'n union fel ag y maen nhw rŵan, wedi'u tynnu ar draws y ffenest.'

'A ble'r oedd y lipstic?'

'Pa lipstic, Cordelia?'

'Yr un a ddefnyddiwyd ar wefusau Mark. Doedd o ddim ym mhocedi'i jîns o neu fe fyddai'r heddlu wedi dod o hyd iddo fo, felly ble'r oedd o? Oedd o ar y bwrdd?'

'Doedd 'na ddim byd ar y bwrdd heblaw'r lluniau.'

'Pa liw oedd y lipstic?'

'Piwsgoch. Lliw hen ddynes. Dydw i ddim yn meddwl y byddai neb heddiw'n dewis y fath liw.'

'A'r dillad isa', alli di'u disgrifio nhw?'

'O, galla. Rhai Marks oedden nhw. Ro'n i'n eu nabod nhw'n iawn.'

'Be wyt ti'n feddwl? Dy fod ti'n nabod y rhai arbennig yna? Dy rai di oedden nhw?'

'O, nage, Cordelia! Nid fy rhai i oedden nhw. Fydda i byth yn gwisgo dillad isa' du—rhai gwyn fydda i'n wisgo bob amser. Ond roedden nhw'n debyg i'r rhai fydda i'n arfer eu prynu. Dwi bob amser yn prynu 'nillad isa' yn Marks.'

Châi hi fyth dyst mwy dibynadwy lle'r oedd dillad yn y cwestiwn, meddyliodd Cordelia. Hyd yn oed yn y foment erchyll, ofnadwy honno, roedd Isabelle wedi sylwi'n fanwl ar y dillad isa'. Ac os oedd hi'n dweud nad oedd hi wedi gweld y lipstic, yna doedd y lipstic ddim yno i'w weld.

Aeth Cordelia yn ei blaen yn ddidostur:

'Ddaru ti gyffwrdd â rhywbeth? Corff Mark efallai, i weld a oedd o wedi marw?'

Brawychwyd Isabelle. Roedd yn amlwg fod arni ofn marwolaeth.

'Allwn i ddim cyffwrdd â Mark! Chyffyrddais i â dim byd. Ro'n i'n gwybod ei fod o wedi marw.'

Meddai Hugo: 'Byddai unrhyw ddinesydd call a pharchus wedi mynd i chwilio am y ffôn agosa ac wedi galw'r heddlu. Ond nid felly Isabelle. Roedd rhywbeth yn dweud wrthi am ddod ata i. Daeth i'n cyfarfod ni tu allan i'r theatr. Pan ddaethon ni allan roedd hi'n cerdded i fyny ac i lawr y pafin yr ochr arall i'r ffordd. Daeth Davie, Sophie a finne'n ôl yma efo hi yn y Renault. Ddaru ni alw heibio Norwich Street i ddechrau i nôl camera Davie.'

'Pam?'

'Fy syniad i oedd hwnnw. Doedden ni ddim am i'r glas na Ronald Callender ddod o hyd i Mark fel ag yr oedd o. Felly ddaru ni benderfynu ffugio hunanladdiad. Roedden ni'n bwriadu rhoi'i ddillad o'i hun amdano fo, golchi'i wyneb o, a gadael i rywun arall ddod o hyd iddo fo. Ddaru ni 'rioed feddwl ffugio nodyn. Aethon ni i nôl y camera er mwyn tynnu'i lun o. Wydden ni ddim yn union pa drosedd roedden ni'n ei chyflawni wrth ffugio hunanladdiad, ond mae'n siŵr y bydden ni'n euog o rywbeth. Allwch chi ddim gwneud y peth lleia i helpu'ch ffrindiau'r dyddiau hyn heb gael eich cam-ddeall gan y glas. Roedden ni am wneud yn siŵr fod gennym ryw dystiolaeth o'r gwir, rhag ofn i ni fynd i ddyfroedd dyfnion. Roedd pob un ohonon ni, yn ei ffordd fach ei hun, yn hoff o Mark, ond ddim digon i fentro cael ein cyhuddo o fwrdwr chwaith. Ond fel digwyddodd hi, aeth ein cynlluniau ni i gyd i'r gwellt. Roedd rhywun wedi cael y blaen arnon ni.'

'D'weda'r hanes wrtha i.'

'Does 'na fawr i'w ddweud. Mi dd'wedon ni wrth y ddwy ferch am aros yn y car, Isabelle am ei bod hi wedi gweld digon eisoes, a Sophie am fod Isabelle yn rhy ofnus i gael ei gadael ar ei phen ei hun. A ph'run bynnag, doedd o ddim fel 'tae o'n deg â Mark rywsut i ganiatáu i Sophie ei weld o felly. Wyt ti ddim yn meddwl bod hyn yn od, Cordelia, y consýrn 'ma am deimladau'r meirw?'

Gan gofio am ei thad a Bernie, atebodd Cordelia:

'Efallai nad yden ni'n teimlo'i bod hi'n saff i ddangos ein gwir deimladau tuag at bobl nes eu bod nhw wedi marw. Ryden ni'n gwybod wedyn ei bod hi'n rhy hwyr iddyn nhw wneud dim ynglŷn â'r peth.'

'Digon gwir. Beth bynnag, allen ni wneud dim fan hyn. Roedd corff Mark a'r stafell 'ma'n union fel y disgrifiodd Miss Markland nhw yn y cwest. Roedd y drws ar agor a'r llenni wedi'u tynnu ar draws. Doedd gan Mark ddim byd amdano ond ei jîns glas. Doedd 'na ddim lluniau o ferched noeth ar y bwrdd a dim arlliw o lipstic ar ei wyneb. Ond roedd 'na nodyn yn y teipiadur a llond y grât o ludw. Roedd hi'n edrych fel 'tae'r ymwelydd wedi bod yn drylwyr iawn. Ddaru ni ddim ymdroi. Gallai rhywun arall—rhywun o'r tŷ efallai— fod wedi ymddangos unrhyw funud. Roedd hi'n hwyr iawn erbyn hynny, rwy'n cyfadde, ond doedd 'na ddim prinder ymwelwyr y noson honno, yn ôl pob golwg. Mae'n rhaid fod Mark wedi cael mwy o ymwelwyr y noson honno nag a gafodd gydol ei amser yn y bwthyn; Isabelle i ddechrau; y samariad di-enw wedyn; a ninnau.'

Heb sôn am y person a ddaethai yno o flaen Isabelle, meddyliodd Cordelia. Llofrudd Mark oedd y cyntaf. Gofynnodd yn sydyn:

'Mi ddaru rhywun chwarae hen dric budr arna i neithiwr. Pan ddes i'n ôl o'r parti roedd bolster yn crogi o'r bachyn 'na. Ti wnaeth hynny?'

Ymddangosai syndod Hugo'n gwbl ddilys; neu roedd o'n well actor nag roedd Cordelia wedi'i ddychmygu.

'Nage, wir! Ro'n i'n meddwl mai yng Nghaer-grawnt roeddet ti'n aros, p'run bynnag. A pham yn y byd wnawn i beth felly?'

'I'n hel i o 'ma.'

'Ond mi fydde hynny'n wirion bost! Fydde peth felly ddim yn dy hel di o 'ma, na fydde? I'r gwrthwyneb! Eisiau d'argyhoeddi di roedden ni nad oedd 'na unrhyw ddirgelwch ynglŷn â marwolaeth Mark. Mi fydde'r math yna o dric yn dy wneud di'n fwy penderfynol fyth. Rhywun arall oedd yn trio dy ddychryn di. Y person ddaeth yma o'n blaenau ni, fwy na thebyg.'

'Mi wn i. Dydy'r person hwnnw ddim eisiau 'ngweld i'n ffureta o gwmpas. Ond mi fuaswn i'n fwy tebyg o'i heglu hi o 'ma 'tai o—neu hi—yn dweud y gwir wrtha i.'

'Ond mae'n debyg nad ydy o'n gwybod y galla fo ymddiried ynot ti. Be wnei di rŵan, Cordelia? Mynd adre?'

Meddyliodd Cordelia fod 'na bryder yn ei lais, er ei fod o'n trio swnio'n ddidaro.

'Ie, mae'n debyg,' atebodd. 'Ond bydd raid i mi gael gair â Syr Ronald gynta.'

'Be dd'wedi di wrtho fo?'

'Mi feddylia i am rywbeth, paid â phoeni.'

Roedd y wawr yn torri a chôr cynta'r wig yn canu'n swnllyd cyn i Hugo ac Isabelle fynd adref. Aethant â'r Antonello gyda nhw. Teimlai Cordelia bwl o dristwch wrth eu gweld nhw'n ei dynnu i lawr, fel petai rhan o

155

Mark yn mynd o'r bwthyn. Craffodd Isabelle ar y llun yn ofalus cyn ei roi o dan ei chesail. Mae'n siŵr ei bod hi'n ddigon hael â'i heiddo, yn bobl ac yn ddarluniau, meddyliodd Cordelia, ond iddi eu cael nhw'n ôl, mewn cyflwr perffaith, pan fyddai'n mynnu hynny. Safodd Cordelia ger y gât ffrynt yn gwylio'r Renault, a Hugo wrth y llyw, yn symud o gysgod y gwrych. Cododd ei llaw yn ffurfiol fel gwesteiwraig flinedig yn ffarwelio â'i gwesteion olaf, ac yna dychwelodd i'r bwthyn.

Teimlai'r bwthyn yn wag ac yn oer hebddynt. Roedd y tân yn diffodd a brysiodd i daflu'r gweddill o'r brigau arno gan chwythu arnynt i geisio ailgynnau'r fflam. Roedd hi'n rhy effro i fynd 'nôl i'r gwely er ei bod hi'n teimlo'n swrth a blinedig ar ôl noson mor gyffrous. Ond roedd rhywbeth gwaeth na diffyg cwsg yn ei phoeni. Am y tro cyntaf sylweddolodd fod arni ofn. Roedd drygioni'n bod—doedd dim raid iddi fod wedi cael addysg mewn cwfaint i'w hargyhoeddi o hynny—a buasai'n bresennol yn yr ystafell hon. Rhywbeth cryfach na chreulondeb, dichell neu fileindra. Drygioni. Doedd ganddi ddim amheuaeth fod Mark wedi cael ei lofruddio, a hynny mewn modd cythreulig o glyfar. Petai Isabelle yn adrodd ei stori, pwy fyddai fyth yn credu nad ei ladd ei hun yn ddamweiniol a wnaethai Mark? Gwyddai Cordelia'n iawn—heb gyfeirio at ei llyfr ar feddygaeth fforensig—sut y byddai'r heddlu'n edrych ar yr achos. Fel roedd Hugo wedi dweud, doedd achosion fel hyn ddim mor anghyffredin â hynny. Ac yntau'n fab i seiciatrydd, roedd o'n ddigon cyfarwydd ag achosion o'r fath. Pwy arall fyddai'n gwybod? Unrhyw berson gweddol soffistigedig, yn ôl pob tebyg. Ond nid Hugo oedd y llofrudd. Roedd gan Hugo *alibi*. Roedd yn gas ganddi feddwl y gallai fod a wnelo Davie neu Sophie rywbeth â'r erchylltra. Doedd Cordelia'n synnu dim eu bod wedi mynd i nôl eu camera'n gyntaf! Roedd eu diogelwch eu hunain yn bwysicach iddynt nag unrhyw gydymdeimlad â Mark. A fyddai Hugo a Davie wedi sefyll yn y fan hon, dan gorff grotésg Mark, yn trafod pellter a golau cyn tynnu'r llun a fyddai, petai angen, yn eu rhyddhau nhw o unrhyw fai ar draul Mark?

Aeth i'r gegin i hwylio paned o de, gan deimlo'n falch o gael mynd i rywle o olwg y bachyn yn y nenfwd. Cyn hyn, doedd y bachyn wedi mennu dim arni ond nawr ni allai dynnu'i golygon oddi arno. Ymddangosai fel pe bai wedi tyfu er y noson cynt, ac yn wir yn parhau i dyfu o flaen ei llygaid. Ac onid oedd yr ystafell wedi mynd yn llai? Nid encil mohoni bellach ond cell glostroffobig, sied ddienyddio. Roedd hyd yn oed awyr clir y bore'n sawru o ddrygioni.

Wrth ddisgwyl i'r tegell ferwi, bu'n myfyrio am ddigwyddiadau'r dydd. Roedd hi'n rhy gynnar iddi ddechrau damcaniaethu; roedd ei meddwl yn rhy lawn o erchylltra iddi fedru delio'n rhesymegol â'r holl wybodaeth newydd 'ma. Cymhlethu'r achos ac nid ei helpu a wnaethai stori Isabelle. Ond roedd 'na ffeithiau perthnasol eto i'w darganfod. Penderfynodd gadw at ei chynlluniau gwreiddiol. Heddiw, âi i Lundain i weld ewyllys taid Mark.

Ond allai hi ddim cychwyn am ryw ddwyawr eto. Roedd hi wedi penderfynu y byddai'n haws mynd i Lundain ar y trên a gadael y car yng ngorsaf Caer-grawnt. Trueni fod raid iddi dreulio diwrnod yn y ddinas hefyd, meddyliodd, a gwraidd y dirgelwch yn amlwg yng Nghaer-grawnt, ond eto, roedd hi'n reit falch fod ganddi reswm i adael y bwthyn. Crwydrodd yn anniddig o stafell i stafell ac yna bu'n prowlan o gwmpas yr ardd. O'r diwedd, cydiodd yn y fforch a gorffen palu'r rhes a adawsai Mark ar ei hanner. Ni wyddai a oedd hi'n gwneud peth doeth ai peidio; roedd y rhes anorffenedig honno'n rhan o'r dystiolaeth. Ond roedd pobl eraill, gan gynnwys Sarjant Maskell, wedi'i gweld a gallen nhw dystio i hynny pe bai raid. Roedd gweld y gwaith anorffenedig a'r fforch ar ogwydd yn y pridd yn mynd dan groen Cordelia. Pan oedd y rhes wedi'i chwblhau, teimlai'n dawelach ei meddwl a pharhaodd i balu'n ddi-baid am awr arall cyn mynd ati i lanhau'r fforch a'i rhoi i gadw yn y sied gyda gweddill yr offer.

O'r diwedd roedd hi'n bryd iddi gychwyn. Roedden nhw'n addo storm o fellt a tharanau yn y de-ddwyrain, felly gwisgodd ei siwt. Doedd hi ddim wedi'i gwisgo er angladd Bernie a darganfu fod ei gwasg yn anghyffor-ddus o lac. Roedd hi wedi colli pwysau. Ar ôl pendroni am ennyd, aeth i nôl belt Mark o'i ches bach a'i glymu ddwywaith o gwmpas ei chanol. Doedd hi ddim yn ymwybodol o unrhyw deimlad o atgasedd wrth i'r lledr dynhau amdani. Allai hi ddim dychmygu y byddai unrhyw beth a fuasai'n eiddo iddo ef fyth yn ei dychryn nac yn peri gofid iddi. I'r gwrthwyneb, roedd cryfder y lledr mor agos at ei chroen yn ei chysuro a theimlai y deuai â lwc dda iddi.

PENNOD 5

Torrodd y storm fel y disgynnodd Cordelia oddi ar fws rhif 11 y tu allan i Somerset House. Gwelodd fellten ac yna, ar amrantiad bron, cwympodd y daran fel mur o amgylch ei chlustiau a rhedodd hithau nerth ei thraed rhwng y rhesi ceir oedd wedi'u parcio ar y clos, a'r glaw yn tasgu fel bwledi o gwmpas ei migyrnau. Gwthiodd y drws ar agor a safodd yno'n wlyb diferu. Chwarddodd yn uchel. Cododd un neu ddau eu golygon oddi ar eu gwaith a gwenu arni, a chlywodd wraig famol yr olwg a safai y tu ôl i'r cownter yn twt-twtian yn bryderus. Ysgydwodd Cordelia'i siaced uwchben y mat ac yna'i hongian ar gefn un o'r cadeiriau a cheisiodd sychu'i gwallt â'i hances cyn dynesu at y cownter.

Roedd y wraig famol yn ddigon parod i'w chynorthwyo. Dangosodd y silffoedd o gyfrolau trymion yng nghanol yr ystafell i Cordelia, gan esbonio bod yr ewyllysiau wedi'u trefnu yn ôl cyfenw'r cymynnwr a'r flwyddyn y derbyniwyd y ddogfen gan Somerset House. Byddai'n rhaid i Cordelia ddarganfod y rhif catalog drosti'i hun, a mynd â'r gyfrol at y ddesg. Yna gallai ymgynghori â'r ewyllys wreiddiol am dâl o 20 ceiniog.

Am na wyddai ym mha flwyddyn y bu farw George Bottley, doedd Cordelia ddim yn siŵr ble i ddechrau. Daeth i'r casgliad fod yr ewyllys yn sicr o fod wedi'i llunio ar ôl geni—neu o leiaf ar ôl cenhedlu—Mark, oherwydd roedd ei daid wedi gadael ffortiwn iddo. Ond roedd Mr Bottley wedi gadael arian i'w ferch yn ogystal, ac roedd yr arian hwnnw, ar ei marwolaeth hi, wedi mynd i'w gŵr. Edrychai'n debyg, felly, fod George Bottley wedi marw o flaen ei ferch, neu fe fyddai'n siŵr o fod wedi newid ei ewyllys. Penderfynodd Cordelia ddechrau chwilio ym 1951, blwyddyn geni Mark.

Profodd ei damcaniaethau'n gwbl gywir. Bu George Albert Bottley, Stonegate Lodge, Harrogate, farw ar 26ain Gorffennaf 1951, dri mis a diwrnod ar ôl geni ei ŵyr, a thair wythnos union ar ôl llunio'i ewyllys. Ai marw'n sydyn ac yn annisgwyl a wnaethai tybed, meddyliodd Cordelia, ai ynteu ewyllys gŵr ar ei wely angau oedd hon? Gwelodd ei fod wedi gadael stad gwerth bron i dri chwarter miliwn o bunnau. Sut oedd ganddo gymaint o arian, tybed? Doedd bosib ei fod wedi gwneud y cyfan yn y fasnach wlân. Cariodd y llyfr trwm at y cownter, ysgrifennodd y clerc y manylion ar ffurflen wen a chyfeirio Cordelia i'r swyddfa ariannol. Ymhen ychydig funudau, roedd Cordelia'n eistedd dan lamp wrth un o'r desgiau yn ymyl y ffenestr â'r ewyllys yn ei llaw.

Doedd hi ddim wedi hoffi'r hyn a glywsai am George Bottley gan Nani Pilbeam, a doedd 'na ddim yn yr ewyllys a barodd iddi newid ei meddwl. Roedd hi wedi ofni y byddai'r ddogfen yn hir, yn gymhleth ac yn anodd ei deall ond roedd hi'n rhyfeddol o fyr a syml a dealladwy. Yn ôl cyfarwyddiadau Mr Bottley, roedd ei eiddo i gyd i gael ei werthu gan ei fod am rwystro'r ymgecru arferol—ond anweddaidd—dros fân bethau dibwys. Gadawodd symiau bychain i'r gweision a weithiai iddo ar y pryd—ar wahân i'r garddwr, sylwodd Cordelia. Cymynnodd hanner y ffortiwn a oedd yn weddill i'w ferch 'nawr ei bod hi wedi profi ei bod hi'n normal'. Gadawodd yr hanner arall i'w ŵyr annwyl Mark Callender, i'w dalu iddo ar ei ben-blwydd yn bump ar hugain: 'ac os na fydd o wedi dysgu gwerth arian erbyn hynny, fe fydd, o leiaf, yn ddigon hen i wybod pan fydd rhywun yn ceisio cymryd mantais arno.' Roedd yr incwm o'r cyfalaf i'w rannu rhwng chwech o berthnasau Bottley, rhai ohonynt yn berthnasau go bell. Lluniwyd yr ewyllys ar ffurf ymddiriedolaeth; pan fyddai un o'r perthnasau'n marw, rhennid ei gyfran ef rhwng y lleill. Roedd Bottley'n hyderus y byddai'r trefniant hwn yn hybu diddordeb y derbynwyr yn iechyd y naill a'r llall, a hefyd yn eu hannog i geisio ennill bri ac enwogrwydd trwy fyw'n hen—eu hunig obaith am enwogrwydd bellach. Petai Mark yn marw cyn cyrraedd ei bumed pen-blwydd ar hugain byddai'r ymddiriedolaeth deuluol yn parhau nes bod y derbynwyr i gyd wedi marw, ac yna rhennid y cyfalaf rhwng rhestr hir o elusennau a ddewiswyd, hyd y gallai Cordelia weld, oherwydd eu bod yn adnabyddus ac yn llwyddiannus yn hytrach nag am eu bod yn achosion a oedd yn agos at galon y cymynnwr. Ymddangosai fel pe bai wedi gofyn i'w gyfreithwyr am restr o'r elusennau mwyaf dibynadwy ac nad oedd ganddo wir ddiddordeb

yn yr hyn a ddigwyddai i'w ffortiwn wedi i'w berthnasau
farw.

Roedd hi'n ewyllys ryfedd. Nid oedd Mr Bottley
wedi gadael dim i'w fab-yng-nghyfraith ac eto, yn ôl
pob golwg, doedd o'n malio'r un botwm corn y gallai ei
ferch wanllyd farw a gadael ei ffortiwn hi i'w gŵr. Ar un
olwg, ewyllys gamblwr oedd hi, a cheisiodd Cordelia
ddyfalu unwaith eto sut y gwnaethai George Bottley'i
arian. Ond, er gwaethaf y sylwadau sinicaidd, doedd
'na ddim byd yn annheg nac yn grintachlyd yn yr
ewyllys. Ni wnaethai unrhyw ymdrech—fel y gwnâi rhai
dynion cyfoethog—i reoli'i ffortiwn o'r tu hwnt i'r
bedd, gan sicrhau nad âi'r un ddimai goch i ddwylo
anffafriol. Cafodd ei ferch a'i ŵyr eu cyfran hwy o'r
ffortiwn yn gwbl ddiamod. Roedd yn amhosib hoffi Mr
Bottley, ond ar yr un pryd yn anodd peidio â'i barchu.
Ac roedd arwyddocâd ei ewyllys yn gwbl glir. Doedd
neb yn elwa'n ariannol o farwolaeth Mark ond rhes hir
o elusennau parchus.

Gwnaeth Cordelia nodyn o brif gymalau'r ewyllys,
nid am fod arni ofn eu hanghofio ond am fod Bernie
wedi mynnu bob amser ei bod hi'n nodi popeth yn
fanwl ar bapur. Trawodd y dderbynneb am 20c rhwng
tudalennau'i llyfr nodiadau; gwnaeth nodyn o gost ei
thocyn dwyffordd rhad o Gaer-grawnt a chost ei thocyn
bws, a dychwelodd yr ewyllys i'r cownter. Doedd y
storm ddychrynllyd ddim wedi para'n hir. Erbyn hyn
roedd yr haul poeth eisoes yn sychu'r ffenestri ac yn
disgleirio ar y pyllau dŵr yn y clos. Penderfynodd
Cordelia godi tâl am hanner diwrnod o waith yn unig ar
Syr Ronald a threulio'r prynhawn yn y swyddfa. Efallai
y byddai yno lythyrau i'w hagor. Neu hyd yn oed achos
arall yn ei disgwyl.

Ond roedd hynny'n gamgymeriad. Ymddangosai'r
swyddfa'n fwy diraen nag erioed a sawrai'n fwll ac yn
sur ar ôl ffresni'r strydoedd gwlyb. Gorweddai haen

drwchus o lwch dros y dodrefn ac edrychai'r staen brown hyll ar y mat yn waeth hyd yn oed na'r staen coch gwreiddiol. Yr unig lythyrau yn ei haros oedd rhybudd olaf gan y bwrdd trydan a bil o'r siop offer swyddfa. Roedd Bernie wedi talu trwy'i drwyn—neu'n hytrach, heb dalu—am yr hen bapur ysgrifennu hyll 'na.

Ysgrifennodd Cordelia siec am y trydan, tynnodd y llwch oddi ar y dodrefn a gwnaeth un ymgais aflwyddiannus arall i lanhau'r mat. Yna, clodd ddrws y swyddfa a cherdded i gyfeiriad Sgwâr Trafalgar. Fe âi i'r Oriel Genedlaethol i chwilio am gysur.

Daliodd y trên un munud ar bymtheg wedi chwech o Liverpool Street ac roedd hi'n tynnu am wyth o'r gloch pan gyrhaeddodd y bwthyn. Parciodd y Mini yn y man arferol yng nghysgod y coed a cherddodd heibio i dalcen y bwthyn. Petrusodd am ennyd i feddwl a ddylai nôl y gwn o'i guddfan ond penderfynodd gael pryd o fwyd yn gyntaf. Roedd hi ar ei chythlwng. Cyn gadael y bore hwnnw, roedd hi wedi cloi'r drws cefn yn ofalus ac wedi glynu rhimyn o Sellotape ar hyd sil y ffenestr. Os oedd rhywun wedi bod yn y bwthyn yn ystod y dydd, roedd hi am wybod hynny. Ond roedd y tâp yn gyfan o hyd. Chwiliodd yn ei bag am ei hallwedd, a phlygodd i'w gwthio i'r clo. Doedd hi ddim ar ei gwyliadwriaeth y tu allan i'r bwthyn, a daeth yr ymosodwr ar ei gwarthaf yn gwbl ddirybudd. Roedd hi wedi synhwyro—ryw hanner eiliad cyn i'r flanced gael ei thaflu dros ei phen—fod 'na rywbeth ar fin digwydd, ond roedd hi'n rhy hwyr erbyn hynny. Teimlodd gortyn yn cael ei glymu am ei gwddw nes bod gwlân y flanced yn fwgwd myglyd am ei cheg a'i ffroenau. Ymdrechodd i gael ei gwynt a blasodd y defnydd sych ar ei thafod. Yna ffrwydrodd poen difrifol yn ei brest a chollodd bob ymwybyddiaeth.

Roedd y weithred o gael ei rhyddhau yn wyrth ac yn arswyd yr un pryd. Chwipiwyd y flanced oddi amdani. Ond ni chafodd weld ei hymosodwr. Cafodd gyfle i lyncu llond ysgyfaint o awyr iach, ac am eiliad fer fe'i dallwyd gan yr haul a'r glesni, cyn iddi'i theimlo'i hun yn cwympo'n ddiymadferth, i lawr ac i lawr i ryw dywyllwch dudew. Roedd ei meddwl yn gowdel o hen hunllefau, a fflachiai holl ofnau brawychus ei phlentyndod o flaen ei llygaid. Yna trawodd ei chorff y dŵr. Roedd fel petai dwylo rhewllyd wedi gafael ynddi ac yn ei thynnu i mewn i drobwll dychrynllyd. Roedd hi wedi cau'i cheg yn reddfol wrth daro'r dŵr a brwydrodd i'r wyneb trwy'r düwch oer, tragwyddol a'i hamgylchynai. Ysgydwodd ei phen ac edrychodd i fyny. Roedd ei llygaid yn llosgi. Ym mhen uchaf y twnnel hir, du a ymestynnai uwch ei phen roedd lleuad o olau glas. Ac fel roedd hi'n gwylio, llusgwyd clawr y ffynnon yn araf i'w le. Aeth y lleuad yn hanner lleuad ac yna'n lleuad newydd. Yn y diwedd, doedd dim i'w weld ond wyth rhimyn cul o olau.

Ciciodd y dŵr yn wyllt gan deimlo am y gwaelod. Ond doedd 'na ddim gwaelod. Gan wneud ei gorau glas i beidio â cholli'i phen, teimlodd furiau'r ffynnon â'i dwylo a'i thraed yn y gobaith o ganfod troedle. Doedd 'na'r un. Ymestynnai'r simnai frics, yn llyfn ac yn llaith, uwch ei phen fel beddrod crwn. Ac wrth iddi syllu i fyny, roedd y brics yn gwingo, yn ymestyn, yn siglo ac yn gwegian fel bol rhyw anghenfil o neidr.

Ac yna ysgubodd ton o ddicter drosti. Wnâi hi ddim boddi; wnâi hi ddim marw ar ei phen ei hun yn yr hen le ofnadwy 'ma. Roedd y ffynnon yn ddwfn ond doedd hi ddim yn fawr; prin dair troedfedd ar draws. Petai hi'n cadw'i phen ac yn cymryd ei hamser, gallai bwyso'i choesau a'i hysgwyddau yn erbyn y brics a gwthio'i hun i fyny'n ara' deg.

Doedd hi ddim wedi taro yn erbyn y waliau wrth syrthio. Trwy drugaredd, roedd hi'n ddianaf. Roedd hi'n fyw ac roedd hi'n gallu meddwl. Goroeswraig fuasai hi erioed a dyna fyddai hi, doed a ddelo.

Arnofiodd ar ei chefn, gan wasgu'i hysgwyddau'n dynn yn erbyn y waliau oer, ymestyn ei breichiau ar led a gwthio'i dau benelin i'r hollt rhwng y brics i gael gwell gafael. Llwyddodd i gael ei hesgidiau oddi am ei thraed, a sodrodd ei dwy droed ar y wal gyferbyn. Ychydig o dan wyneb y dŵr gallai deimlo bod un o'r brics wedi symud o'i lle a bachodd bysedd ei throed amdani. Troedle digon simsan ydoedd, ond roedd o'n well na dim. Bu'n gyfrwng iddi allu codi'i chorff allan o'r dŵr a lliniaru am ennyd y straen ar gyhyrau'i chefn a'i chluniau.

Yna'n araf, dechreuodd ddringo, gan lithro'i thraed i ddechrau, un ar ôl y llall mewn camau bychain, bach, ac yna gwthio'i chorff i fyny, fodfedd wrth fodfedd boenus. Hoeliodd ei llygaid ar y wal gyferbyn, heb edrych i fyny nac i lawr ond gan fesur ei llwyddiant yn ôl lled pob bricsen. Aeth munudau heibio. Ni allai weld oriawr Bernie, er bod ei thician yn swnio'n annaturiol o uchel, fel metronôm yn dynodi curiadau cyson ei chalon a'i hanadlu trwm. Roedd y poen yn ei choesau'n arteithiol ac roedd ei chefn yn llaith gan ryw wlybaniaeth cynnes, cysurus bron, a barai i'w chrys lynu wrthi. Gwyddai mai gwaed ydoedd. Gorfododd ei hunan i beidio â meddwl am y dŵr islaw nac am y pelydrau tenau o olau uwchben. Os oedd hi am fyw, roedd yn rhaid iddi ganolbwyntio'i holl egni ar y fodfedd boenus nesaf.

Collodd ei gafael am eiliad, a llithrodd yn ôl rai llathenni cyn i'w thraed, a fu'n ymbalfalu'n ofer yn erbyn y waliau llysnafeddog, ddarganfod troedle arall o'r diwedd. Wrth gwympo roedd hi wedi sgathru'i chefn dolurus. Fe'i gorchfygwyd am ennyd gan hunandosturi a siom, ond ymwrolodd drachefn ac ailddechrau dringo. Toc, cafodd ei chyhyrau'u caethiwo gan gramp a bu'n gorwedd am sbel, fel petai ar arteithglwyd, nes i'r aflwydd fynd heibio ac iddi fedru symud unwaith eto. O bryd i'w gilydd, deuai'i thraed ar draws troedle arall, a gallai ymestyn ei choesau a chael seibiant bach. Roedd hi'n demtasiwn fawr i aros felly, yn gymharol ddiogel ac esmwyth, ond fe'i gorfododd ei hunan i barhau â'i hesgyniad araf, arteithiol.

Teimlai fel petai wedi bod yn dringo am oriau. Roedd hi'n dechrau nosi. Doedd y golau a ddeuai rhwng y planciau yng nghlawr y ffynnon ddim mor gryf erbyn hyn. Ceisiodd ei pherswadio'i hun nad oedd ei gorchwyl yn un anodd; yr unigrwydd a'r tywyllwch a barai iddo ymddangos felly. Petai hi'n cystadlu mewn ras rwystrau, neu'n ymarfer yng nghampfa'r ysgol, diau y gallai'i gyflawni heb fawr o drafferth. Llanwodd ei meddwl â darluniau cysurlon: offer dringo a cheffylau pren, a lleisiau plant dosbarth pump yn bloeddio'u hanogaeth. Roedd y Chwaer Perpetua yno. Ond pam nad oedd hi'n edrych ar Cordelia? Pam oedd hi wedi troi'i chefn? Galwodd Cordelia arni. Trodd yn araf i'w hwynebu a gwenodd arni. Ond nid y Chwaer Perpetua oedd hi wedi'r cwbl. Miss Leaming oedd hi, ei hwyneb hir, gwelw yn wawdlyd dan y gorchudd gwyn tenau.

Ac yn awr, a hithau'n gwybod na allai ddringo ymhellach heb help, gwelodd Cordelia waredigaeth. Rai troedfeddi uwch ei phen gwelodd ris isaf ysgol bren fechan oedd yn sownd wrth wal y ffynnon. Tybiodd i ddechrau mai rhith ydoedd; ei blinder a'i digalondid yn chwarae triciau arni. Caeodd ei llygaid am ennyd. Yna fe'u hagorodd drachefn. Roedd yr ysgol yn dal yno, yn aneglur ond yn gysurus o gadarn yn y golau pŵl. Cododd ei dwylo gwanllyd tuag ati, gan wybod yn iawn y byddai allan o'i chyrraedd. Gallai achub ei bywyd ond gwyddai nad oedd ganddi'r nerth i ymgyrraedd ati.

Ac yna cofiodd yn sydyn am y belt. Ymbalfalodd o amgylch ei gwasg am y bwcl pres trwm. Fe'i datododd a thynnu'r strapen ledr hir oddi amdani. Yn ofalus, taflodd y pen a'r bwcl arno tuag at ffon isaf yr ysgol. Bu'r tair ymgais gyntaf yn aflwyddiannus, ond y pedwerydd tro, trwy lwc, syrthiodd y bwcl dros y ffon. Gwthiodd ben arall y belt i fyny'n araf nes daeth y bwcl o fewn cyrraedd iddi, a chydiodd ynddo. Clymodd ef i'r pen arall i ffurfio dolen gref. Yna dechreuodd dynnu— yn ofalus i gychwyn ac yna'n galetach ac yn galetach nes bod ei phwysau bron i gyd ar y strapen. Roedd y rhyddhad a deimlai'n annisgrifiadwy. Gwasgodd ei chorff yn erbyn y brics i fagu nerth ar gyfer yr ymdrech orfoleddus olaf. Ac yna'n sydyn chwalwyd ei gobeithion yn chwilfriw. Clywodd sŵn rhwygo cras wrth i'r ffon—a oedd wedi pydru yn yr ymylon—dorri a hedfan heibio iddi i'r tywyllwch, o fewn trwch blewyn i daro'i phen. Ymddangosai fel petai munudau, yn hytrach nag eiliadau, wedi mynd heibio cyn i'r sblash ddatseinio o'r pellter i fyny'r wal.

Datododd y strapen a rhoddodd gynnig arall arni. Roedd y ffon nesaf droedfedd yn uwch ac felly roedd hi'n fwy anodd cael y strapen drosti. Yn ei chyflwr presennol roedd hyd yn oed yr ymdrech fechan hon bron â bod yn ormod iddi, ac fe'i gorfododd ei hun i gymryd pwyll. Âi'n fwyfwy anodd bob cynnig. O'r diwedd, wedi sawl ymgais aflwyddiannus, syrthiodd y bwcl dros y ffon. Wedi iddi gael gafael ynddo, gwelodd nad oedd hi ond prin yn medru clymu'r bwcl. Byddai'r ffon nesaf yn rhy uchel. Petai hon yn torri, byddai popeth ar ben.

Ond daliodd y ffon. Doedd ganddi fawr o gof am yr hanner awr olaf o ddringo, ond cyrhaeddodd yr ysgol o'r diwedd a chlymodd ei hun yn sownd iddi. Am y tro cyntaf roedd hi'n ddiogel. Fyddai hi ddim yn cwympo cyhyd â bod yr ysgol yn dal. Ymlaciodd am ysbaid. Ond yna cychwynnodd olwynion ei hymennydd droi unwaith

eto a dechreuodd hithau feddwl. Gwyddai nad oedd
ganddi obaith codi'r clawr trwm ar ei phen ei hun.
Ymestynnodd ei dwy fraich uwch ei phen a gwthiodd â'i
holl egni. Ni symudodd y clawr. Ac ni allai wthio yn ei
erbyn â'i hysgwyddau am ei fod yn uchel ac yn
geugrwm. Byddai'n rhaid iddi ddisgwyl am gymorth ac
ni ddeuai hwnnw cyn toriad gwawr. Efallai na ddeuai
cymorth bryd hynny chwaith, ond gwthiodd y syniad o'i
meddwl. Byddai rhywun yn siŵr o ddod, yn hwyr neu'n
hwyrach. Gallai fyw, wedi'i chlymu i'r ysgol fel hyn, am
sawl diwrnod pe bai raid. Hyd yn oed petai'n colli'i
hymwybyddiaeth, roedd 'na siawns y'i hachubid hi'n
fyw. Gwyddai Miss Markland ei bod hi'n aros yn y
bwthyn; roedd ei phethau hi'n dal yno. Deuai Miss
Markland o hyd iddi.

Ceisiodd feddwl sut y gallai dynnu sylw. Gallai wthio
rhywbeth drwy blanciau'r clawr—rhywbeth cul, na
fyddai'n plygu. Ymyl y bwcl, efallai, petai hi'n gallu'i
chlymu'i hun yn dynnach i'r ysgol. Ond byddai'n rhaid
disgwyl tan y bore. Allai hi wneud dim ar hyn o bryd.
Penderfynodd ymlacio a chael cyntun bach.

Yna gwawriodd y braw mwyaf oll arni. Ni ddeuai neb
i'w hachub. Deuai rhywun at y ffynnon, yn llechwraidd
ac yn ddistaw bach gefn trymedd nos, nid i'w hachub
ond i'w llofruddio. Byddai'n rhaid iddo ddychwelyd;
roedd hynny'n rhan o'i gynllun. Doedd yr ymosodiad
ddim hanner mor hurt ag roedd o wedi ymddangos ar y
pryd. Y bwriad oedd gwneud iddo edrych fel damwain.
Byddai'r ymosodwr yn dychwelyd y noson honno i
dynnu clawr y ffynnon. Yna, drannoeth neu rywbryd yn
ystod y dyddiau nesaf, deuai Miss Markland ar ei
thraws wrth ymlwybro drwy'r ardd. Fyddai neb fyth yn
gallu profi nad damwain oedd marwolaeth Cordelia.
Daeth geiriau Sarjant Maskell i'w chof: 'Dydy amau
rhywbeth yn dda i ddim, rhaid i chi brofi'r peth.' Ond y
tro hwn, a fyddai 'na unrhyw amheuaeth, hyd yn oed?

Dyma ferch ifanc fyrbwyll, or-chwilfrydig, yn byw ar ei phen ei hun mewn bwthyn heb ganiatâd y perchennog. Yn ôl pob tebyg, roedd hi wedi bod yn busnesa o gwmpas y ffynnon. Roedd hi wedi malu'r clo, a llusgo'r clawr ymaith gyda'r rhaff y byddai'r llofrudd wedi'i adael i gael ei ddarganfod; roedd hi wedi gweld yr ysgol, ac wedi methu ymwrthod â'r demtasiwn i'w dringo, ond roedd y ris olaf wedi torri odani. Ei holion bysedd hi a rhai neb arall a ddarganfyddid ar yr ysgol, pe bai rhywun yn trafferthu chwilio. Fyddai 'na neb ar gyfyl y bwthyn; roedd yn annhebygol iawn y gwelai rhywun y llofrudd yn dychwelyd. Doedd dim y gallai'i wneud ond disgwyl nes clywai sŵn ei draed, ei anadlu trwm, y clawr yn cael ei lusgo ymaith yn araf a'i wyneb yn ymddangos yn yr hollt uwch ei phen.

Ar ôl yr ofn angerddol cyntaf, derbyniodd Cordelia'i thynged a phrofi rhyw dawelwch meddwl yn sgîl hynny. Doedd waeth iddi heb ag ymdrechu i ddianc bellach; doedd ganddi ddim gobaith. Wedi'i chlymu i'r ysgol fel un ar fin cael ei haberthu, llithrodd i gwsg anesmwyth. Gweddïodd mai cysgu y byddai pan ddychwelai'r llofrudd, pan ddeuai'r ddyrnod olaf. Doedd hi ddim am weld ei wyneb. Ni fyddai'n ei darostwng ei hun drwy ymbil am ei bywyd; erfyniai hi ddim am drugaredd gan ddyn oedd wedi lladd Mark. Gwyddai na fyddai trugaredd i'w gael.

Ond roedd hi'n effro pan ddechreuodd clawr y ffynnon symud yn araf. Crymodd ei phen, rhag edrych i'r golau. Lledaenodd y bwlch. Yna, clywodd lais, llais gwraig, a hwnnw'n dawel ond yn siarp gan ofn.

'Cordelia!'

Cododd ei phen.

Yn penlinio wrth ochr y ffynnon, a'i hwyneb mawr gwelw fel drychiolaeth hunllefus yn nofio yn y gofod, roedd Miss Markland. Ac roedd y llygaid a syllai i wyneb Cordelia yn wyllt ac yn llawn arswyd.

Ddeng munud yn ddiweddarach, roedd Cordelia'n gorweddian yn llipa yn y gadair freichiau wrth y lle tân. Roedd pob asgwrn yn brifo ac roedd hi'n crynu fel deilen. Glynai'i chrys tenau i'w chefn clwyfus; roedd pob symudiad yn boenus. Roedd Miss Markland wedi cynnau'r tân ac erbyn hyn roedd hi'n hwylio cwpanaid o goffi. Gallai Cordelia'i chlywed yn symud o gwmpas y gegin fach a gallai arogli'r stôf wrth i'r gwres gael ei droi'n uwch ac yna, ymhen fawr o dro, sawr hyfryd y coffi. Fel arfer, byddai'r synau a'r arogleuon cyfarwydd hyn wedi'i chysuro, ond nawr roedd hi'n ysu i gael bod ar ei phen ei hun. Byddai'r llofrudd yn siŵr o ddychwelyd. Roedd yn rhaid iddo ddychwelyd, a phan ddeuai, roedd hi am fod yno i'w gyfarfod o. Daeth Miss Markland i mewn â'r ddau fŵg a rhoddodd un yn nwylo crynedig Cordelia. Aeth i fyny i'r llofft a dychwelodd gydag un o siwmperi cynnes Mark a'i chlymu am wddw'r ferch. Doedd hi ddim mor ofnus bellach, ond roedd hi ar bigau'r drain, fel merch ysgol yn ofni cael ei dal ar ryw berwyl anweddus. Roedd ei llygaid hi'n wyllt, a'i chorff yn crynu gan gyffro. Eisteddodd yn union gyferbyn â Cordelia a rhythu arni â'i llygaid chwilfrydig.

'Sut ddigwyddodd e? Mae'n rhaid i chi ddweud wrtha i.'

Doedd Cordelia ddim wedi anghofio sut i feddwl.

'Wn i ddim. Alla i ddim cofio be ddigwyddodd cyn i mi gwympo i'r dŵr. Mae'n rhaid 'mod i wedi penderfynu cael golwg ar y ffynnon ac imi syrthio rywsut neu'i gilydd.'

'Ond clawr y ffynnon! Ro'dd y clawr yn ei le!'

'Mi wn i. Mae'n rhaid fod rhywun wedi'i roi o'n ôl.'

'Ond pwy? Pwy fydde'n crwydro ar bwys y ffynnon?'

'Wn i ddim. Ond mae'n rhaid fod rhywun wedi'i weld o ac wedi'i wthio fo'n ôl.'

Ac meddai'n dynerach:

'Mi ddaru chi achub 'y mywyd i. Sut wnaethoch chi sylwi be oedd wedi digwydd?'

'Dod yma i weld a o'ch chi'n dal yma wnes i. Ro'n i wedi bod o'r bla'n heddi ond do'dd dim golwg ohonoch chi'n unman. Ro'dd 'na raff—yr un o'ch chi'n 'i defnyddio, sbo—wedi ca'l 'i gadel ar y llwybr ac fe faglais i drosti. Yna, sylwais nad o'dd y clawr yn ei le'n iawn a bod y clo wedi torri.'

'Fe ddaru chi achub 'y mywyd i,' meddai Cordelia unwaith eto, 'ond plîs wnewch chi fynd rŵan. Plîs. Dwi'n iawn, wir i chi.'

'Ond dy'ch chi ddim ffit i fod ar eich pen eich hun! A galle'r dyn 'na—yr un roddodd y caead yn ei ôl—ddychwelyd unrhyw funud. Sa i'n hoffi meddwl am ddieithriaid yn busnesa o gwmpas y bwthyn 'ma a chithe yma ar ben eich hunan bach.'

'Dwi'n ddigon saff. Beth bynnag, mae gen i wn. Eisiau llonydd i orffwys sy arna i, dyna i gyd. Plîs peidiwch â phoeni amdana i!'

Gallai Cordelia synhwyro arlliw o hysteria, gorffwyll-tra bron, yn ei llais ei hun.

Ond troi clust fyddar a wnaeth Miss Markland. Yn sydyn, roedd hi ar ei gliniau o flaen Cordelia ac yn clebran bymtheg yn y dwsin mewn llais uchel, cyffrous. Yn ddifeddwl ac yn ddidostur, roedd hi'n adrodd ei stori ddychrynllyd hi wrth y ferch, hanes ei mab pedair oed, ei phlentyn hi a'i chariad, yn dianc trwy dwll yn y gwrych ac yn cwympo i'r ffynnon ac yn boddi. Ceisiodd Cordelia osgoi edrych ar y llygaid gwyllt. Doedd bosib fod y stori'n wir? Doedd y ddynes ddim yn gall. A hyd yn oed petai hi'n wir, roedd hi'n stori ry erchyll i'w hamgyffred a doedd ar Cordelia ddim eisiau'i chlywed. Byddai'n ei chofio yn nes ymlaen, air am air, ac yn meddwl am y plentyn yn beichio wylo a'r dŵr oer yn ei dagu a'i sugno i farwolaeth. Byddai'n ail-fyw ei artaith mewn hunllefau, yn union fel y byddai'n ail-fyw ei hartaith ei hun. Ond nid nawr. Trwy'r llifeiriant geiriau, yr hunan-gyhuddiadau a'r dychryn, adnabu Cordelia islais o ryddhad. Roedd yr artaith a gawsai hi wedi bod yn fodd i ryddhau Miss Markland o afael poen meddwl hir. Bywyd am fywyd. Yn sydyn, teimlodd Cordelia na allai hi ddioddef rhagor. Meddai'n wyllt:

'Mae'n ddrwg gen i! Mae'n ddrwg gen i! Rydych chi wedi achub 'y mywyd i ac rwy'n ddiolchgar iawn i chi. Ond alla i ddim gwrando rhagor ar hyn. Does arna i mo'ch eisiau chi yma. Er mwyn popeth, cerwch!'

Anghofiai hi fyth wyneb syn y wraig wrth iddi suddo'n ôl i'w chragen. Ni chlywodd Cordelia mo-honi'n mynd na sŵn y drws yn cau'n ddistaw o'i hôl. Roedd hi ar ei phen ei hun o'r diwedd. Roedd y crynu wedi peidio erbyn hyn er ei bod hi'n dal i deimlo'n oer. Aeth i'r llofft i wisgo'i throwsus, yna tynnodd siwmper Mark oddi ar ei hysgwyddau a'i rhoi amdani. Byddai'n cuddio'r gwaed ar ei chrys ac roedd y cynhesrwydd yn ei chysuro. Symudai'n gyflym iawn. Ymbalfalodd am y bwledi, cydiodd yn ei fflachlamp a chyn pen dim roedd hi'n mynd allan drwy ddrws y cefn. Roedd y gwn yn dal yn ei guddfan yn y coed ysgaw. Llanwodd ef â bwledi a safodd yng nghysgod y llwyni i ddisgwyl.

Roedd hi'n rhy dywyll iddi allu gweld wyneb ei horiawr ond barnodd Cordelia'i bod hi wedi bod yn sefyll yn ei hunfan yn y cysgodion am ryw hanner awr cyn iddi glywed sŵn car yn dynesu ar hyd y lôn. Daliodd ei gwynt. Cryfhaodd sŵn yr injan ac yna distawodd drachefn. Roedd y car wedi gyrru heibio heb stopio. Anaml y byddai car yn gyrru i lawr y lôn wedi nos. Pwy allai fo fod, tybed? meddyliodd. Daliodd i ddisgwyl, gan symud yn ôl beth er mwyn gorffwys ei chefn yn erbyn rhisgl y goeden ysgaw. Roedd hi wedi bod yn cydio mor dynn yn y gwn nes bod ei llaw dde'n brifo braidd, a throsglwyddodd y gwn i'r llaw arall gan drio ystwytho'i harddwrn poenus ac ymestyn ei bysedd stiff.

Parhaodd i ddisgwyl. Aeth y munudau heibio'n araf. Torrwyd ar draws y tawelwch gan gri sydyn tylluan a swn un o ysglyfaethwyr bach y nos yn chwilota yn y glaswellt o gwmpas ei thraed. Yna, ymhen hir a hwyr, clywodd swn car yn y pellter. Doedd hi prin yn gallu'i glywed. Peidiodd y swn. Roedd rhywun wedi stopio'i gar yn uwch i fyny'r lôn.

Cydiodd yn y gwn â'i llaw dde unwaith eto, gan fagu'r safn yn ei llaw arall. Roedd ei chalon yn curo fel gordd ac ofnai y byddai'n ei bradychu. Dychmygu gwich fain y gât ffrynt a wnaeth hi, yn hytrach na'i chlywed, ond roedd swn y traed a symudai o gwmpas y bwthyn yn hollol glir. Ac yn awr roedd o yn y golwg: stocyn llydan, du yn erbyn y golau. Cerddodd tuag ati a gwelodd ei fod yn cario'i bag ar ei ysgwydd chwith. Roedd hi wedi anghofio'r cwbl am y bag. Ond sylweddolodd pam ei fod wedi'i ddwyn. Roedd o wedi'i archwilio am dystiolaeth, yn ddiau, a nawr roedd hi'n bwysig fod y bag yn cael ei ddarganfod yn y ffynnon gyda'i chorff.

Dynesodd yn ddistaw ar flaenau'i draed, a'i freichiau hir, mwncïaidd yn stiff o boptu'i gorff, fel cowboi cartwnaidd yn barod i saethu. Pan gyrhaeddodd ymyl y ffynnon, arhosodd, a llewyrchodd gwyn ei lygaid yng ngolau'r lleuad wrth iddo edrych yn bwyllog o'i gwmpas. Yna plygodd i lawr ac ymbalfalu yn y glaswellt am y rhaff. Roedd Cordelia wedi'i gadael yn yr union fan lle'r oedd Miss Markland wedi'i darganfod ond, am ryw reswm, taflwyd y dyn oddi ar ei echel braidd. Cododd yn betrus a safodd am foment a'r rhaff yn hongian o'i ddwylo. Ceisiodd Cordelia reoli'i hanadlu. Roedd hi'n anodd credu na fedrai'r dyn mo'i chlywed, na'i harogli na'i gweld; roedd o mor debyg i anifail ysglyfaethus, ac eto ni feddai ar y gallu greddfol i synhwyro gelyn yn y tywyllwch. Camodd ymlaen.

Roedd o wrth ymyl y ffynnon. Gwyrodd a gwthiodd ben y rhaff drwy'r ddolen haearn.

Un cam ac roedd Cordelia allan o'r cysgodion. Daliodd y gwn yn gadarn ac yn syth fel roedd Bernie wedi dangos iddi. Roedd y targed yn agos iawn. Gwyddai na fyddai'n tanio ond, yn y foment honno, gwyddai hefyd beth a allai ysgogi dyn i ladd.

'Noswaith dda, Mr Lunn,' meddai'n uchel.

Chafodd hi fyth wybod a welodd o'r gwn ai peidio. Ond, am un eiliad fythgofiadwy, wrth i'r lleuad hwylio i'r awyr agored o'r tu ôl i gwmwl, gwelodd ei wyneb yn glir. Gwelodd y casineb, yr anobaith, yr artaith, a'r dychryn yn ei geg agored. Dihangodd un waedd gryglyd o'i grombil, hyrddiodd y bag a'r rhaff i'r llawr a heglodd drwy'r ardd fel petai holl ellyllon y fall yn ei ymlid. Rhedodd hithau ar ei ôl, heb wybod pam, na beth roedd hi'n gobeithio'i gyflawni, ond yn benderfynol na châi ddychwelyd i Garforth House o'i blaen. Ac eto ni thaniodd hi'r gwn.

Ond roedd ganddo fantais. Wrth iddi ruthro drwy'r gât gwelodd ei fod wedi parcio'r fan ryw hanner canllath i fyny'r lôn a bod yr injan yn dal i redeg. Brysiodd ar ei ôl ond doedd hi ddim digon cyflym. Ei hunig obaith o'i ddal oedd mynd i nôl y Mini. Rhedodd nerth ei thraed i lawr y lôn, gan ymbalfalu yn ei bag wrth fynd. Roedd y llyfr gweddi a'i llyfr nodiadau wedi diflannu ond, trwy drugaredd, roedd allweddi'r car yn dal yno. Datglôdd y Mini, ei thaflu ei hun i mewn iddo a gyrru'n wyllt, wysg ei chefn, i'r lôn. Gwelai oleuadau ôl y fan ryw ganllath o'i blaen. Ni wyddai pa mor gyflym yr âi'r fan, ond amheuai'n fawr a allai fynd yn gynt na'r Mini. Gwasgodd ei throed ar y sbardun. Trodd i'r chwith ar ben y lôn. Gallai weld y fan o'i blaen o hyd. Roedd Lunn yn gyrru'n gyflym ac yn llwyddo i gadw'i bellter. Yna daeth tro yn y ffordd ac fe ddiflannodd o'i golwg am ychydig eiliadau. Doedd o ddim ymhell nawr o gyffordd heol Caer-grawnt.

Clywodd y ddamwain ennyd cyn iddi hithau gyrraedd y gyffordd, ffrwydrad disymwth o sŵn a ysgydwodd y car bach ac a barodd i'r gwrychoedd o'i chwmpas grynu. Tynhaodd dwylo Cordelia am y llyw am foment wrth i'r Mini stopio'n stond. Neidiodd allan, a rhedodd rownd y tro a gwelodd o'i blaen wyneb y brifffordd i Gaer-grawnt yn loyw gan oleuadau ceir. Roedd pobl yn rhedeg i bob cyfeiriad. Safai'r lorri yn rhwystr hirsgwar ar draws y ffordd, yn dalp anferth a guddiai'r awyr. Roedd y fan wedi'i malurio dan yr olwynion blaen, fel tegan plentyn. Roedd 'na arogl petrol; sgrech aflafar dynes a gwich teiars. Cerddodd Cordelia'n araf tuag at y lorri. Roedd y gyrrwr yn dal wrth y llyw. Rhythai'n syn o'i flaen, ei wyneb wedi'i rewi gan sioc. Roedd pobl yn gweiddi arno, yn ymestyn eu dwylo tuag ato. Symudodd o ddim.

'Sioc ydy o,' meddai rhyw ddyn mewn côt ledr drwchus a *goggles* am ei lygaid. 'Well i ni'i dynnu o allan.'

Camodd tri dyn heibio i Cordelia. Roedden nhw'n symud fel un. Clywyd ebwch yr ymdrech. Cariwyd y gyrrwr allan, mor anystwyth â phyped, ei goesau'n dal yn eu plyg a'i ddyrnau wedi'u rhewi o'i flaen fel petai'n dal i gydio yn y llyw anferthol. Gwyrodd yr ysgwyddau drosto mewn seiat gyfrinachol.

Safai pobl eraill o gwmpas y fan faluriedig. Ymunodd Cordelia â'r cylch wynebau anhysbys. Gloywai sigarennau fel arwyddion yma ac acw, gan daflu goleuni o bryd i'w gilydd ar y dwylo crynedig a'r llygaid mawr, ofnus.

Gofynnodd Cordelia:

'Ydy o wedi marw?'

''Drychwch arno fo. Be 'dych chi'n 'i feddwl?' atebodd y dyn yn y gôt ledr yn wawdlyd.

Gofynnodd merch ifanc a swniai fel petai hi allan o

wynt:

'Oes 'na rywun wedi galw ambiwlans?'

'Oes, oes. Mae'r boi 'na yn y Cortina wedi mynd i ffonio.'

Safodd y grŵp yn betrus. Yna, symudodd y ferch a'r bachgen ifanc y buasai'n siarad â nhw. Stopiodd car arall. Gwthiodd dyn tal drwy'r dyrfa. Clywodd Cordelia lais uchel, awdurdodol.

'Rwy'n ddoctor. Oes 'na rywun wedi galw ambiwlans?'

'Oes, syr.'

Fe'i hatebwyd yn barchus. Camodd y grŵp o'r neilltu i adael yr arbenigwr heibio. Trodd at Cordelia, am mai hi oedd yr agosaf ato, efallai.

'Os na welsoch chi'r ddamwain, ferch, ffwrdd â chi. A safwch o'r neilltu, y gweddill ohonoch chi. Does 'na ddim y gallwch chi'i wneud, bellach. A diffoddwch y sigarennau 'na!'

Dychwelodd Cordelia'n araf at y Mini, gan ei gorfodi'i hun i osod un droed yn ofalus o flaen y llall fel claf yn ceisio cerdded am y tro cyntaf wedi salwch hir. Gyrrodd yn ofalus heibio i'r ddamwain, gan fynd dros y glaswellt ar ymyl y ffordd. Clywodd oernadau seirennau'n dynesu. Fel roedd hi'n troi oddi ar y briffordd, gwelodd fflach o olau coch yn ei drych a chlywodd hwsh o sŵn yn cael ei ddilyn gan gôr o leisiau'n ochneidio'n dawel, a merch yn sgrechian nerth ei phen. Roedd wal o fflamau ar draws y ffordd. Daethai rhybudd y meddyg yn rhy hwyr. Roedd y fan ar dân. Doedd dim gobaith i Lunn bellach; ond, a dweud y gwir, doedd dim gobaith wedi bod iddo erioed.

Gwyddai Cordelia'i bod hi'n gyrru'n ddiofal. Roedd ceir yn canu corn ac yn fflachio'u golau arni wrth fynd heibio, ac arafodd un gyrrwr a chodi'i ddwrn a gweiddi'n gas arni drwy ffenestr ei gar. Parciodd mewn adwy ar ochr y ffordd a diffodd yr injan. Tawelwch llethol. Roedd ei dwylo'n llaith ac yn gryndod i gyd. Fe'u sychodd yn ei hances a'u rhoi i orffwys ar ei harffed fel petaen nhw ddim yn perthyn i weddill ei chorff. Sylwodd hi ddim ar gar yn mynd heibio ac yn stopio gerllaw. Ymddangosodd wyneb yn y ffenestr. Roedd y dyn yn llithro dros ei eiriau ond roedd ei lais yn llawn gweniaith. Roedd oglau diod ar ei anadl.

'Popeth yn iawn, Miss?'

'Ydy diolch. Eisiau gorffwys o'n i.'

'Thâl hi ddim i ti orffwys ar dy ben dy hun, wyddost ti—merch dlws fel ti.'

Roedd ei law ar ddolen y drws. Ymbalfalodd Cordelia yn ei bag a thynnodd y gwn allan. Gwthiodd ef i'w wyneb.

'Cerwch oddi yma'r funud 'ma neu mi saetha i.'

Swniai'i llais yn galed hyd yn oed iddi hi. Gwelodd yr wyneb llaith yn gwelwi gan syndod, yr ên yn cwympo. Camodd yn ôl wysg ei gefn.

'Sori, Miss. Camddealltwriaeth. Do'n i'n meddwl dim drwg, wir i chi.'

Disgwyliodd Cordelia nes bod ei gar wedi diflannu. Taniodd yr injan. Ond gwyddai na allai yrru'r un cam ymhellach. Diffoddodd yr injan unwaith eto. Llifodd tonnau o flinder drosti, llanw tyner, anorchfygol na fedrai'i meddwl lluddedig na'i chorff mo'i wrthsefyll. Cwympodd ei phen dros y llyw a syrthiodd Cordelia i gysgu.

PENNOD 6

Cysgodd Cordelia'n drwm am ychydig. Ni wyddai beth oedd wedi'i deffro, p'run ai golau car yn gwibio'n llachar dros ei llygaid, ynteu rywbeth yn ei hisymwybod yn dweud wrthi na châi fwy na chyntun byr. Roedd ganddi bethau i'w gwneud cyn y gallai fynd i gysgu go

iawn. Ymsythodd yn araf, gan deimlo'i chyhyrau'n
tynnu'n boenus a rhyw gosi hanner-pleserus yn crwyd-
ro'i chefn lle'r oedd y gwaed wedi ceulo. Roedd awyr y
nos yn drymaidd gan aroglau a gwres y dydd, ac
ymddangosai'r ffordd hyd yn oed yn boeth a gludiog
yng ngolau disglair ei char. Ond roedd corff oer,
clwyfus Cordelia'n falch o gynhesrwydd siwmper Mark.
Am y tro cyntaf ers iddi'i gwisgo sylwodd mai gwyrdd
tywyll oedd ei lliw. Dyna ryfedd nad oedd hi wedi sylwi
ar hynny o'r blaen!

Gyrrodd fel dysgwraig ddibrofiad weddill y siwrnai;
eisteddai i fyny'n syth, ei llygaid wedi'u hoelio ar y
ffordd o'i blaen, a'i dwylo a'i thraed yn symud yn
lletchwith ac yn llawn tyndra. Cyrhaeddodd lidiardau
Garforth House o'r diwedd. Yng ngolau'r car
ymddangosent yn dalach ac yn fwy addurniedig nag
roedd hi'n eu cofio, ac roedden nhw ar gau. Neidiodd
o'r Mini a rhedodd i'w hagor gan weddïo na fyddent
ynghlo. Ond llwyddodd i godi'r gliced haearn drom ac
agorodd y gatiau'n ddistaw.

Doedd yno'r un car arall a pharciodd y Mini nid
nepell o'r tŷ. Doedd dim golau i'w weld yn yr un o'r
ffenestri, ond disgleiriai golau cynnes, cysurus, drwy'r
drws ffrynt agored. Cydiodd Cordelia yn y gwn a
chamodd i mewn i'r cyntedd heb ganu'r gloch. Roedd
hi'n fwy blinedig o lawer na phan ddaethai i Garforth
House y tro cyntaf, ond eto i gyd, sylwai'n fanylach ar y
tŷ heno. Roedd y cyntedd yn wag, yr awyr yn drymaidd.
Câi'r teimlad fod y tŷ wedi bod yn disgwyl amdani.
Daeth yr un don felys o rosod a lafant i'w ffroenau
unwaith yn rhagor, ond y tro hwn sylwodd fod persawr
y lafant yn codi o ddysgl Tsieineaidd anferth oedd ar
fwrdd bach gerllaw. Roedd hi'n cofio clywed tician
rhythmig y cloc, ond sylwodd yn awr am y tro cyntaf ar
y cerfiadau cain a addurnai'r câs, a'r cylchoedd a'r
cwafars cymhleth ar ei wyneb. Safodd yng nghanol y

cyntedd, gan deimlo braidd yn sigledig. Daliai'r gwn yn llipa yn ei llaw dde. Edrychodd i lawr ar batrwm ffurfiol, geometrig y carped, yn gymysgedd o liwiau gwyrdd cyfoethog, glas golau a choch, a phob patrwm yn awgrymu siâp dyn ar ei liniau. Bron na allai hithau fynd ar ei gliniau hefyd. Ai mat gweddïo o'r dwyrain ydoedd, tybed?

Daeth yn ymwybodol fod Miss Leaming yn cerdded yn dawel i lawr y grisiau tuag ati, ei gŵn-wisg coch yn sgubo o gylch ei migyrnau. Cipiodd y gwn yn sydyn a phenderfynol o law ddiymadferth Cordelia. Ac yn sydyn, teimlai'i llaw hithau'n llawer ysgafnach. Doedd hi'n malio dim. Allai hi fyth ei ddefnyddio i'w hamddiffyn ei hun, allai hi fyth ladd neb. Roedd hi wedi sylweddoli hynny pan oedd Lunn yn dianc oddi wrthi.

'Fydd dim angen i chi'ch amddiffyn eich hun rhag neb yn y tŷ hwn, Miss Gray,' meddai Miss Leaming.

Meddai Cordelia:

'Rwy wedi dod i gael gair â Syr Ronald. Ble mae o?'

'Yn yr un lle ag oedd o'r tro diwetha y daethoch chi yma, yn ei stydi.'

Roedd o'n eistedd, fel o'r blaen, y tu ôl i'w ddesg. Wrthi'n arddweud rhywbeth yr oedd o, ac roedd ei beiriant bach yn ymyl ei law dde. Diffoddodd y peiriant pan welodd o Cordelia, a chododd i dynnu'r plwg o'r wal. Aeth yn ôl at ei ddesg ac eisteddodd y ddau gyferbyn â'i gilydd. Plethodd ei ddwylo yng ngolau'r lamp ar y ddesg ac edrych ar Cordelia. Bu bron iddi grio gan sioc. Roedd ei wyneb yn ei hatgoffa o'r math o wynebau hyll fyddai'n cael eu hadlewyrchu mewn ffenestri trenau yn y nos. Wynebau pantiog, yn ddim ond croen am asgwrn a'r llygaid wedi suddo ymhell i'r pen—wynebau'r meirw.

Pan siaradodd roedd ei lais yn isel, yn llawn atgofion:

'Hanner awr yn ôl, cefais wybod fod Chris Lunn wedi

marw. Fo oedd y cynorthwywr lab gorau ges i 'rioed. Fe welais i o mewn cartre plant amddifaid bymtheng mlynedd yn ôl. Doedd o 'rioed wedi gweld ei rieni. Hogyn hyll, anodd oedd o; roedd o ar brawf ar y pryd. Roedd yr ysgol wedi methu gwneud dim â fo. Ond roedd Lunn yn un o'r gwyddonwyr naturiol gorau i mi ei weld erioed. Petai o wedi cael addysg, fe fyddai wedi bod yn gystal gwyddonydd â fi.'

'Pam na roesoch chi gyfle iddo fo 'te? Pam na ddaru chi'i ddysgu o?'

'Am ei fod o'n fwy defnyddiol i mi fel cynorthwywr lab. Do, mi ddaru mi ddweud y gallai o fod wedi datblygu'n gystal gwyddonydd â fi, ond dydy hynny ddim digon da. Mae 'na ddigon o wyddonwyr sy gystal â fi. Ond dwi'n siŵr nad oes 'na'r un cynorthwywr lab a allai ddal cannwyll i Lunn. Roedd o'n medru troi'i law at bob math o offer.'

Edrychodd ar Cordelia heb ronyn o chwilfrydedd na diddordeb.

'Wedi dod i roi cyfri amdanoch eich hun ydech chi, wrth gwrs. Mae'n hwyr iawn, Miss Gray, ac fel y gwelwch chi, rwy wedi blino. Allwch chi ddim aros tan fory?'

Meddyliodd Cordelia mai dyna'r agosaf y gallai'r gŵr hwn ddod at ymbilio. Meddai:

'Na, rydw innau wedi blino hefyd. Ond rwy am gloi'r achos heno, rŵan.'

Cydiodd Syr Ronald mewn cyllell bapur eboni oddi ar y ddesg a dechrau chwarae â hi, heb edrych ar Cordelia.

'Yna, d'wedwch wrtha i, pam ddaru fy mab ei ladd ei hunan? Rwy'n cymryd yn ganiataol fod gennych chi ryw newyddion i mi? Go brin y byddech chi wedi rhuthro draw mor hwyr oni bai fod gennych chi rywbeth o bwys i'w ddweud.'

'Nid ei ladd ei hunan wnaeth eich mab. Cael ei

lofruddio wnaeth o. Ei lofruddio gan rywun oedd yn ei
nabod o'n dda, rhywun yr oedd o'n ddigon hapus i'w
groesawu o i'r bwthyn, rhywun oedd wedi cynllunio'r
cyfan yn ofalus. Cafodd ei dagu neu'i fygu a'i hongian
wrth y bachyn 'na efo'i felt. Yna peintiodd y llofrudd ei
wefusau o'n goch, a'i wisgo mewn dillad isa' merch, cyn
taenu lluniau o ferched noeth ar y bwrdd o'i flaen.
Gwneud i'r peth edrych fel marwolaeth ddamweiniol a
Mark ar ganol arbrawf rhywiol oedd y bwriad. Dydy
achosion o'r fath ddim mor anghyffredin â hynny.'

Wedi ysbaid fer o ddistawrwydd, meddai Syr Ronald
yn hollol ddigyffro:

'A phwy oedd yn gyfrifol, Miss Gray?'

'Y chi. Chi ddaru ladd eich mab.'

'Pam?' Gallai fod yn holwr didostur.

'Am iddo ddarganfod nad eich gwraig chi oedd ei
fam o, fod yr arian a adawyd iddi hi ac iddo fo gan ei
daid wedi dod trwy dwyll. Am ei fod o'n benderfynol
nad oedd o am elwa rhagor arno, nac am dderbyn ei
etifeddiaeth ymhen pedair blynedd. Roedd arnoch chi
ofn iddo fo ddatgelu'r gwir. A beth am Ymddiried-
olaeth Wolvington? Petai'r gwir yn cael ei ddatgelu, fe
fyddai wedi canu arnoch chi am grant ganddyn nhw.
Roedd dyfodol eich labordy yn y fantol. Allech chi
ddim mentro hynny.'

'A phwy ddaru dynnu'i ddillad o wedyn? Pwy ddaru
deipio'r nodyn 'na a golchi'r lipstic oddi ar ei wyneb o?'

'Rwy'n credu 'mod i'n gwybod, ond dd'weda i ddim.
Dyna be oeddech chi am i mi'i ddarganfod, yntê? Ond
chi laddodd Mark. Mi aethoch chi mor bell â sicrhau
alibi, rhag ofn. Ddaru chi drefnu i Lunn eich ffonio chi
yn y coleg, gan gymryd arno mai Mark oedd o. Fo oedd
yr unig berson y gallech chi ddibynnu arno fo.
Dd'wedsoch chi mo'r gwir wrtho fo, mae'n siŵr. Dim
ond cynorthwywr lab oedd o, wedi'r cyfan. Doedd dim
rhaid i chi esbonio dim; roedd o'n gwneud fel roeddech

chi'n dweud. A hyd yn oed petai o'n dyfalu'r gwir, roedd o'n saff yn doedd? Ddaru chi sicrhau fod gennych chi *alibi* ond feiddiech chi mo'i ddefnyddio, gan na wyddech chi pryd yn union y cafodd corff Mark ei ddarganfod. Os oedd rhywun wedi dod o hyd iddo a ffugio'r hunanladdiad *cyn* yr amser roeddech chi'n hawlio i chi siarad efo fo ar y ffôn, byddai'ch *alibi* chi'n chwilfriw. A byddai hynny'n ddamniol i chi. Felly, fe gawsoch chi air â Benskin. Fe dd'wedsoch chi'r gwir wrtho fo—mai Lunn oedd ar y ffôn. Fe allech chi ddibynnu ar Lunn i'ch cefnogi chi. A hyd yn oed petai o yn penderfynu gollwng y gath o'r cwd, fyddai neb yn ei goelio fo.'

'Na fyddai, fwy na fyddan nhw'n eich coelio chi, Miss Gray. Rydych chi wedi gweithio'n galed am eich bara menyn. Mae'ch dadansoddiad chi'n gelfydd iawn; a rhai o'r manylion yn debygol o fod yn wir, hyd yn oed. Ond mi wyddoch chi, ac mi wn i, na fyddai'r un heddwas yn cymryd y peth o ddifri. Dyna drueni na allech chi holi Lunn. Ond mae Lunn, fel y d'wedais i, wedi marw. Mi losgodd o i farwolaeth mewn damwain car.'

'Mi wn i, ro'n i yno ar y pryd. Fe driodd o'n lladd i heno. Oeddech chi'n gwybod hynny? Roedd o wedi trio 'nychryn i o'r blaen. Pam tybed? Oedd o wedi dechrau amau'r gwir?'

'Os ddaru o drio'ch lladd chi, mi aeth o dros ben llestri braidd. Y cyfan y gofynnais i iddo fo'i wneud oedd cadw golwg arnoch chi. Os cofiwch chi, ro'n i wedi'ch cyflogi chi i weithio'n llawn amser i mi, ac i neb arall. Ro'n i eisiau gwneud yn siŵr 'mod i'n cael gwerth 'y mhres. Ac rydw i wedi cael gwerth 'y mhres, mewn ffordd. Ond rhaid i chi ffrwyno'r dychymyg 'na y tu allan i'r stafell yma. Mae'r heddlu a'r llysoedd barn yn go hallt yn eu hymwneud ag enllib a sterics gwirion. A pha brawf sydd 'na? Dim. Cafodd 'y ngwraig ei hamlosgi. Does 'na ddim ar y ddaear hon, yn fyw nac yn farw, i brofi nad oedd Mark yn fab iddi.'

Meddai Cordelia:

'Mi aethoch chi i weld Dr Gladwin i wneud yn siŵr ei fod o'n rhy hen ac yn rhy fusgrell i dystio yn eich erbyn chi. Nid bod angen i chi boeni am hynny. Ddaru o 'rioed amau, naddo? Ddaru chi'i ddewis o'n feddyg i'ch gwraig am ei fod o'n hen ac yn anghymwys i'r gwaith. Ond mae gen i un darn bach o dystiolaeth. Roedd Lunn yn dod â fo yma i chi gael ei weld o.'

'Yna, mi ddylech chi fod wedi edrych ar ei ôl o'n well. Dim ond esgyrn Lunn oedd ar ôl wedi'r ddamwain 'na.'

'Ond beth am y dillad isa'? Mae'n bosib y byddai rhywun yn cofio pwy ddaru'u prynu nhw, yn enwedig os oedd y person hwnnw'n ddyn.'

'Mae 'na ddigon o ddynion sy'n prynu dillad isa' i'w gwragedd. Ond petawn i'n cynllunio llofruddiaeth o'r fath, fyddai prynu rhyw bethau fel 'na'n poeni dim arna i. Meddyliwch mewn difri, a fyddai unrhyw ferch ar y til mewn siop fawr brysur yn debyg o gofio un cwsmer neilltuol, a hwnnw'n prynu nifer o fân bethau gyda'i gilydd ar adeg brysura'r dydd, ac yn talu amdanyn nhw ag arian parod? A gallai'r dyn fod wedi gwisgo sbectol neu rywbeth er mwyn edrych yn wahanol. Mae'n amheus gen i a fyddai hi wedi sylwi ar ei wyneb o, heb sôn am fedru'i nabod o, wythnosau'n ddiweddarach, ac yntau'n un o filoedd o gwsmeriaid, a bod yn ddigon siŵr ohoni'i hun i ddarbwyllo rheithgor. A phetai hi, beth fyddai hynny'n ei brofi os nad yw'r dillad yn dal yn eich meddiant chi? Mi allwch chi fod yn siŵr o un peth, Miss Gray, petawn i'n penderfynu lladd rhywun mi wnawn i hynny yn y modd clyfra posib. Fyddai neb yn medru pwyntio bys ata i. Os daw'r heddlu fyth i wybod sut y cafwyd hyd i'm mab—ac mae hynny'n ddigon posib, gan fod rhywun heblaw chi'n gwybod—mi fyddan nhw'n sicrach fyth iddo'i ladd ei hun. Roedd marwol-aeth Mark yn angenrheidiol ac, yn wahanol i'r mwyafrif o farwolaethau, roedd 'na bwrpas iddi. Mae 'na ryw ysfa ynon ni fel bodau dynol i'n haberthu'n hunain. Dros achosion haniaethol diystyr weithiau, fel gwlad-garwch, cyfiawnder neu heddwch; dros ddelfrydau dynion eraill, dros bŵer pobl eraill, dros ychydig droedfeddi o dir. Mi fyddech chi, mae'n siŵr, yn ddigon parod i farw i achub bywyd plentyn neu petaech chi'n argyhoeddedig y byddai'ch aberth yn esgor ar fodd i iacháu cancr.'

'Efallai, wir. Rwy'n hoffi meddwl y byddwn i. Ond fe fyddwn i am gael gwneud y penderfyniad hwnnw drosof fy hunan.'

'Wrth gwrs. Mi fyddai hynny'n rhoi boddhad em-osiynol i chi. Ond fyddai o'n effeithio dim ar y ffaith eich bod chi'n mynd i farw nac ar ganlyniad eich marwolaeth chi. A pheidiwch â thrio edliw i mi nad ydy'r hyn sy'n cael ei gyflawni yma yn werth un bywyd dynol. Peidiwch â rhagrithio, da chi. Wyddoch chi ddim a fedrwch chi ddim amgyffred gwir werth 'y ngwaith i. Pa wahaniaeth wnaiff marwolaeth Mark i chi? Doedd-ech chi 'rioed wedi clywed sôn amdano fo cyn i chi ddod i Garforth House.'

'Mi wnaiff wahaniaeth mawr i Gary Webber,' medd-ai Cordelia.

'Ydych chi'n disgwyl i mi adael i'r cyfan fynd i'r gwellt am fod Gary Webber eisiau rhywun i chwarae sboncen efo fo neu i drafod hanes?'

Yn sydyn, edrychodd ym myw llygaid Cordelia.

'Beth sy'n bod? Ydych chi'n sâl?' gofynnodd yn llym.

'Na, dydw i ddim yn sâl. Ro'n i'n gwybod 'mod i'n iawn. Ro'n i'n gwybod ym mêr fy esgyrn fod fy nadansoddiad i'n gywir. Ond alla i mo'i gredu o. Alla i ddim credu y gallai person fod mor gythreulig.'

'Os ydych chi'n gallu dychmygu'r fath weithred, yna

rwy innau'n gallu'i chyflawni hi. Doeddech chi ddim yn sylweddoli hynny, Miss Gray? Dyna'r allwedd i'r hyn fyddech chi'n ei alw'n ddrygioni dyn.'

Yn sydyn, ni allai Cordelia ddioddef rhagor o'r holi ac ateb sinigaidd 'ma. Arthiodd arno'n llawn angerdd:

'Ond pa les sy 'na mewn trio gwneud y byd yn harddach lle os nad ydy'r bobl sy'n byw ynddo fo'n gallu caru'i gilydd?'

Roedd hi wedi codi'i wrychyn o o'r diwedd.

'Cariad! Y gair mwya diystyr yn ein hiaith ni. Gall olygu unrhyw beth. Be mae cariad yn ei olygu i chi? Y dylai bodau dynol ddysgu cyd-fyw a gofalu am les y naill a'r llall? Mae'r gyfraith yn ein gorfodi ni i wneud hynny. Y lles mwya i'r nifer mwya. Yn wyneb y datganiad sylfaenol yna o synnwyr cyffredin, haniaeth fetaffisegol ydy pob damcaniaeth arall. Neu efallai'ch bod chi'n diffinio cariad yn yr ystyr Cristnogol? Astudiwch Hanes, Miss Gray, i chi gael gweld pa erchyllterau, pa drais, pa gasineb sy wedi deillio o grefydd cariad. Ynteu ddiffiniad mwy benywaidd, mwy unigolyddol sy orau gennych; cariad fel ymrwymiad nwydwyllt i berson arall? Mae ymrwymiad personol angerddol bob amser yn arwain at eiddigedd a chaethiwed. Mae cariad yn fwy dinistriol na chasineb. Os oes raid i chi gysegru'ch bywyd i rywbeth, cysegrwch o i syniad.'

'Cariad i mi ydy cariad rhiant at blentyn.'

'Gall hwnnw fod yn niweidiol iddyn nhw ill dau. Ac os nad ydy rhiant yn gallu caru, yna does 'na ddim pŵer ar y ddaear a all ei orfodi o i wneud hynny. Ac os nad oes 'na gariad, does dim modd i'r dyletswyddau sy'n deillio o gariad fodoli chwaith.'

'Mi allech chi fod wedi gadael iddo fo fyw! Doedd yr arian ddim yn bwysig iddo fo. Mi fyddai o wedi deall eich anghenion chi ac wedi cadw'n ddistaw.'

'Tybed? A sut allai o—neu fi o ran hynny—fod wedi

esbonio pam roedd o'n gwrthod derbyn yr arian ymhen pedair blynedd? Dydy pobl sy'n byw ar drugaredd eu cydwybod fyth yn saff. Roedd fy mab i'n ffrwmpyn hunan-gyfiawn. Sut allwn i roi fy hunan a 'ngwaith yn ei ddwylo fo?'

'Ond rydych chi yn fy nwylo i, Syr Ronald.'

'Peidiwch â'ch twyllo'ch hunan. Dydw i ddim yn nwylo neb. Yn anffodus i chi, dydy'r recordydd tâp 'na ddim yn gweithio. Does gennyn ni ddim tystion. Wnewch chi ddim ailadrodd yr un gair sy wedi cael ei ddweud yn yr ystafell hon heno wrth neb arall. Os gwnewch chi, mi fydd hi ar ben arnoch chi a'ch busnes ceiniog a dimai. Chewch chi ddim rhagor o waith, Miss Gray. Mi'ch gwna i chi'n fethdalwr. A fydd hynny ddim yn anodd, yn ôl yr hyn ddywedodd Miss Leaming wrtha i. Gall enllib fod yn fater drudfawr. Cofiwch hynny os cewch chi'ch temtio i siarad ryw dro. A chofiwch hyn hefyd. Mi fyddwch chi'n gwneud niwed i chi'ch hun; mi fyddwch chi'n gwneud niwed i goffadwriaeth Mark; ond wnewch chi ddim niwed i mi.'

Wyddai Cordelia ddim pa mor hir y buasai'r ffigwr tal yn y gŵn-wisg coch yn gwylio ac yn gwrando yng nghysgod y drws. Wyddai hi ddim chwaith faint roedd Miss Leaming wedi'i glywed na pha bryd yr oedd hi wedi sleifio i ffwrdd yn dawel. Ond nawr, roedd hi'n ymwybodol o'r cysgod coch yn symud yn ddistaw dros y carped, ei lygaid wedi'u hoelio ar y dyn tu ôl i'r ddesg a'r gwn yn dynn o'i flaen. Gwyliodd Cordelia mewn arswyd, â'i gwynt yn ei dwrn. Gwyddai'n union beth oedd ar fin digwydd. Roedd y cyfan drosodd mewn llai na thair eiliad—tair eiliad a deimlai fel tri munud. Oni chafodd hi amser i weiddi, i rybuddio, i rwygo'r gwn o'r llaw gadarn honno? Oni chafodd o amser i ymbil? Ond ni ddihangodd yr un gair o'i enau. Gan hanner codi o'i gadair, rhythodd yn anghrediniol ar safn y gwn o'i flaen. Yna trodd ei ben i gyfeiriad Cordelia fel petai'n erfyn arni i wneud rhywbeth. Anghofiai hi mo'r edrychiad olaf hwnnw tra byddai byw. Roedd o'r tu hwnt i ddychryn, y tu hwnt i obaith. Doedd yno ddim ond gwacter un oedd yn derbyn ei fod wedi cael ei orchfygu.

Aeth y bwled i mewn y tu ôl i'r glust dde. Neidiodd y corff i'r awyr, crymodd yr ysgwyddau, a meddalu o flaen llygaid Cordelia fel petai'r esgyrn yn toddi'n gŵyr, cyn dod i orffwys o'r diwedd ar draws y ddesg. Troes yn beth; fel Bernie; fel ei thad.

Meddai Miss Leaming:

'Fo laddodd fy mab i.'

'Eich mab chi?'

'Wrth gwrs. Fy mab i oedd Mark. Ei fab o a fi. Ro'n i'n meddwl efallai y byddech chi wedi dyfalu hynny.'

Safodd a'r gwn yn ei llaw gan syllu â'i llygaid difynegiant drwy'r ffenestr agored. Roedd popeth yn dawel, popeth yn llonydd.

Meddai ymhen ysbaid:

'Roedd o'n dweud calon y gwir pan dd'wedodd o na allai neb ei gyhuddo fo. Doedd 'na ddim prawf.'

'Sut allech chi'i ladd o 'te?' meddai Cordelia'n wyllt. 'Sut allech chi fod mor siŵr?'

Heb ollwng ei gafael ar y gwn, rhoddodd Miss Leaming ei llaw ym mhoced ei gŵn-wisg. Gollyngodd rywbeth ar wyneb y ddesg. Rholiodd y peth euraid, crwn dros y pren gloyw a daeth i orffwys yn ymyl Cordelia.

'Fi oedd biau'r lipstic 'na,' meddai Miss Leaming. 'Fe ges i hyd iddo fo gynnau ym mhoced ei siwt orau. Doedd o ddim wedi'i gwisgo hi er noson y cinio. Roedd o fel pioden, yn rhoi pethau bach yn ei bocedi o hyd.'

Yn y bôn, doedd gan Cordelia ddim amheuaeth fod

Syr Ronald yn euog, ac eto roedd arni angen adfer ei hyder.

'Ond fe allai Lunn fod wedi rhoi'r lipstic yno er mwyn bwrw'r bai ar Syr Ronald!'

'Ddaru Lunn ddim lladd Mark. Roedd o yn y gwely efo fi y noson y bu Mark farw. Fe adawodd o fi am ryw bum munud toc wedi wyth i wneud galwad ffôn, dyna i gyd.'

'Roeddech chi mewn cariad â Lunn!'

'Peidiwch ag edrych arna i fel 'na! Dim ond un dyn a gerais i 'rioed, ac rwy newydd ladd hwnnw rŵan. Thâl hi ddim i chi drio trafod pethau nad ydych chi'n eu deall. Doedd a wnelo cariad ddim â'r hyn roedd Lunn a minnau'n ei wneud.'

Meddai Cordelia, wedi ennyd fer o dawelwch:

'Oes 'na rywun arall yn y tŷ?'

'Nac oes. Mae'r gweision yn Llundain a does 'na neb yn gweithio'n hwyr yn y lab heno.'

Ac roedd Lunn wedi marw.

'Well i chi ffonio'r heddlu, mae'n debyg,' meddai Miss Leaming yn flinedig.

'Ydych chi eisiau i mi wneud?'

'Be ydy'r ots, bellach?'

'Carchar ydy'r ots. Colli'ch rhyddid. Ydych chi am i'r gwir gael ei ddatgelu mewn llys agored? Ydych chi am i bawb gael gwybod sut fu'ch mab farw a phwy a'i lladdodd o? Ai dyna fyddai dymuniad Mark?'

'Nage. Doedd Mark ddim yn credu mewn cosb. D'wedwch wrtha i be sy raid i mi'i wneud.'

'Mae'n rhaid i ni weithio'n gyflym a chynllunio'n ofalus. Mae'n bwysig ein bod ni'n ymddiried yn ein gilydd ac mae'n rhaid i ni fod yn glyfar.'

'Rydyn ni yn glyfar. Be sy raid i ni'i wneud?'

Tynnodd Cordelia'i hances o'i llawes a'i gollwng dros y gwn. Cymerodd yr arf o law Miss Leaming a'i osod ar y ddesg. Cydiodd yng ngarddwrn denau'r wraig a gwthiodd ei llaw anfodlon yn erbyn cledr llaw Syr Ronald gan orfodi'r bysedd byw anystwyth yn erbyn llaw feddal y dyn marw.

'Mi allai fod 'na ôl tanio. Dydw i ddim yn gwybod llawer am hynny, ond mae'n bosib y bydd yr heddlu'n gwneud rhyw fath o brawf. Rŵan 'te, cerwch i olchi'ch dwylo ac i nôl pâr o fenig ysgafn i mi. Brysiwch!'

Gadawodd yr ystafell heb ddweud gair. Edrychodd Cordelia'n fanwl ar y gwyddonydd marw. Roedd o wedi cwympo â'i ên yn erbyn wyneb y ddesg a'i freichiau'n hongian wrth ei ochrau. Ystum chwithig, anghyfforddus yr olwg a wnâi iddo edrych fel petai'n ei llygadu'n gas dros ymyl y ddesg. Ni allai Cordelia edrych i'w lygaid, ond roedd hi'n ymwybodol nad oedd hi'n teimlo dim—dim casineb, dim dicter, dim tosturi. Rhwng ei llygaid hi a'r ffurf afrosgo a bwysai ar y ddesg, crogai siâp tenau, hir, y pen erchyll yn wyrgam a bodiau'i draed bron cyffwrdd â'r llawr. Cerddodd draw at y ffenestr agored a syllodd allan dros yr ardd gyda chwilfrydedd diniwed rhywun a ddisgwyliai mewn ystafell aros. Roedd yr awyr yn gynnes ac yn llonydd. Llifai persawr y rhosod yn donnau drwy'r ffenestr, yn gyfoglyd o felys un funud, ac yna'n ddiflanedig fel rhyw frith atgof.

Parhaodd yr ysbaid heddychlon ddiamser hon lai na munud. Yna dechreuodd Cordelia gynllunio. Cofiodd am achos Clandon. Gallai'i gweld ei hun a Bernie nawr, yn eistedd ar foncyff yn Fforest Epping yn bwyta'u picnic. Bron na allai arogli'r bara ffres, y menyn a'r caws blasus. Roedd o wedi rhoi'r gwn ar y rhisgl rhyngddyn nhw ac wedi mwngial drwy'i frechdan gaws. 'Sut faset ti'n dy saethu dy hun tu ôl i dy glust dde, Cordelia? Tyrd yn dy flaen—dangos i mi.'

Roedd Cordelia wedi cydio yn y gwn â'i llaw dde, gan orffwys ei mynegfys yn ysgafn ar y triger, ac wedi codi'i braich tu ôl i'w phen fel bod safn y gwn yn pwyso'n erbyn ei gwegil. 'Fel hyn?' 'Nage, wir. Ddim taset ti'n hen law ar drin gwn. Dyna'r camgymeriad wnaeth Mrs Clandon a bu bron iddi gael ei chrogi o'r herwydd. Fe saethodd hi'i gŵr y tu ôl i'r glust dde ac yna ceisiodd ffugio hunanladdiad. Ond roedd hi wedi gosod y bys anghywir ar y triger. Petai o wedi'i saethu'i hun y tu ôl i'w glust dde mi fyddai o wedi gwasgu'r triger efo'i fawd a dal y gwn efo cledr ei law rownd cefn y *butt*. Dwi'n cofio'r achos yna'n dda iawn. Dyna'r llofruddiaeth gynta i mi weithio arni efo'r Siwper—Inspector Dalgliesh oedd o ar y pryd, wrth gwrs. Mi ddaru Mrs Clandon gyfadde yn y diwedd.' 'Be ddigwyddodd iddi, Bernie?' 'Carchar am oes. Petai hi heb geisio ffugio hunanladdiad, mae'n debyg y byddai wedi'i chael yn euog o ddynladdiad yn lle mwrdwr. Doedd gan y rheithgor fawr o feddwl o rai o arferion 'rhen Fejor Clandon.'

A byddai Miss Leaming yn cael ei dyfarnu'n euog o lofruddiaeth hefyd, oni ddatgelai hi'r gwir am farwolaeth Mark.

Roedd hi wedi dychwelyd i'r ystafell erbyn hyn. Rhoddodd bâr o fenig cotwm tenau i Cordelia.

'Rwy'n meddwl y byddai'n well i chi aros tu allan,' meddai Cordelia. 'Os na welwch chi be sy'n cael ei wneud, fydd dim raid i chi drio'i anghofio fo. Be oeddech chi'n ei wneud pan welsoch chi fi yn y cyntedd?'

'Mynd i nôl diod o'n i, whisgi bach.'

'Yna fe fyddech chi wedi 'ngweld i eto yn dod allan o'r stydi wrth i chi fynd 'nôl i'r llofft. Cerwch i nôl y whisgi rŵan 'te, a'i roi o ar y bwrdd bach 'na yn y cyntedd. Bydd yr heddlu'n sylwi ar bethe felly.'

Ar ei phen ei hun unwaith eto, cydiodd Cordelia yn y gwn. Roedd hi'n casáu'r hen beth erbyn hyn. A hithau wedi meddwl amdano fel tegan diniwed! Glanhaodd ef yn ofalus â'r hances er mwyn dileu olion bysedd Miss

Leaming. Yna cydiodd ynddo. Ei gwn hi oedd o. Byddai'r heddlu'n disgwyl canfod rhai o'i holion bysedd hi arno yn ogystal â rhai'r dyn marw. Gosododd ef ar y ddesg unwaith eto a gwisgodd y menig. Hwn oedd y darn anodd. Gafaelodd yn y gwn yn ofalus. Cydiodd yn y llaw dde ddiymadferth. Gwthiodd ei fawd yn ofalus yn erbyn y triger, a gwasgu cledr y llaw oer rownd cefn y *butt*. Yna fe'i gollyngodd a gadael i'r gwn syrthio. Tynnodd y menig ac aeth allan i'r cyntedd at Miss Leaming, gan gau drws y stydi'n dawel o'i hôl.

'Dyna chi. Rhowch y menig 'ma'n ôl yn eu lle rŵan, rhag ofn i'r heddlu ddod o hyd iddyn nhw.'

Diflannodd Miss Leaming am rai eiliadau ac meddai Cordelia wrthi pan ddychwelodd:

'Rŵan 'te, mae'n rhaid i ni actio'r gweddill, yn union fel tae o wedi digwydd. Rydych chi'n dod i 'nghyfarfod i wrth i mi ddod allan o'r stydi. Rwy wedi bod efo Syr Ronald am ryw ddwy funud. Rydych chi'n rhoi'ch gwydraid o whisgi ar y bwrdd bach yn y cyntedd ac yn cerdded efo fi at ddrws y ffrynt. Rydych chi'n dweud— be dd'wedech chi?'

'Ydych chi wedi cael eich talu?'

'Naddo. Mae o wedi dweud wrtha i am ddod 'nôl yn y bore i gael 'y nhalu. Mae'n ddrwg gen i am hyn. Rwy wedi dweud wrth Syr Ronald 'mod i am roi'r gorau i'r achos.'

'Eich busnes chi yw hynny, Miss Gray. Do'n i ddim yn cytuno â'r peth o'r dechrau.'

Roedd y ddwy'n cerdded allan drwy ddrws y ffrynt erbyn hyn. Yn sydyn, trodd Miss Leaming at Cordelia ac meddai'n frysiog yn ei llais arferol:

'Mae 'na un peth pwysig y dylech chi'i wybod. Fi ddaeth o hyd i Mark gynta a ffugio'r hunanladdiad. Roedd o wedi fy ffonio i'n gynharach yn y dydd a gofyn i mi alw. Allwn i ddim mynd tan ar ôl naw gan 'mod i efo Lunn. Do'n i ddim am iddo fo ddechrau amau rhywbeth.'

'Ond pan ddaethoch chi o hyd i Mark, ddaru o mo'ch taro chi fod 'na rywbeth od ynglŷn â'i farwolaeth o? Roedd y llenni wedi'u tynnu, ond doedd y drws ddim ar glo. A doedd 'na ddim golwg o'r lipstic.'

'Do'n i'n amau dim nes i mi'ch clywed chi'n siarad heno. Rydyn ni i gyd yn gyfarwydd â phethau fel hyn bellach. Ro'n i'n credu'r hyn welais i. Roedd o'n wrthun i mi, ond roedd raid i mi wneud rhywbeth. Gweithiais yn gyflym a 'nghalon yn 'y ngwddw rhag ofn i rywun ddod. Sychais ei wyneb o efo hances wlyb. Ro'n i'n meddwl na fyddai'r lipstic byth yn dod i ffwrdd. Tynnais y dillad isa' a rhoi'r jîns oedd ar gefn y gadair amdano fo. Ddaru mi ddim aros i wisgo'i sgidiau fo, doedd hynny ddim yn bwysig ar y pryd. Y peth gwaetha i gyd oedd teipio'r nodyn. Gwyddwn y byddai'i gyfrol o o waith Blake yn y bwthyn yn rhywle ac y byddai'r darn a ddewisais i'n fwy tebyg o ddarbwyllo pobl na nodyn cyffredin. Swniai clecian y teipiadur yn annaturiol o uchel yn y distawrwydd; roedd arna i ofn am 'y mywyd y byddai rhywun yn clywed. Roedd Mark wedi bod yn cadw rhyw fath o ddyddiadur. Doedd gen i ddim amser i'w ddarllen o ond llosgais y cwbl yn y grât. Ac yna, ddaru mi gasglu'r dillad a'r lluniau ynghyd yn un sypyn a dod â nhw yma i'w llosgi yn ffwrnais y lab.'

'Fe ges i hyd i un o'r lluniau yn yr ardd. A ddaru chi ddim llwyddo i gael gwared â'r lipstic i gyd.'

'Dyna sut ddaru chi ddyfalu?'

Atebodd Cordelia mohoni'n syth. Beth bynnag a ddigwyddai doedd hi ddim am dynnu enw Isabelle de Lasterie drwy'r baw.

'Do'n i ddim yn siŵr ai chi oedd wedi bod yno gynta, ond roedd 'na bedwar peth yn gwneud i mi amau hynny. Yn y lle cynta, doeddech chi ddim yn awyddus i mi weithio ar achos Mark; mae gennych chi radd mewn

Saesneg, a gallech fod yn gyfarwydd â'r dyfyniad 'na o waith Blake; ro'n i'n siŵr fod y nodyn wedi cael ei deipio gan rywun profiadol—fel chi—ac nid gan Mark, er gwaetha'r ymgais i wneud iddo ymddangos felly; a'r tro cynta y gofynnais i gwestiwn ynglŷn â'r nodyn, ddaru chi adrodd y dyfyniad ar ei hyd. Doedd y fersiwn teipiedig ddim yn gyflawn. Fe sylwais i ar hynny pan ddangoswyd y nodyn i mi yn swyddfa'r heddlu. Dyna'r dystiolaeth gryfa oedd gen i.'

Roedden nhw wedi cyrraedd y car erbyn hyn.

'Rhaid i ni ffonio'r heddlu rŵan,' meddai Cordelia. 'Rhag ofn fod rhywun wedi clywed yr ergyd.'

'Dydy hynny ddim yn debygol. Mae 'na dipyn o ffordd i'r pentre. Ydyn ni'n ei glywed o rŵan?'

'Ydyn. Rydyn ni'n ei glywed o rŵan.' Aeth eiliad heibio, ac yna meddai Cordelia:

'Be oedd hwnna? Roedd o'n swnio fel ergyd gwn.'

'Go brin. Roedd o'n fwy tebyg i sŵn car yn tanio.'

Siaradai Miss Leaming fel actores wael, a'i geiriau'n stiff. Fyddai hi ddim yn argyhoeddi neb, meddyliodd Cordelia, ond o leia roedd hi'n dweud y geiriau; fe fyddai hi'n siŵr o'u cofio nhw.

'Ond does 'na'r un car wedi mynd heibio ers tro. Ac o gyfeiriad y tŷ ddaeth y sŵn.'

Edrychodd y ddwy ar ei gilydd, a dechrau rhedeg yn ôl am y tŷ, drwy'r drws agored ac i'r cyntedd. Petrusodd Miss Leaming am funud ac edrych ym myw llygaid Cordelia cyn agor drws y stydi. Aeth Cordelia i mewn ar ei hôl.

'Mae 'na rywun wedi'i saethu o!' meddai Miss Leaming. 'Well i mi ffonio'r heddlu.'

'Fyddech chi ddim yn dweud hynna!' meddai Cordelia. 'Peidiwch byth â meddwl fel 'na! Mi fyddech chi'n mynd at y corff i ddechrau ac yna mi fyddech chi'n dweud:

"Mae o wedi'i saethu'i hun. Well i mi ffonio'r

heddlu." '

Edrychodd Miss Leaming yn ddideimlad ar gorff ei chariad, yna taflodd gipolwg o gwmpas yr ystafell ac meddai, gan anghofio'i bod hi'n actio:

'Be ydech chi wedi'i wneud fan hyn? Be am olion bysedd?'

'Peidiwch â phoeni. Rwy wedi gofalu am bethau felly. Y cyfan sy raid i chi'i gofio ydy nad oeddech chi'n gwybod bod gen i wn pan ddes i i Garforth House y tro cynta; doeddech chi ddim yn gwybod bod Syr Ronald wedi'i gymryd o oddi arna i. Welsoch chi 'rioed mo'r gwn tan rŵan. Pan gyrhaeddais i heno, ddaru chi fynd â fi i'r stydi a 'ngweld i'n dod allan wedyn ymhen rhyw ddwy funud. Ddaru ni gerdded efo'n gilydd at y car a sgwrsio fel wnaethon ni gynnau. Ddaru ni glywed yr ergyd. Fe wnaethon ni'r hyn rydyn ni newydd ei wneud. Anghofiwch bopeth arall. Pan fyddan nhw'n eich holi chi, peidiwch ag ymhelaethu, peidiwch â dyfeisio, peidiwch â bod ofn dweud nad ydych chi'n cofio. A rŵan—cerwch i ffonio heddlu Caer-grawnt.'

Dair munud yn ddiweddarach roedd y ddwy'n sefyll gyda'i gilydd wrth y drws agored yn disgwyl am yr heddlu. Meddai Miss Leaming:

'Rhaid i ni beidio â siarad efo'n gilydd wedi iddyn nhw ddod. Ac ar ôl hyn, rhaid i ni beidio â gweld ein gilydd o gwbl. Fe fyddan nhw'n gwybod na allith hwn ddim bod yn llofruddiaeth oni bai'n bod ni'n dwy wedi cynllwynio'r peth efo'n gilydd. A pham y gwnaen ni hynny? Dim ond unwaith o'r blaen rydyn ni wedi cyfarfod, a dydyn ni ddim hyd yn oed yn hoffi'n gilydd.'

Roedd hi'n iawn, meddyliodd Cordelia. Doedden nhw ddim yn hoffi'i gilydd. A dweud y gwir, fyddai hi'n malio dim petai Elizabeth Leaming yn mynd i garchar;

ond doedd hi ddim am weld mam Mark yn mynd i garchar chwaith. A doedd hi ddim am weld y gwir ynglŷn â'i farwolaeth o'n cael ei ddatgelu. A oedd hynny'n afresymol, meddyliodd. Wnâi o ddim gwahaniaeth iddo bellach, a ph'run bynnag doedd o ddim yn un i boeni beth oedd pobl yn ei feddwl ohono fo. Ond roedd Ronald Callender wedi halogi'i gorff o ar ôl iddo fo farw; wedi cynllwynio i'w wneud o'n gyff gwawd neu, ar y gorau, yn wrthrych tosturi. Roedd hi wedi casáu Ronald Callender. Ond doedd hi ddim wedi ewyllysio iddo farw chwaith; fyddai hi byth wedi gallu gwasgu'r triger. Ond roedd o wedi marw ac ni theimlai unrhyw dristwch; a wnâi hi ddim i sicrhau bod ei lofrudd yn cael ei chosbi. Wrth syllu allan i'r nos yn disgwyl am yr heddlu, derbyniodd Cordelia unwaith ac am byth erchylltra'r hyn a wnaethai eisoes ac a wnâi eto. Ni theimlodd fyth wedyn yr un pigyn o dristwch nac edifeirwch.

Dywedodd Miss Leaming:

'Mae'n debyg fod gennych chi rai cwestiynau i'w gofyn, cwestiynau y dylech chi gael atebion iddyn nhw. Fe allwn ni gyfarfod yng Nghapel King's College yn union ar ôl y gosber ar y dydd Sul cynta ar ôl y cwest. Mi a' i drwodd i'r gangell, ac arhoswch chithau yng nghorff yr eglwys. Mi 'drychith hynny fel taen ni wedi cyfarfod ar ddamwain, hynny yw os bydd y ddwy ohonon ni'n dal yn rhydd.'

Sylweddolodd Cordelia fod Miss Leaming yn cymryd yr awenau i'w dwylo'i hun unwaith eto. Meddai:

'Mi fyddwn ni. Os na chollwn ni'n pennau, fe fydd popeth yn iawn.'

Cafwyd eiliad o dawelwch. Yna, meddai Miss Leaming:

'Maen nhw'n cymryd eu hamser. Fe ddylen nhw fod yma erbyn hyn.'

'Fyddan nhw fawr o dro rŵan.'

Chwarddodd Miss Leaming yn sydyn ac meddai'n chwerw:

'Does 'na ddim byd i'w ofni. Dim ond dynion ydyn nhw wedi'r cwbl.'

Thorrodd yr un o'r ddwy air ymhellach. Clywsant y ceir yn dynesu rai eiliadau cyn i'r goleuadau sgubo dros y lôn, gan lewyrchu ar y graean, a disgleirio ar y blodau bach glas ar y llwyn ar wal y tŷ, a dallu'r gwylwyr ger y drws. Yna, pylodd y goleuadau wrth i'r ceir stopio o flaen y tŷ. Ymddangosodd nifer o siapiau tywyll a dynesu'n bwyllog ond yn benderfynol at y ddwy wraig. Yn sydyn, roedd y cyntedd yn byrlymu o ddynion mawr, hunanfeddiannol, rhai mewn iwnifform a rhai yn eu dillad eu hunain. Llechodd Cordelia yn erbyn y wal ond camodd Miss Leaming i'r adwy, gan siarad â hwy'n dawel a'u harwain i'r stydi.

Arhosodd dau heddwas yn y cyntedd. Sgyrsient â'i gilydd heb gymryd sylw o Cordelia. Cyn bo hir, cyrhaeddodd rhagor o geir a rhagor o ddynion. Meddyg yr heddlu ddaeth i mewn yn gyntaf; roedd hynny'n amlwg o'r bag a gariai. Cyfarchwyd ef:

'Noswaith dda, Doc. Ffordd hyn, os gwelwch yn dda.'

Tybed pa mor aml y clywsai'r geiriau hynny? Taflodd gipolwg chwilfrydig ar Cordelia wrth iddo drotian drwy'r cyntedd, dyn tew, blêr yr olwg, ei wyneb yn goch ac yn bwdlyd fel plentyn a gafodd ei ddihuno o drwmgwsg. Yna daeth ffotograffydd yn cario camera, stand deirtroed a llond bocs o offer; ac yna arbenigwr ar olion bysedd a dau swyddog arall yn eu dillad eu hunain. Dyfalodd Cordelia, o'r hyn a ddywedasai Bernie wrthi, mai'r *scenes-of-crime officers* oedd y rhain. Felly, roedden nhw'n trin y mater fel marwolaeth amheus. A pham lai? Yr oedd hi'n amheus.

Er bod y penteulu'n farw gelain, roedd y tŷ'n llawn bwrlwm. Siaradai'r heddlu, nid mewn sibrydion, ond yn eu lleisiau hyderus arferol. Doedd marwolaeth ddim yn eu sobreiddio nhw. Roedden nhw'n bobl broffesiynol a chanddynt waith i'w wneud. Roeddynt wedi hen arfer â marwolaethau erchyll. Roedden nhw wedi gweld gormod o gyrff: cyrff oedd wedi cael eu crafu oddi ar wyneb priffyrdd; cyrff oedd wedi cael eu llwytho fesul darn i mewn i ambiwlans; cyrff oedd wedi cael eu pysgota â bachyn a rhwyd o ddyfnder afonydd; cyrff pwdr oedd wedi cael eu codi o bridd gwlyb. Ac fel meddygon, roedden nhw'n garedig wrth y rhai nad oeddynt yn gyfarwydd â phethau o'r fath. Roedd y corff hwn, tra oedd o'n anadlu, wedi bod rywfaint yn bwysicach na phobl eraill. Doedd o ddim yn bwysig bellach, er y gallai achosi trafferthion iddynt o hyd. Ac o'r herwydd fe fydden nhw gymaint â hynny'n fwy cydwybodol, gymaint â hynny'n fwy pwyllog. Ond dim ond achos oedd o wedyn, fel pob achos arall.

Eisteddai Cordelia ar ei phen ei hun, yn disgwyl. Roedd hi wedi blino'n lân. Roedd hi bron marw eisiau rhoi'i phen i lawr ar fwrdd y cyntedd a mynd i gysgu. Doedd hi prin yn ymwybodol o Miss Leaming yn cerdded drwy'r cyntedd ar ei ffordd i'r parlwr, nac o'r swyddog tal oedd yn siarad â hi. Chymerodd yr un o'r ddau unrhyw sylw o'r person bychan yn y siwmper anferth a eisteddai yn ymyl y wal. Roedd Cordelia'n benderfynol o gadw'n effro. Gwyddai beth oedd raid iddi'i ddweud; roedd y cyfan yn ddigon clir yn ei meddwl. Pam na ddeuen nhw i'w holi hi, fel y câi hi lonydd wedyn i fynd i gysgu?

Ar ôl i'r ffotograffydd a'r arbenigwr-olion-bysedd orffen eu gwaith daeth un o'r swyddogion allan at Cordelia. Er i'w wyneb fynd yn angof yn fuan iawn, anghofiodd hi fyth mo'i lais: llais gofalus, pwyllog, heb 'run arlliw o deimlad ar ei gyfyl o. Roedd y gwn ar hances ar gledr ei law. Fe'i daliodd o dan drwyn Cordelia.

'Ydych chi'n adnabod yr arf yma, Miss Gray?'

Pam oedd o wedi defnyddio'r gair arf, yn hytrach na gwn, meddyliodd Cordelia.

'Rwy'n credu 'mod i. Rwy'n meddwl mai 'ngwn i ydy o.'

'Ond dydych chi ddim yn siŵr?'

'Mae'n rhaid mai 'ngwn i ydy o, os nad oedd gan Syr Ronald un 'run fath. Aeth â fo oddi arna i y tro cynta y des i yma—ryw bedwar neu bum niwrnod yn ôl. Roedd o wedi addo'i roi o'n ôl i mi bore fory pan fyddwn i'n cael 'y nhalu.'

'Ai dwywaith yn unig rydych chi wedi bod yn y tŷ 'ma?'

'Ie.'

'Oeddech chi wedi cyfarfod â Syr Ronald Callender neu Miss Leaming o'r blaen?'

'Nac oeddwn. Dim tan i Syr Ronald 'y nghyflogi i.'

Gadawyd hi ar ei phen ei hun unwaith eto. Gorffwysodd Cordelia'i phen yn erbyn y wal a chymerodd gyntun bach. Daeth swyddog arall ati, a phlismon ifanc gydag o i gymryd nodiadau. Holwyd rhagor o gwestiynau. Adroddodd Cordelia'i stori barod ac fe'i cofnodwyd hi gan y plismon. Yna, heb wneud unrhyw sylw, aeth y ddau ymaith.

Rhaid ei bod hi wedi cysgu. Deffrôdd i weld plismon tal mewn iwnifform yn sefyll o'i blaen. Meddai wrthi:

'Mae Miss Leaming yn y gegin yn hwylio paned o de, Miss. Beth am fynd i roi help llaw iddi? Rhywbeth i ladd amser, yntê?'

Mynd i symud y corff maen nhw, meddyliodd Cordelia.

'Wn i ddim ble mae'r gegin,' meddai.

Edrychodd y plismon yn syn arni.

'O, mae'r lle 'ma'n ddiarth i chi ydy o, Miss? Dewch ffordd hyn.'

Roedd y gegin yng nghefn y tŷ. Roedd yr oglau sbeis,

197

olew a saws tomato yn atgoffa Cordelia o brydau bwyd a gafodd yn yr Eidal gyda'i thad. Roedd Miss Leaming yn estyn cwpanau oddi ar ddresel fawr. Clywai Cordelia sŵn y tegell yn hisian. Arhosodd y plismon gyda nhw. Felly doedden nhw ddim yn mynd i gael eu gadael ar eu pennau eu hunain. Meddai Cordelia:

'Alla i helpu?' Nid edrychodd Miss Leaming arni.

'Mae 'na fisgedi yn y tun acw. Rhowch nhw ar hambwrdd os mynnwch chi. Mae'r llaeth yn yr oergell.'

Symudai Cordelia fel robot. Teimlai'r botel laeth fel colofn o rew yn ei dwylo, a chafodd gryn drafferth i agor caead y tun bisgedi, gan dorri ewin yn y fargen. Edrychodd o'i chwmpas a sylwodd ar galendr ac arno lun o'r Santes Theresa o Avila, a'i hwyneb annaturiol o hir a gwelw yn debyg i ryw Miss Leaming sanctaidd. Sylwodd ar ddau beth arall: mul tsieni, a chanddo het wellt fechan ar ei ben, yn cario dwy fasgedaid o flodau sych, a dysgl las anferth yn llawn wyau brown.

Roedd yno ddau hambwrdd. Cymerodd yr heddwas y mwyaf o'r ddau oddi ar Miss Leaming ac arwain y ffordd i'r cyntedd. Dilynodd Cordelia gyda'r ail hambwrdd, gan ei ddal yn uchel yn erbyn ei brest fel plentyn yn cael y fraint o helpu'i fam. Ymgasglodd y plismyn o'u cwmpas. Estynnodd Cordelia gwpanaid iddi'i hun a mynd 'nôl i'w chadair.

Ar hynny, clywodd sŵn car arall. Daeth dynes ganol-oed i mewn a *chauffeur* mewn iwnifform yn ei dilyn. Trwy niwl ei blinder, clywodd Cordelia lais uchel, awdurdodol.

'Eliza, 'nghariad annwyl i, mae hyn yn ddychrynllyd! Mae'n rhaid i chi ddod i'r Lodge 'da fi heno. Na, rwy'n mynnu. Ydy'r Prif Gwnstabl yma?'

'Nac ydy, Marjorie, ond mae'r swyddogion yma wedi bod yn garedig iawn.'

'Rhowch yr allweddi iddyn nhw. Fe allan nhw gloi'r tŷ pan fyddan nhw wedi bennu. Chewch chi ddim aros yn y tŷ 'ma ar eich pen eich hun heno.'

Atseiniai llais uchel yr ymwelydd fel cloch uwchben y lleisiau eraill yn ystod y cyflwyniadau a'r ymgynghori a ddilynodd. Diflannodd Miss Leaming i'r llofft gyda'i ffrind ac ymddangosodd bum munud yn ddiweddarach gyda ches bach a'i chôt ar ei braich. Hebryngwyd y ddwy at y car gan y *chauffeur* ac un o'r ditectifs. Nid edrychodd neb ar Cordelia.

Bum munud yn ddiweddarach daeth yr Arolygydd at Cordelia ag allwedd yn ei law.

'Mi fyddwn ni'n cloi'r tŷ heno, Miss Gray. Mae'n hen bryd i chi fynd adre. Ydych chi'n bwriadu aros yn y bwthyn?'

'Dim ond am chydig o ddyddiau, os bydd Mejor Markland yn fodlon.'

'Mae golwg wedi blino'n lân arnoch chi. Mi aiff un o'r dynion 'ma â chi adre yn eich car eich hun. Hoffwn i gael datganiad ysgrifenedig gennych chi fory. Ddowch chi i'r orsaf gynted fedrwch chi ar ôl brecwast? Mi wyddoch ble mae hi?'

'Gwn.'

Gyrrodd un o geir panda'r heddlu i ffwrdd yn gyntaf, a'r Mini'n ei ddilyn. Roedd yr heddwas yn gyrru'n gyflym gan daflu'r car bach rownd y corneli. Gorffwysai pen Cordelia'n gysglyd ar gefn y sedd ac fe'i teflid hi o dro i dro yn erbyn braich y gyrrwr. Roedd hwnnw yn llewys ei grys ac ar adegau gallai deimlo'i gnawd cynnes, cysurus drwy'r cotwm. Roedd ffenestr y car ar agor ac roedd hi'n ymwybodol o awyr poeth y nos yn gwibio heibio'i hwyneb, o'r cymylau'n rasio, ac o liwiau anhygoel y wawr ar orwel pell y dwyrain. Ymddangosai'r ffordd yn ddieithr iddi ac roedd amser fel petai wedi colli arno'i hun yn lân. Ceisiodd ddyfalu pam roedd y car wedi stopio mor sydyn ond ymhen ysbaid adnabu'r gât ddi-lun gerllaw a'r gwrych tal yn crymanu dros y lôn fel cysgod bygythiol. Roedd hi wedi cyrraedd.

'Ai dyma'r lle, Miss?' gofynnodd y gyrrwr.

'Ie, dyma fo. Ond mi fydda i'n arfer cadw'r Mini ymhellach i lawr y lôn. Mae 'na lecyn bach ar y dde lle gallwch chi'i barcio fo.'

'Iawn, Miss.'

Aeth allan o'r car i ymgynghori â'r gyrrwr arall ac yna gyrrodd yn ara' deg am yr ychydig lathenni oedd yn weddill o'r siwrnai. A nawr, o'r diwedd, roedd car yr heddlu wedi ymadael ac roedd hithau ar ei phen ei hun wrth y gât. Gwthiodd â'i holl egni yn erbyn pwysau'r chwyn, a llwyddo o'r diwedd i agor y gât. Roedd hi'n go simsan ar ei thraed wrth ymlwybro heibio i dalcen y bwthyn ac at y drws cefn. Ei thasg olaf oedd cael yr allwedd i mewn i'r clo. Doedd 'na'r un gwn i'w guddio bellach; a doedd dim angen gwneud yn siŵr fod y tâp a seliai'r ffenestri yn dal yn gyfan. Roedd Lunn wedi marw ac roedd hithau'n fyw. Doedd Cordelia erioed wedi bod mor flinedig â hyn. Aeth i fyny i'r llofft fel petai hi'n cerdded yn ei chwsg. Roedd hi wedi blino gormod i ddringo i mewn i'w sach gysgu. Llithrodd oddi tani a chysgodd yn sownd.

Ymddangosai'r dyddiau tan y cwest fel misoedd i Cordelia. Cwest ffurfiol, pwyllog oedd o, fel un Bernie, ond roedd 'na un gwahaniaeth. Rhyw ddyrnaid yn unig o fêts Bernie oedd wedi sleifio i mewn i gynhesrwydd y meinciau cefn i dalu'u cymwynas olaf. Heddiw roedd y lle'n llawn cyfeillion a chyd-weithwyr difrifol yr olwg, a chyfreithwyr a phlismyn yn sibrwd cyfrinachau wrth ei gilydd yn awr ac yn y man. Roedd hwn yn achlysur pwysig. Dyfalodd Cordelia mai cyfreithiwr Miss Leaming oedd y dyn gwallt gwyn a'i hebryngodd hi i mewn ac a oedd mor ofalus ohoni. Gwyliodd ef wrth ei waith. Gŵr hynaws, nad oedd yn barod i ymostwng am eiliad i uchel swyddogion yr heddlu. Ymddangosai'n gwbl hyderus, fel petai'n ystyried yr holl beth yn ddim ond ymarferiad ffurfiol nad oedd angen poeni yn ei gylch.

Edrychai Miss Leaming yn welw iawn. Gwisgai'r siwt lwyd honno a oedd amdani pan gyfarfu Cordelia â hi am y tro cyntaf, gyda het fach ddu, menig du a sgarff *chiffon* ddu am ei gwddf. Edrychodd y ddwy wraig ddim ar ei gilydd. Eisteddodd Cordelia ar ei phen ei hun a gwenodd un neu ddau o'r heddweision iau arni'n dosturiol.

Miss Leaming a alwyd gyntaf i roi'i thystiolaeth, a gwnaeth hynny mewn llais tawel, hunanfeddiannol. Cadarnhau'r llw a wnaeth hi yn hytrach na'i gymryd, penderfyniad a achosodd eiliad o ofid i'w chyfreithiwr. Ond ni fu raid iddo boeni ymhellach. Tystiodd fod Syr Ronald wedi bod yn isel ei ysbryd ar ôl marwolaeth ei fab a'i bod hi'n credu'i fod o'n ei feio'i hun na fyddai wedi sylweddoli bod rhywbeth yn poeni Mark. Roedd o wedi dweud wrthi ei fod o'n bwriadu cyflogi ditectif preifat a hi oedd wedi mynd i gael gair â Miss Gray ac wedi dod â hi'n ôl i Garforth House. Dywedodd Miss Leaming ei bod hi wedi gwrthwynebu'r syniad; na welsai hi unrhyw bwrpas i'r peth. Roedd hi wedi meddwl y byddai archwiliad o'r fath yn debygol o ailagor clwyfau Syr Ronald. Ni wyddai fod gan Miss Gray wn nac ychwaith fod Syr Ronald wedi'i gymryd oddi arni. Ni fuasai hi'n bresennol gydol y cyfweliad cyntaf. Roedd Syr Ronald wedi mynd â Miss Gray i weld ystafell ei fab tra oedd hi, Miss Leaming, wedi mynd i chwilio am lun o Mark i'w ddangos i Miss Gray.

Holodd y crwner hi'n dawel ynglŷn â'r noswaith y bu Syr Ronald farw.

Atebodd Miss Leaming fod Miss Gray wedi cyrraedd i roi'i hadroddiad cyntaf ychydig ar ôl hanner awr wedi deg. Roedd hi'n digwydd bod yn cerdded drwy'r cyntedd ar y pryd. Roedd Miss Leaming wedi dweud wrthi ei bod hi'n hwyr iawn, ond roedd Miss Gray wedi dweud ei bod hi am roi'r gorau i'r achos a dychwelyd i

Lundain. Roedd hi wedi mynd â Miss Gray i'r stydi lle'r oedd Syr Ronald yn gweithio. Ymhen llai na dwy funud, roedd hi'n meddwl, roedd Miss Gray wedi dod allan o'r stydi ac roedd hithau, Miss Leaming, wedi cerdded efo hi at ei char; doedden nhw ddim wedi siarad llawer â'i gilydd. Roedd Miss Gray wedi dweud bod Syr Ronald wedi gofyn iddi ddychwelyd fore trannoeth iddi gael ei thalu. Doedd hi ddim wedi sôn gair am y gwn.

Ryw hanner awr ynghynt, roedd Syr Ronald wedi cael galwad ffôn gan yr heddlu i ddweud bod ei gynorthwywr labordy, Christopher Lunn, wedi cael ei ladd mewn damwain car. Doedd hi ddim wedi sôn wrth Miss Gray am Lunn cyn ei chyfweliad â Syr Ronald; doedd hynny ddim wedi croesi'i meddwl hi. Roedd y ferch wedi mynd ar ei hunion bron i'r stydi at Syr Ronald. Dywedodd Miss Leaming eu bod nhw ill dwy yn sefyll wrth y car yn sgwrsio pan glywsant yr ergyd. Roedd hi wedi tybio i ddechrau mai sŵn car yn tanio oedd o, ond yna roedd hi wedi sylweddoli bod y sŵn wedi dod o gyfeiriad y tŷ. Roedd y ddwy wedi rhuthro i'r stydi ac wedi canfod Syr Ronald yn gorwedd ar draws y ddesg. Roedd y gwn wedi cwympo i'r llawr.

Na, doedd Syr Ronald erioed wedi awgrymu wrthi hi ei fod o'n ystyried cyflawni hunanladdiad. Roedd hi wedi amau bod marwolaeth Mr Lunn wedi cael cryn effaith arno, ond roedd hi'n anodd bod yn siŵr. Nid oedd Syr Ronald yn un i ddangos ei deimladau. Roedd o wedi bod yn gweithio'n galed iawn yn ddiweddar, a doedd o ddim wedi dod ato'i hun yn iawn ar ôl marwolaeth ei fab. Ond nid oedd Miss Leaming wedi tybio am funud y byddai Syr Ronald yn cyflawni hunanladdiad.

Ar ei hôl hi daeth tystion yr heddlu, yn barchus ac yn broffesiynol, ac yn llwyddo i gyfleu'r argraff nad oedd dim o hyn yn newydd iddynt; roedden nhw wedi gweld y cyfan o'r blaen, ac fe fydden nhw'n ei weld o eto.

Fe'u dilynwyd hwy gan y meddygon, gan gynnwys y patholegydd a dystiodd, er diflastod i'r llys, i'r hyn a ddigwyddai pe saethid bwled naw deg gronyn i'r ymennydd dynol. Gofynnodd y crwner:

'Rydych chi wedi clywed tystiolaeth yr heddlu fod ôl bawd Syr Ronald ar driger y gwn ac ôl cledr ei law ar y *butt*. Beth mae hynny'n ei ddweud wrthoch chi?'

Edrychodd y patholegydd yn syn braidd, ond atebodd fod Syr Ronald, yn ôl pob tebyg, wedi dal y gwn gyda'i fawd ar y triger a'i bwyntio at ei ben. Tybiodd y patholegydd mai dyna fyddai'r dull rhwyddaf, o ystyried y man lle'r aethai'r bwled i mewn.

Yna, galwyd Cordelia gerbron y llys a chymerodd y llw. Roedd hi wedi bod yn pendroni a ddylai hi ddilyn esiampl Miss Leaming ai peidio. Ambell dro, ar fore Sul y Pasg fel arfer, yn enwedig os oedd hi'n fore heulog, braf, dymunai â'i holl galon fedru galw'i hun yn Gristion. Ond yna, weddill y flwyddyn, doedd 'na ddim amheuaeth beth oedd hi—agnostig, yn ddi-ddadl, ond un a gâi ambell bwl crefyddol annisgwyl. Ond ni allai fforddio bod yn gydwybodol ynglŷn â chrefydd mewn sefyllfa fel hon. Ni fyddai'r celwyddau a ddywedai hi fawr gwaeth am fod arlliw o gabledd arnynt.

Gadawodd y crwner iddi adrodd ei stori heb ymyrryd â hi. Synhwyrodd ei bod hi'n peri peth dryswch i'r llys ond doedd 'na ddim diffyg cydymdeimlad chwaith. Roedd hi'n gwisgo'i siwt ac roedd hi wedi prynu sgarff *chiffon* ddu i roi am ei phen. Cofiodd fod raid iddi alw'r crwner yn 'syr'.

Ar ôl iddi gadarnhau stori Miss Leaming ar sut y'i cafodd ei hun yn gweithio ar yr achos, gofynnodd y crwner iddi:

'A rŵan, Miss Gray, wnewch chi esbonio i'r llys beth ddigwyddodd y noson y bu Syr Ronald Callender farw?'

'Ro'n i wedi penderfynu, syr, nad o'n i am barhau â'r achos. Do'n i ddim wedi darganfod unrhyw beth o bwys; do'n i ddim yn meddwl bod 'na unrhyw beth i'w ddarganfod. Ro'n i wedi bod yn byw yn y bwthyn lle'r oedd Mark Callender wedi treulio wythnosau olaf ei fywyd ac ro'n i wedi dod i'r casgliad nad oedd yr hyn ro'n i'n ei wneud yn iawn. Ro'n i'n derbyn tâl am fusnesa i fywyd preifat Mark. Penderfynais ddweud wrth Syr Ronald 'mod i am roi'r gorau i'r achos. Mi es i Garforth House a chyrraedd yno tua hanner awr wedi deg. Ro'n i'n sylweddoli ei bod hi'n hwyr ond roedd arna i eisiau dychwelyd i Lundain ben bore trannoeth. Gwelais Miss Leaming yn y cyntedd, ac aeth hi â mi'n syth i'r stydi.'

'Wnewch chi, os gwelwch chi'n dda, ddisgrifio i'r llys sut oedd Syr Ronald ar y pryd?'

'Ymddangosai'n flinedig ac yn ddryslyd braidd. Ceisiais esbonio wrtho pam ro'n i am roi'r ffidil yn y to ond rwy'n amau'n fawr a oedd o'n fy nghlywed i. Dywedodd wrthyf am ddychwelyd fore trannoeth i gael fy nhalu ac atebais innau nad oedd arna i eisiau dim ond fy nhreuliau, ond y byddwn i'n falch o gael y gwn yn ôl. Gwnaeth arwydd arnaf i adael gan ddweud, "Bore fory, Miss Gray. Bore fory." '

'Ac fe aethoch chi?'

'Do, syr. Hebryngodd Miss Leaming fi at y car ac ro'n i ar fin cychwyn pan glywson ni'r ergyd.'

'Welsoch chi'r gwn pan oeddech chi yn y stydi efo Syr Ronald?'

'Naddo, syr.'

'A soniodd o'r un gair am farwolaeth Mr Lunn na rhoi'r argraff i chi ei fod o'n ystyried cyflawni hunanladdiad?'

'Naddo, syr.'

Chwaraeodd y crwner â'r pensil yn ei law am eiliad. Heb edrych ar Cordelia, gofynnodd:

'A rŵan, Miss Gray, allwch chi, os gwelwch chi'n dda, esbonio i'r llys sut ddaeth eich gwn i fod yn nwylo Syr Ronald.'

Dyma'r rhan anoddaf o ddigon, ond roedd Cordelia wedi paratoi'n ofalus. Roedd heddlu Caer-grawnt wedi bod yn drwyadl iawn. Roedden nhw wedi gofyn yr un cwestiynau drosodd a throsodd. Gwyddai Cordelia'n union sut roedd y gwn wedi dod i feddiant Syr Ronald. Daeth un o ddoethinebau Dalgliesh, y clywsai Bernie'n ei adrodd, i'w meddwl. Roedd hi wedi barnu ar y pryd ei fod o'n gyngor mwy priodol i droseddwr nag i dditectif. 'Peidiwch fyth â dweud celwydd dianghenraid; mae gan y gwir gryn awdurdod. Daliwyd y llofruddion clyfra, nid am eu bod nhw wedi dweud yr un celwydd angenrheidiol, ond am eu bod wedi para i ddweud celwydd pan fyddai'r gwir wedi gwneud y tro'n iawn.'

Meddai:

'Fy mhartner i, Mr Pryde, oedd biau'r gwn ac roedd o'n meddwl y byd ohono fo. Pan laddodd o'i hun gwyddwn ei fod o am i mi'i gael o. Dyna pam ddaru o dorri'i arddyrnau yn lle saethu'i hun. Byddai hynny wedi bod yn gyflymach ac yn haws.'

Cododd y crwner ei olygon yn sydyn.

'Oeddech chi yno pan laddodd o'i hun?'

'Nac oeddwn, syr. Ond fi ddaeth o hyd i'r corff.'

Cerddodd murmur o gydymdeimlad drwy'r llys.

'Oeddech chi'n gwybod nad oedd y gwn wedi'i drwyddedu?'

'Nac oeddwn, syr, er 'mod i wedi amau hynny. Fe ddes i â fo efo mi ar yr achos yma gan nad oedd arna i eisiau'i adael o yn y swyddfa, ac oherwydd ei fod o'n gysur i mi. Ro'n i wedi bwriadu gwneud yn siŵr ynglŷn â'r drwydded ar ôl mynd adre. Do'n i 'rioed wedi disgwyl y cawn i achos i ddefnyddio'r gwn. Do'n i ddim hyd yn oed yn meddwl amdano fo fel arf marwol. Yn syml iawn, hwn oedd f'achos cynta i; roedd Bernie wedi'i adael o imi, ac ro'n i'n teimlo'n hapusach wrth ei gael o efo mi.'

'Rwy'n gweld,' meddai'r crwner.

Meddyliodd Cordelia ei fod o *yn* gweld a bod y llys yn gweld hefyd. Roedden nhw'n ei choelio hi am ei bod hi'n dweud y gwir, pa mor annhebygol bynnag y swniai hwnnw. A nawr ei bod hi ar fin dweud celwydd, fe fydden nhw'n dal i'w choelio hi.

'A rŵan, wnewch chi, os gwelwch chi'n dda, ddweud wrth y llys pam y cymerodd Syr Ronald y gwn oddi arnoch chi.'

'Ro'n i wedi mynd i Garforth House am y tro cynta ac roedd Syr Ronald yn dangos llofft ei fab i mi. Gwyddai mai fi oedd unig berchennog yr Asiantaeth, ac awgrymodd ei bod hi'n swydd braidd yn anodd a brawychus i ferch. Atebais innau nad oedd arna i ofn a bod gwn Bernie gen i. Pan ddeallodd o fod y gwn gen i yn fy mag, mynnodd fy mod i'n ei drosglwyddo iddo fo. Dywedodd nad oedd o'n bwriadu cyflogi neb a allai'i niweidio'i hun neu rywun arall. Doedd o ddim am gymryd y cyfrifoldeb. Felly, fe gymerodd o'r gwn a'r bwledi oddi arna i.'

'A beth wnaeth o efo'r gwn?'

Roedd Cordelia wedi pendroni llawer dros hyn. Yn amlwg, doedd o ddim wedi cario'r gwn yn ei law i lawr o'r llofft neu fe fyddai Miss Leaming wedi'i weld o. Byddai wedi hoffi dweud ei fod o wedi'i roi o i gadw mewn drôr yn llofft Mark ond ni allai gofio a oedd droriau yn y bwrdd bach yn ymyl y gwely ai peidio. Meddai:

'Aeth â fo allan o'r stafell; ches i ddim gwybod i ble. Dychwelodd ymhen eiliad neu ddwy ac aethon ni'n dau i lawr y grisiau efo'n gilydd.'

'A welsoch chi mo'r gwn wedyn nes i chi'i weld o ar y llawr yn ymyl llaw Syr Ronald pan ddaethoch chi a Miss

206

Leaming o hyd i'r corff?'

'Naddo, syr.'

Cordelia oedd y tyst olaf. Ni fu raid iddynt aros yn hir cyn clywed y ddedfryd, sef bod Syr Ronald wedi'i ladd ei hun ond nad oedd unrhyw dystiolaeth ynglŷn â chyflwr ei feddwl ar y pryd. Gwnaeth y crwner araith hir am berygl gynnau. Roedd gynnau, meddid, yn gallu lladd pobl. Ac roedd gynnau heb drwydded yn fwy peryglus fyth. Llwyddodd i ymatal rhag ceryddu Cordelia'n bersonol, er bod hynny'n amlwg wedi golygu cryn ymdrech iddo. Cododd ar ei draed a chododd y llys gydag ef.

Ar ôl i'r crwner adael y fainc dechreuodd pawb sisial mewn grwpiau bychain. Roedd 'na gylch o bobl o gwmpas Miss Leaming cyn pen dim, yn cydymdeimlo â hi. Gwelodd Cordelia hi'n ysgwyd llaw ac yn gwrando'n astud, â'i hwyneb yn ddifrifol, wrth i rywun awgrymu'u bod nhw'n cynnal gwasanaeth coffa. Sut allai hi fyth fod wedi ofni y byddai neb yn amau Miss Leaming? Safai hithau o'r neilltu, ar ei phen ei hun. Hi oedd y droseddwraig. Gwyddai y byddai'r heddlu'n ei chy-huddo o fod â gwn yn ei meddiant. Allen nhw ddim peidio. Châi hi mo'i chosbi'n drwm, os ei chosbi o gwbl. Ond am weddill ei hoes hi fyddai'r ferch yr oedd ei diofalwch a'i diniweidrwydd wedi peri i Loegr golli un o'i gwyddonwyr disgleiriaf.

Fel roedd Hugo wedi dweud, roedd pawb oedd yn eu lladd eu hunain yng Nghaer-grawnt yn rhyfeddol o alluog. A doedd dim amheuaeth am hynny yn yr achos hwn. Ystyrid Syr Ronald yn athrylith ar ôl hyn.

Daeth allan o'r llys ar ei phen ei hun a chychwyn cerdded i fyny Market Hill. Ymddangosodd Hugo o rywle a chydgerdded â hi.

'Sut aeth hi? Mae'n rhaid i mi ddweud, mae'n rhyfedd fel mae marwolaeth yn dod yn dy gysgod di.'

'Aeth popeth yn iawn, am wn i. Fi sy'n dod yng

nghysgod marwolaeth.'

'Mae'n debyg mai'i saethu'i hun ddaru o?'

'Ie. Ei saethu'i hun ddaru o.'

'Efo dy wn di?'

'Fe ddylet ti wybod hynny os oeddet ti yn y llys. Welais i monot ti, chwaith.'

'Do'n i ddim yno. Roedd gen i diwtorial, ond aeth y newyddion o gwmpas fel tân gwyllt. Paid â phoeni. Doedd Ronald Callender ddim mor bwysig ag y mae rhai pobl yng Nghaer-grawnt yn licio'i gredu.'

'Dwyt ti'n gwybod dim amdano fo. Roedd o'n fod dynol ac mae o wedi marw. Mae hynny'n bwysig.'

'Nac ydy wir, Cordelia. Marwolaeth ydy'r peth mwya dibwys amdanon ni. Cymer gysur yng ngeiriau Joseph Hall: "*Death borders upon our birth and our cradle stands in the grave.*" Ac mi ddaru o ddewis ei arf ei hun a'i amser ei hun. Roedd o wedi cael llond bol arno'i hun. Ac roedd 'na ddigon o bobl wedi cael llond bol arno fo.'

Cerddodd y ddau gyda'i gilydd i lawr St. Edward's Passage i gyfeiriad King's Parade. Doedd gan Cordelia ddim syniad i ble'r oedden nhw'n mynd. Ond ysai am sgwrs, ac roedd ganddi gydymaith digon dymunol.

'Ble mae Isabelle?' gofynnodd.

'Mae Isabelle wedi mynd adre i Lyons. Cyrhaeddodd ei thad yma'n annisgwyl ddoe a chanfod nad oedd mademoiselle yn tynnu'i phwysau. Penderfynodd Papa fod ei annwyl Isabelle yn cael llai—neu falle fwy—allan o'i haddysg yng Nghaer-grawnt nag oedd o wedi'i ddisgwyl. Dydw i ddim yn meddwl bod angen i ti boeni amdani hi. Mae Isabelle yn ddigon saff rŵan. Hyd yn oed pe bai'r heddlu'n penderfynu mynd i Ffrainc i'w holi hi—a pham yn y byd y gwnaen nhw hynny?— fydden nhw ddim callach. Byddai Papa'n ei hamgyl-chynu hi â mur o gyfreithwyr. Does ganddo fo fawr o amynedd efo Saeson ar hyn o bryd.'

'A be amdanat ti? Os gofynnith rhywun i ti sut y bu Mark farw, dd'wedi di mo'r gwir, gobeithio?'

'Be wyt ti'n ei feddwl? Mae Sophie, Davie a minnau'n ddigon dibynadwy cyn belled ag y mae pethau pwysig yn y cwestiwn.'

Trueni na fyddai o'r un mor ddibynadwy gyda phethau llai pwysig, meddyliodd Cordelia.

'Oes ots gen ti fod Isabelle wedi mynd?' gofynnodd.

'Oes, braidd. Mae harddwch yn drysu'r meddwl, yn dinistrio synnwyr cyffredin. Do'n i ddim yn gallu derbyn Isabelle fel roedd hi: yn ferch ifanc haelionus, ddiog, or-gariadus a gwirion bost. Am ryw reswm, ro'n i'n credu y dylai pob merch hardd fel hi feddu ar ryw ddoethineb arbennig, rhywbeth y tu hwnt i'r cyffredin. Bob tro roedd hi'n agor ei cheg, ro'n i'n disgwyl iddi daflu rhyw oleuni ar fywyd. Rwy'n credu y gallwn i fod wedi treulio f'oes yn edrych arni gan ddisgwyl clywed perlau o ddoethineb yn disgyn o'i genau. Ond allai hi siarad am ddim byd ond dillad.'

'Hugo druan.'

'O, na, nid Hugo druan. Dydw i ddim yn anhapus. Y gyfrinach ydy peidio byth â chwennych yr hyn sy tu hwnt i'th gyrraedd di.'

Roedd o'n ifanc, yn gyfoethog, yn glyfar ac yn olygus, meddyliodd Cordelia. Fyddai o ddim yn gorfod hepgor llawer. Clywodd ef yn siarad:

'Pam nad arhosi di yng Nghaer-grawnt am wythnos neu ddwy i mi gael dangos y ddinas i ti? Fe gaet ti aros efo Sophie.'

'Na, dim diolch, Hugo. Mae'n rhaid i mi fynd adre.'

Doedd gan Lundain ddim i'w gynnig iddi ond yng nghwmni Hugo fyddai gan Gaer-grawnt ddim i'w gynnig iddi chwaith. Un rheswm yn unig oedd ganddi dros aros yn y ddinas hon. Fe arhosai yn y bwthyn tan ddydd Sul, diwrnod ei chyfarfod â Miss Leaming. Yna, cyn belled ag yr oedd hi yn y cwestiwn, fe fyddai achos

Mark Callender wedi'i gau am byth. Roedd y gosber ar fin dod i ben. Wedi gwrando'n astud ar un o gorau hyfryta'r byd yn canu salmau ac anthemau, cododd y gynulleidfa fel un gŵr i ymuno'n orfoleddus yn yr emyn olaf. Cododd Cordelia ac ymuno yn y gân. O ble'r oedd hi'n sefyll gallai weld i mewn i'r gangell. Disgleiriai dillad y côr yn goch a gwyn; llewyrchai golau'r canhwyllau yn gylchoedd o aur ar y muriau; ac edrychai'r Reubens a grogai uwchben y brif allor fel rhyw rith o goch a glas ac aur yng ngolau'r ddwy gannwyll dal, denau a safai o boptu iddo. Cyhoeddwyd y fendith, canwyd yr amen olaf a cherddodd y côr yn rhes daclus allan o'r gangell. Agorwyd y drws deheuol a llifodd yr haul i mewn i'r capel. Tu ôl i'r Provost a'r Cymrodyr, cerddai aelodau'r coleg a fu'n bresennol yn y gwasanaeth, eu gynau offeiriadol llipa a diraen yn gorchuddio trowsusau brethyn a melfaréd anaddas. Dechreuodd yr organ fawr ebychu ac ochneidio fel anifail yn cymryd ei wynt, cyn chwythu allan nodau gogoneddus ffiwg gan Bach. Eisteddai Cordelia'n dawel yn ei sedd yn gwrando ac yn gwylio. Erbyn hyn roedd y gynulleidfa'n symud i lawr y brif eil—grwpiau bychain mewn ffrogiau cotwm lliwgar yn sisial yma ac acw, dynion ifainc difrifol yr olwg yn eu siwtiau dydd Sul, twristiaid yn trio cuddio'u harweinlyfrau lliwgar a'u camerâu, grŵp o leianod â wynebau siriol, hunan-feddiannol.

Roedd Miss Leaming gyda'r olaf, gwraig dal mewn ffrog lwyd a menig gwynion, a chardigan wen dros ei hysgwyddau i'w chadw'n gynnes yn y capel oer. Doedd hi ddim yn gwisgo het. Roedd hi'n amlwg ar ei phen ei hun a mewn gwirionedd doedd dim angen iddi ffugio syndod pan welodd hi Cordelia. Ond fe wnaeth, rhag ofn. Cerddodd y ddwy allan o'r capel gyda'i gilydd.

Roedd tyrfa o bobl yn sefyll ar y llwybr graean tu allan i'r drws, a grŵp bychan o bobl o Japan, pob un â'i

210

gamera a'i drugareddau amrywiol, i'w clywed yn clebran uwchben pawb arall. Doedd dŵr ariannaid afon Cam ddim i'w weld o'r fan hon, ond o bryd i'w gilydd ceid cip ar bennau ac ysgwyddau'r pyntwyr yn llithro heibio, fel pypedau mewn sioe. Doedd 'na'r un cysgod i'w weld ar y lawnt fawr. Herciai Athro eiddil, oedrannus yn ei gap a'i ŵn ar draws y glaswellt; daliodd awel fechan yn llewys ei ŵn a'u llenwi, nes ei fod o'n edrych fel brân anferth ar godi. Meddai Miss Leaming, fel petai Cordelia wedi gofyn am esboniad:

'Un o Gymrodyr y coleg ydy o. All ei draed o ddim llygru'r glaswellt cysegredig.'

Cerddodd y ddwy mewn tawelwch heibio i Adeilad Gibbs. Ceisiodd Cordelia ddyfalu pa bryd y dechreuai Miss Leaming siarad â hi. Pan wnaeth hi o'r diwedd, roedd ei chwestiwn cyntaf yn annisgwyl.

'Ydech chi'n meddwl y byddwch chi'n llwyddiannus?'

Edrychodd Cordelia'n syn arni, ac ychwanegodd yn ddiamynedd:

'Yr Asiantaeth Dditectif. Ydech chi'n meddwl y byddwch chi'n gallu ymdopi?'

'Wel, bydd raid i mi roi cynnig arni. Alla i wneud dim byd arall.'

Doedd hi ddim yn bwriadu cyfiawnhau'i hoffter o Bernie a'i theyrngarwch iddo wrth Miss Leaming; yn wir, fe fyddai wedi'i chael hi'n anodd i'w esbonio wrthi'i hun.

'Mae gormod o gostau arnoch chi.'

Swniai'r datganiad awdurdodol hwn fel dedfryd.

'Ydech chi'n golygu'r swyddfa a'r Mini?' gofynnodd Cordelia.

'Ydw. Mewn swydd fel eich un chi dydw i ddim yn gweld sut y gall un person ennill digon i dalu'r costau. Allwch chi ddim bod yn eistedd yn y swyddfa'n ateb y ffôn ac yn teipio llythyrau a bod allan yn datrys achosion yr un pryd. Ond ar y llaw arall, mae'n debyg na allwch chi fforddio cael help.'

'Na, dim eto. Rwy wedi bod yn meddwl y gallwn i gael peiriant ateb ffôn. Ond wrth gwrs mae'n well gan bobl ddod i'r swyddfa a thrafod eu hachos wyneb yn wyneb. Petawn i'n gallu byw ar 'y nhreuliau, mi allwn i ddefnyddio 'nghyflog i dalu'r holl gostau.'

'Os bydd 'na gyflog.'

Doedd gan Cordelia ddim ateb i hyn a cherddodd y ddwy yn eu blaenau heb ddweud gair am rai eiliadau. Yna, meddai Miss Leaming:

'Fe gewch chi'ch treuliau o'r achos yma, beth bynnag. Fe helpith hynny i dalu'r ddirwy am fod â gwn yn eich meddiant. Mae'r cyfan yn nwylo'r cyfreithiwr. Mi ddylech chi dderbyn siec cyn bo hir.'

'Does arna i ddim eisiau tâl am 'y ngwaith ar yr achos hwn.'

'Dwi'n deall hynny. A dweud y gwir, does 'na ddim tâl yn ddyledus i chi. Ond, dwi'n meddwl y byddai'n edrych yn llai amheus petaech chi'n derbyn eich treuliau. Fyddai dau gan punt yn dderbyniol?"

'Byddai, diolch.'

Roedden nhw wedi cyrraedd cornel y lawnt ac wedi troi i gyfeiriad King's Bridge.

'Mi fydd raid i mi fod yn ddiolchgar i chi am weddill f'oes,' meddai Miss Leaming. 'Ac rwy'n cael hynny'n beth anodd iawn i'w dderbyn.'

'Peidiwch â theimlo felly. Meddwl am Mark o'n i, nid amdanoch chi.'

'Ro'n i'n credu efallai'ch bod chi'n ymddwyn er lles cyfiawnder neu rywbeth haniaethol felly.'

'Dim o'r fath beth. Meddwl am berson ro'n i.'

Roedden nhw wedi cyrraedd y bont erbyn hyn a phwysodd y ddwy drosodd i syllu ar y dŵr croyw islaw. Am ychydig funudau, doedd 'na neb yn cerdded ar y llwybrau a arweiniai at y bont. Meddai Miss Leaming:

'Dydy beichiogrwydd ddim mor anodd â hynny i'w

212

ffugio, wyddoch chi. Staes lac a thipyn o stwffin, a dyna chi. Dydy o ddim yn brofiad braf i'r ferch, wrth gwrs, yn enwedig os ydy hi'n digwydd bod yn hesb. Ond dydy o ddim yn anodd, yn enwedig os nad oes neb yn cadw llygad barcud arni. A doedd 'na neb yn cymryd fawr o sylw o Evelyn. Dynes swil, dueddol o fynd i'w chragen, fu hi erioed. Roedd pobl yn disgwyl iddi fod yn ddywedwst ynglŷn â'i beichiogrwydd. Doedd Garforth House ddim yn heidio o ffrindiau a pherthnasau yn ffeirio storïau dychrynllyd am broblemau esgor ac yn mwytho'i bol hi. Bu raid i ni gael gwared â'r hen ffŵl Nani Pilbeam 'na, wrth gwrs. Yn ôl Ronald, roedd hynny'n un o'r pethau gorau a ddigwyddodd. Roedd o wedi cael llond bol ar gael ei drin fel petai o'n dal i fod yn Ronnie Callender, yr hogyn clyfar o Harrogate.'

'Mi dd'wedodd Mrs Goddard wrtha i fod Mark yr un ffunud â'i fam,' meddai Cordelia.

'Dyna Nani Pilbeam i'r dim. Roedd hi'n sentimental yn ogystal â bod yn dwp.'

Ddywedodd Cordelia'r un gair. Ymhen ysbaid, aeth Miss Leaming yn ei blaen:

'Sylweddolais 'mod i'n cario plentyn Ronald tua'r un pryd ag y cadarnhaodd arbenigwr o Lundain yr hyn roedd y tri ohonon ni wedi'i amau eisoes, sef fod Evelyn yn annhebygol o gael plentyn. Ro'n i am gadw'r babi; roedd Ronald bron marw eisiau mab; roedd tad Evelyn yn swnian byth a beunydd fod arno eisiau ŵyr, ac roedd o'n barod i roi hanner miliwn o'r neilltu ar ei gyfer o. Roedd popeth mor hawdd. Rhois i'r gorau i'm swydd fel athrawes a diflannu i Lundain dros dro, a dywedodd Evelyn wrth ei thad ei bod hi'n disgwyl o'r diwedd. Doedd twyllo George Bottley yn poeni dim ar Ronald na finnau. Hen ffŵl digywilydd, hunan-fodlon oedd o, na allai ddychmygu sut yr âi'r byd yn ei flaen heb rywun o'i hiliogaeth o i'w redeg o. Roedd o hyd yn oed yn cyfrannu'n ariannol at y twyll. Dechreuodd

213

anfon sieciau i Evelyn ynghyd â nodyn yn ei siarsio i gymryd gofal, i fynd at feddygon gorau Llundain, i orffwys, i fynd ar wyliau yn yr haul. Roedd hi wedi hoffi'r Eidal erioed, ac o dipyn i beth, daeth yr Eidal yn rhan o'r cynllun. Byddai'r tri ohonon ni'n cyfarfod yn Llundain bob rhyw ddeufis ac yn hedfan gyda'n gilydd i Pisa. Byddai Ronald yn rhentu villa yn ymyl Florence, a thra bydden ni yno fi fyddai Mrs Callender ac Evelyn fyddwn i. Doedden ni'n gweld neb ond y gweision a doedd dim angen i'r rheini weld ein pasports ni. Fe ddaethon nhw'n gyfarwydd â ni, fel y gwnaeth y meddyg lleol a ddeuai i gadw golwg arna i. Roedd y bobl leol wrth eu bodd fod y foneddiges o Loegr mor hapus yn yr Eidal ac yn dychwelyd fis ar ôl mis a hithau mor agos i'w hamser.'

'Ond sut allai hi wneud y fath beth?' gofynnodd Cordelia. 'Sut allai hi ddiodde bod dan yr un to â chi, yn eich gwylio chi gyda'i gŵr, yn gwybod mai ei fabi o oedd yn eich croth chi?'

'Am ei bod hi'n caru Ronald. Allai hi ddim byw hebddo fo. Doedd hi 'rioed wedi cael fawr o lwyddiant fel dynes. Petai hi'n colli'i gŵr, be fyddai ar ôl iddi wedyn? Allai hi ddim bod wedi mynd 'nôl at ei thad. A ph'run bynnag, roedden ni wedi taro bargen efo hi. Hi oedd i gael magu'r babi. Petai hi'n gwrthod, fe fyddai Ronald yn ei gadael hi ac yn cael ysgariad er mwyn 'y mhriodi i.'

'Mi fyddwn i wedi hel 'y mhac ers tro, hyd yn oed petai raid i mi fynd i sgwrio lloriau.'

'Dydy pawb ddim eisiau sgwrio lloriau, a dydy pawb ddim yn dal dig fel chi. Roedd Evelyn yn grefyddol. Roedd hi wedi hen arfer â hunan-dwyll. Fe'i darbwyll-odd ei hunan ei bod hi'n gwneud y peth gorau er lles y plentyn.'

'A beth am ei thad? Ddaru o amau erioed?'

'Feddyliodd o erioed y byddai hi'n ei dwyllo fo. A

beth bynnag, roedd arno fo eisiau ŵyr yn ddybryd. Fyddai fo ddim wedi dychmygu am funud nad ei phlentyn hi oedd o. Ac fe gafodd o adroddiad meddygol. Ar ôl ein trydydd ymweliad â'r Eidal dywedodd Ronald wrth Dr Sartori fod tad Mrs Callender yn poeni am ei hiechyd hi, ac ar ein cais ni fe sgrifennodd o adroddiad meddygol i'w gysuro. Aethon ni i Florence bythefnos cyn y dyddiad roedd y babi i fod i gyrraedd, ac aros yno nes iddo fo gael ei eni. Wrth lwc, roedd o ddiwrnod neu ddau'n gynnar. Roedden ni wedi bod yn ddigon call i ddod 'mlaen â'r dyddiad y disgwylid y babi, ac oherwydd hynny doedd neb yn amau dim. Edrychai'n union fel petai babi Evelyn wedi cyrraedd cyn pryd. Gwnaeth Dr Sartori ei waith yn ganmoladwy dros ben a daeth y tri ohonon ni adre gyda'r babi a thystysgrif geni briodol.'

'A naw mis yn ddiweddarach roedd Mrs Callender wedi marw,' meddai Cordelia.

'Laddodd o mohoni, os dyna beth ydych chi'n ei awgrymu. Doedd o ddim yn ddyn creulon, nid yr adeg honno, beth bynnag. Ond o edrych 'nôl, ni ddaru'i lladd hi. Mi ddylai hi fod wedi gweld arbenigwr, neu o leia ddoctor gwell na'r ffŵl Gladwin 'na. Ond roedd y tri ohonon ni'n ofni y byddai meddyg effeithlon yn sylweddoli nad oedd hi 'rioed wedi cael plentyn. Roedd hi'r un mor bryderus â ni. Roedd hi'n mynnu nad oedden ni'n ymgynghori ag unrhyw feddyg arall. Roedd hi'n meddwl y byd o'r babi, chi'n gweld. Felly, mi fuodd hi farw a chafodd ei hamlosgi, ac roedden ni'n meddwl y bydden ni'n saff am byth.'

'Ysgrifennodd nodyn i Mark cyn iddi farw, dim ond cyfres o lythrennau a rhifau yn ei llyfr gweddi. Gadawodd ei grŵp gwaed iddo fo.'

'Roedden ni'n gwybod bod 'na beryg o hynny. Roedd Ronald wedi cymryd diferyn o waed oddi wrth bob un ohonon ni, a gwneud y profion angenrheidiol.

Ond wedi iddi farw, wnaethon ni ddim poeni rhagor am y peth.'

Thorrodd yr un o'r ddwy air am sbel. Gwelai Cordelia griw o dwristiaid yn cerdded i lawr y llwybr i gyfeiriad y bont. Meddai Miss Leaming:

'Yr eironi ydy na theimlodd Ronald ronyn o gariad tuag ato fo erioed. Roedd taid Mark yn meddwl y byd ohono fo. Gadawodd hanner ei ffortiwn i Evelyn, ac wedi'i marwolaeth hi daeth y cyfan i Ronald. Roedd Mark i dderbyn yr hanner arall pan fyddai'n bump ar hugain. Ond doedd gan Ronald ddim i'w ddweud wrth ei fab. Doedd o ddim yn gallu'i garu o, a chawn i mo'i garu o chwaith. Gwyliais o'n tyfu ac yn mynd i'r ysgol. Ond chawn i mo'i garu o. Mi fyddwn i'n gweu peth wmbredd o siwmperi iddo fo. Aeth hynny'n obsesiwn bron. Âi'r patrymau'n fwy cymhleth a'r gwlân yn fwy trwchus fel yr âi o'n hŷn. Mark druan, mae'n rhaid ei fod o'n meddwl nad o'n i ddim yn gall, y ddynes ryfedd, anfodlon 'ma na allai'i dad wneud hebddi ond nad oedd o'n fodlon ei phriodi hi.'

'Mae 'na un neu ddwy o'r siwmperi yn y bwthyn. Be fasech chi'n licio i mi'i wneud efo nhw?'

'Rhowch nhw i rywun fyddai'n falch ohonyn nhw.'

'A beth am ei lyfrau o?'

'Gwnewch be fynnoch chi efo'r rheini hefyd. Alla i byth fynd ar gyfyl y bwthyn eto. Taflwch nhw, os mynnwch chi.'

Roedd y criw bychan o dwristiaid yn agos iawn atynt erbyn hyn ond roedden nhw'n rhy brysur yn clebran i gymryd sylw ohonyn nhw ill dwy. Tynnodd Miss Leaming amlen o'i phoced a'i rhoi i Cordelia.

'Dwi wedi sgwennu cyffes. Does 'na ddim gair am Mark ynddi hi, dim byd am ei farwolaeth o nac am yr hyn y daethoch chi o hyd iddo fo. Datganiad byr ydy o, yn dweud 'y mod i wedi saethu Syr Ronald yn fuan ar ôl i chi adael Garforth House a 'mod i wedi'ch perswadio chi i ategu'n stori i. Cadwch o'n ddiogel. Efallai y bydd arnoch chi'i angen o ryw ddiwrnod.'

Sylwodd Cordelia fod yr amlen wedi'i chyfeirio ati hi ond agorodd hi mohoni.

'Mae'n rhy hwyr rŵan,' meddai. 'Os ydych chi'n difaru am yr hyn wnaethon ni, mi ddylech chi fod wedi dweud hynny ynghynt. Mae'r achos drosodd bellach.'

'Na, dydw i ddim yn edifar. Rwy'n falch ein bod ni wedi gwneud yr hyn wnaethon ni. Ond efallai nad ydy'r achos ddim drosodd chwaith.'

'Ydy mae o! Mae'r crwner wedi rhoi'i ddedfryd.'

'Roedd gan Ronald nifer o ffrindiau pwerus iawn. Mae ganddyn nhw ddylanwad, ac maen nhw wrth eu bodd yn profi hynny o bryd i'w gilydd.'

'Ond allan nhw ddim ailagor yr achos yma! Mae'n rhaid cael deddf seneddol bron i newid dedfryd crwner.'

'Dydw i ddim yn dweud y ceisian nhw wneud hynny. Ond mae'n ddigon posib y dechreuan nhw holi a stilio tipyn. Rhyw air bach yn y man iawn. Ac efallai y bydd rhywun yn barod i wrando. Fel 'na maen nhw'n gweithio. Y math yna o bobl ydyn nhw.'

''Sgynnoch chi dân?' gofynnodd Cordelia'n sydyn.

Agorodd Miss Leaming ei bag ac estyn tiwb arian cain i Cordelia. Doedd Cordelia ddim yn ysmygu ac o'r herwydd doedd hi ddim yn gyfarwydd â thaclau o'r fath. Rhoddodd dri chynnig arni cyn i'r wic gynnau. Yna pwysodd dros ganllaw'r bont a rhoddodd ymyl yr amlen ar dân.

Roedd y fflam wynias yn anweledig bron yng ngolau cryfach yr haul. Y cyfan a welai Cordelia oedd rhimyn o olau porffor wrth i'r fflam fwyta'r papur ac i'r ymylon du llosgedig ymledu a thyfu. Diflannodd sawr y llosgi gyda'r awel. Cyn gynted ag y teimlodd y fflam yn cyffwrdd blaen ei bysedd, gadawodd Cordelia i'r amlen syrthio ac fe'i gwyliodd hi'n troi ac yn trosi fel pluen eira cyn diflannu o'r diwedd i mewn i afon Cam. Meddai:

'Ei saethu'i hunan wnaeth eich cariad chi. Dyna i gyd sy raid i chi a fi ei gofio bellach.'

Ni ddywedodd yr un o'r ddwy yr un gair arall am farwolaeth Syr Ronald, wrth iddynt gerdded yn dawel rhwng y coed llwyf a dyfai o bobtu'r llwybr yn arwain at y Backs. Taflodd Miss Leaming gipolwg anfoddog braidd ar Cordelia, gan ddweud:

'Rydych chi'n edrych yn rhyfeddol o dda!'

Tybiodd Cordelia mai eiddigedd y canol oed tuag at yr ifanc oedd yn cyfrif am y dicter yn ei llais; yr ifanc a allai adennill eu nerth mor fuan ar ôl trychineb. Wedi noson dda o gwsg roedd hi fel deryn. Hyd yn oed heb fath poeth roedd y briwiau ar ei chefn a'i hysgwyddau wedi cau'n lân. Yn gorfforol, ni wnaethai digwyddiadau'r bythefnos ddiwethaf unrhyw niwed parhaol iddi. Doedd hi ddim mor siŵr am Miss Leaming. Roedd y gwallt graenus llwyd mor daclus ag erioed; ac roedd hi'n dal i edrych yn urddasol yn ei dillad smart, clasurol, fel y gweddai i gynorthwywraig bersonol dyn enwog. Ond roedd gwawr lwyd ar y croen gwelw erbyn hyn; roedd cysgodion du o dan ei llygaid ac roedd y llinellau o gwmpas ei cheg ac ar ei thaclen wedi dyfnhau nes bod ei hwyneb, am y tro cyntaf, yn edrych yn hen ac yn ofidus.

Cerddodd y ddwy drwy King's Gate a throi i'r dde. Roedd Cordelia wedi parcio'r Mini o fewn ychydig lathenni i'r gât; roedd Rover Miss Leaming ymhellach i lawr Queen's Road. Ysgydwodd law â Cordelia gan ffarwelio â hi mor ddideimlad â phetaen nhw prin yn adnabod ei gilydd. Wenodd hi ddim. Gwyliodd Cordelia'r ffigwr tal, gosgeiddig yn cerdded o dan y coed i gyfeiriad John's Gate. Nid edrychodd yn ôl unwaith. Tybed a welent ei gilydd fyth eto? meddyliodd Cordelia. Roedd hi'n anodd credu mai pedair gwaith yn unig yr oedd y ddwy wedi gweld ei gilydd erioed. Doedd ganddyn nhw ddim yn gyffredin heblaw'r ffaith mai merched oedden nhw, er bod Cordelia wedi dod i sylweddoli, yn ystod y dyddiau hynny'n dilyn llofruddiaeth Ronald Callender, gryfder y teyrngarwch benywaidd hwnnw. Fel roedd Miss Leaming ei hun wedi dweud, doedden nhw ddim hyd yn oed yn hoffi'i gilydd. Eto i gyd, roedd diogelwch y naill yn gorwedd yn nwylo'r llall. Ar adegau, byddai maint y gyfrinach a rannent yn dychryn Cordelia. Ond prin oedd yr adegau hynny, ac fe aent yn brinnach gydag amser. Fe âi bywyd yn ei flaen fel cynt. Anghofiai'r un o'r ddwy tra bydden nhw byw, wrth gwrs, ond gallai Cordelia ddychmygu y byddent, ymhen blynyddoedd i ddod, yn meddwl eu bod nhw wedi gwneud môr a mynydd o'r peth ar y pryd. Eisoes, brin bedwar diwrnod wedi'r cwest, roedd llofruddiaeth Ronald Callender yn dechrau troi'n hanes.

Doedd 'na ddim bellach i'w chadw hi yn y bwthyn. Treuliodd awr yn glanhau ac yn twtio ystafelloedd na fyddai neb yn debygol o fynd yn agos atyn nhw am wythnosau bwygilydd. Dyfriodd y briallu Mair yn y mŵg ar y bwrdd. Ymhen tridiau byddent wedi gwywo; fyddai neb yn sylwi, ond am eu bod yn dal yn fyw ni allai oddef eu taflu. Aeth allan i'r sied a phendronodd dros y botel o laeth sur a'r lobsgows. Bu bron iddi wagu'r ddau yn y tŷ bach a thynnu'r tsiaen, ond roedden nhw'n rhan bwysig o'r dystiolaeth. Go brin y byddai angen y dystiolaeth honno arni bellach, ond a ddylai hi ei dinistrio'n gyfan gwbl? Cofiodd eiriau Bernie: 'Paid byth â dinistrio'r dystiolaeth.' Buasai gan y Siwper sawl stori i ategu pwysigrwydd y wireb honno. Yn y diwedd penderfynodd dynnu llun o'r botel laeth a'r sosban, ac fe'u gosododd ar fwrdd y gegin gan gymryd gofal mawr dros bellter a golau. Gwaith hytrach yn ddi-fudd, braidd yn wirion ydoedd, ac roedd hi'n falch o gael gorffen a thaflu'r cynnwys afiach. Yna, golchodd y botel a'r sosban yn ofalus a'u rhoi i gadw yn y gegin.

Yna aeth i bacio, a llwythodd y cyfan, gan gynnwys siwmperi a llyfrau Mark, i gefn y Mini. Wrth gyffwrdd â'r gwlân trwchus, cofiodd am Dr Gladwin yn eistedd yn ei ardd gefn, ei gorff crebachlyd yn oer er gwaethaf gwres yr haul. Byddai o wedi bod yn falch o'r siwmperi ond ni allai hi fynd â nhw iddo fo. Efallai y byddai wedi'u derbyn nhw gan Mark, ond nid ganddi hi.

Clodd y drws a chuddiodd yr allwedd dan garreg. Ni allai wynebu Miss Markland eto ac nid oedd hi am ddychwelyd yr allwedd i neb arall o'r teulu chwaith. Wedi mynd 'nôl i Lundain byddai'n anfon nodyn byr at Miss Markland yn diolch iddi am ei charedigrwydd ac yn egluro lle'r oedd hi wedi gadael yr allwedd. Cerddodd o gwmpas yr ardd am y tro olaf. Wyddai hi ddim beth a'i denodd at y ffynnon ond wrth iddi ddynesu ati, cafodd gryn ysgytwad. Roedd y pridd o gwmpas yr ymyl wedi cael ei balu a llygaid y dydd, pansis a chlystyrau o alyssum a bidoglys wedi cael eu plannu o'i hamgylch, yn sblas liwgar yng nghanol y chwyn. Edrychai pob planhigyn fel petai wedi hen wreiddio yn y pridd gwlyb. Roedd o'n edrych yn dlws ond yn chwithig i'w ryfeddu. O'i haddurno felly, edrychai'r ffynnon ei hun yn ffiaidd, fel bron bren â theth fawr wrthun yn goron arni. Sut allai hi erioed fod wedi ystyried clawr y ffynnon fel gwrthrych diniwed, hardd hyd yn oed?

Llanwyd Cordelia ag atgasedd a thosturi. Gwaith Miss Markland oedd hyn yn ddiau. Buasai'r ffynnon, am flynyddoedd, yn wrthrych erchylltra a gofid iddi hi. Bellach, gwnaethai allor ohoni. Roedd y peth yn chwerthinllyd a gresynai Cordelia iddi erioed ei weld. Yn sydyn, roedd arni ofn cyfarfod â Miss Markland, ofn gweld yr egin gorffwylltra yn ei llygaid. Aeth allan o'r ardd ar ras, tynnodd y gât yn dynn o'i hôl a gyrrodd i ffwrdd heb gymaint â thaflu un cip olaf ar y bwthyn. Roedd achos Mark Callender wedi'i gau.

PENNOD 7

Fore trannoeth cyrhaeddodd y swyddfa yn Kingly Street yn brydlon am naw. Roedd y tywydd poeth wedi torri o'r diwedd a phan agorodd hi'r ffenestr daeth awel gref i mewn gan chwalu'r llwch ar y ddesg a'r cwpwrdd ffeilio. Un llythyr oedd yno, a hwnnw mewn amlen hir, galed ac enw a chyfeiriad cyfreithwyr Ronald Callender arni. Byr oedd ei gynnwys.

'Annwyl Madam, Rwy'n amgáu siec o £30.00 sy'n ddyledus i chi am yr ymchwil a wnaethoch ar ran y diweddar Syr Ronald Callender i farwolaeth ei fab Mark Callender. Os yw'r swm yn dderbyniol gennych, byddwn yn ddiolchgar pe baech yn llofnodi ac yn dychwelyd y dderbynneb isod.'

Wel, fel roedd Miss Leaming wedi'i ddweud, fe dalai ran o'i dirwy, o leiaf. Roedd ganddi ddigon o arian i gadw'r hwch rhag mynd trwy'r siop am fis arall. Os na fyddai wedi cael rhagor o waith erbyn hynny, byddai'n rhaid iddi fynd 'nôl ar lyfrau Miss Feakins. Doedd atgofion Cordelia o Asiantaeth Ysgrifenyddol Feakins ddim yn rhai melys. Roedd swyddfa Miss Feakins mor foel a digysur â swyddfa Cordelia'i hun, ond bod rhyw fath o ffug sirioldeb wedi'i wthio arni gan y waliau amryliw, y blodau papur mewn amrywiaeth o botiau rhyfedd, a'r poster. Gallai'i weld o rŵan. Merch benfelen siapus mewn trowsus byr, tyn, a chyda bwndel

221

o bapurau pumpunt ym mhob llaw, yn llamu dros ei theipiadur gan chwerthin yn llon, ac arddangos mwy nag a oedd yn weddus o'i chorff deniadol. Yn bennawd iddo roedd y geiriau:

Be a Girl Friday and join the fun people. All the best Crusoes are on our books.

O dan y poster hwn eisteddai Miss Feakins, yn denau, ac yn fythol siriol, ac wedi'i haddurno fel coeden Nadolig. Ar ei llyfrau roedd rhestr ddiddiwedd o'r hen, yr hyll a'r cwbl anghyflogadwy. Anaml y dihangai'i gwartheg blithion hi i swyddi sefydlog. Byddai Miss Feakins yn eu rhybuddio rhag peryglon swyddi sefydlog yn yr un modd ag y byddai mamau Fictorianaidd yn rhybuddio'u merched rhag peryglon rhyw. Ond roedd Cordelia'n hoff ohoni. Byddai Miss Feakins yn ei chroesawu'n ôl, wedi hen faddau iddi am fynd i weithio i Bernie. Gallai Cordelia rag-weld un arall o'r sgyrsiau ffôn cyfrinachol hynny gyda'r Crusoe lwcus. Gallai ddychmygu clywed Miss Feakins yn argymell ei gweithwraig ddiweddaraf i un o'i chwsmeriaid mwyaf trafferthus, fel meistres puteindy yn canu clodydd ei recriwt ddiweddaraf. 'Merch ragorol—wedi cael addysg dda—mi fyddwch chi'n siŵr o'i hoffi hi—a gweithreg dda yn y fargen!' A gellid cyfiawnhau'r pwyslais ar y cymal olaf, oherwydd doedd y mwyafrif o ysgrifenyddion Miss Feakins ddim yn bwriadu *gweithio* o gwbl. Roedd 'na nifer o asiantaethau eraill, mwy effeithlon, yn Llundain ond dim ond un Miss Feakins oedd yno. Teimlai Cordelia ryw deyrngarwch anesboniadwy tuag ati. Efallai mai'r gorau y gallai obeithio amdano bellach fyddai cyfres o swyddi dros-dro gyda Crusoes Miss Feakins. Onid oedd hi wedi troseddu dan Ddeddf Arfau 1968? Châi hi byth swydd gyfrifol bellach yn y gwasanaeth sifil neu mewn llywodraeth leol.

Eisteddodd o flaen y teipiadur, a'r llyfr ffôn wrth law,

i orffen cyfeirio'r cylchlythyr at yr ugain cyfreithiwr olaf ar y rhestr. Roedd ganddi gywilydd ohono. Bernie oedd wedi llunio'r llythyr, ar ôl sawl ymgais wael, ac ar y pryd roedd hi wedi meddwl ei fod o'n ddigon derbyniol. Ond roedd ei farwolaeth o ac achos Callender wedi trawsnewid y sefyllfa'n llwyr. Swniai'r geiriau mawreddog am wasanaeth proffesiynol cynhwysfawr mewn unrhyw ran o'r wlad, gweithwyr profiadol a phrisiau rhesymol yn chwerthinllyd ac yn beryglus o ymffrostgar erbyn hyn. Onid oedd 'na rywbeth ynglŷn â disgrifiadau ffug yn y Ddeddf Disgrifiadau Masnach? Ond roedd yr addewid am brisiau rhesymol a gwas-anaeth cyfrinachol yn ddigon dilys. Trueni na allai gael llythyr o gymeradwyaeth gan Miss Leaming, medd-yliodd. Trefnir *alibi*; mynychir y cwest; cuddir llof-ruddiaethau'n effeithlon; camdystiolaeth am bris rhesymol.

Dychrynwyd hi gan sŵn aflafar y ffôn. Roedd y swyddfa mor llonydd a distaw nes iddi gymryd yn ganiataol na fyddai neb yn galw. Syllodd ar y ffôn am rai eiliadau, ei llygaid yn fawr gan ofn, cyn codi'r derbynnydd.

Roedd y llais yn ddi-lol a hyderus, yn gwrtais heb fod yn ymostyngol. Nid oedd yn ei bygwth ond, i Cordelia, roedd pob gair yn llawn malais.

'Miss Cordelia Gray? New Scotland Yard sydd yma. Doedden ni ddim yn siŵr a fyddech chi'n ôl yn eich swyddfa eto. A fyddai modd i chi ddod draw yma rywbryd heddiw? Mae'r Prif Uwcharolygydd Dalgliesh am gael gair â chi.'

Ddeng niwrnod yn ddiweddarach galwyd Cordelia i New Scotland Yard am y trydydd tro. Er ei bod hi bellach yn ddigon cyfarwydd â'r adeilad concrid a gwydr nid nepell o Victoria Street, teimlai fel petai rhan ohoni'n mynd ar goll wrth iddi fynd i mewn, fel petai'n gadael ei hesgidiau y tu allan i fosg.

Doedd yr Uwcharolygydd Dalgliesh ddim wedi trafferthu gosod ei stamp unigryw ei hun ar yr ystafell. Gwerslyfrau ar y gyfraith, copïau o reolau a Deddfau Seneddol, geiriaduron a chyfeirlyfrau oedd ar y silff-oedd. A'r unig lun oedd llun dyfrlliw mawr o'r hen adeilad ar yr Embankment a gynlluniwyd gan Norman Shaw. Peintiwyd ef o gyfeiriad yr afon, yn ddarlun digon dymunol mewn llwyd a melyn pŵl, ag adenydd aur Cofeb yr R.A.F. yn disgleirio yn y cefndir. Y tro hwn, fel y troeon o'r blaen, roedd 'na rosod mewn bowlen ar ei ddesg. Nid blodau eiddil, di-bersawr fel y rhai a geid yn siopau blodau'r West End mohonynt, ond rhosod gardd gyda choesau cryf a phob pigyn fel pig aderyn.

Doedd Bernie ddim wedi'i ddisgrifio fo erioed; dim ond wedi priodoli iddo ei ddamcaniaethau bras, anarwrol o'i hun. A doedd Cordelia ddim wedi holi; roedd hi wedi hen ddiflasu ar glywed ei enw hyd yn oed. Ond roedd y Siwper a welsai droeon yn ei dychymyg yn wahanol iawn i'r dyn tal, llym ei olwg a gododd i ysgwyd llaw â hi pan gamodd i mewn i'w ystafell am y tro cyntaf. Cafodd ei thaflu oddi ar ei hechel braidd. Am ryw reswm rhyfedd roedd hi wedi gwylltio efo Bernie am funud am ei gosod hi yn y fath sefyllfa. Roedd o'n hen, wrth gwrs, dros ei ddeugain, o leiaf, ond nid cyn hyned ag yr oedd hi wedi'i ddisgwyl. Roedd ganddo wallt tywyll ac roedd o'n dal ac yn ystwyth— dim byd tebyg i'r stocyn mawr gwallt golau yr oedd hi wedi'i ddychmygu. Edrychai'n ddwys a siaradai â hi fel petai'n ei hystyried hi'n oedolyn cyfrifol, heb ymddwyn yn ymostyngol nac yn dadol tuag ati. Roedd ganddo wyneb synhwyrus a gên gadarn; roedd hi'n hoffi'i ddwylo a'r modd yr oedd adeiladwaith ei esgyrn i'w weld dan y croen. Swniai'n dyner ac yn garedig, er y gwyddai hi'n ddigon da y gallai fod yn beryglus ac yn greulon dan yr wyneb. Roedd yn rhaid iddi'i hatgoffa'i hun bob hyn a hyn sut yr oedd o wedi trin Bernie.

Doedd hi ddim wedi cael ei gadael ar ei phen ei hun gyda'r Uwcharolygydd o'r blaen. Roedd heddferch o'r enw Sarjant Mannering wedi bod yn bresennol bob tro arall; eisteddai wrth ymyl y ddesg gyda'i llyfr nodiadau. Roedd Sarjant Mannering yr un ffunud â merch o'r enw Teresa Campion-Hook oedd wedi bod yn yr ysgol gyda Cordelia. Gallai'r ddwy fod wedi bod yn chwiorydd. Doedd yr un o'r ddwy wedi cael plorod ar eu crwyn erioed; roedd pob blewyn o'u gwalltiau golau bob amser yn ei le; roedd ganddynt leisiau tawel, awdurdodol, yn siriol heb fod yn groch; ac roedd 'na ryw hyder tawel yn deillio ohonynt bob amser. Roedd Sarjant Mannering wedi gwenu'n frysiog arni pan aethai i mewn ac wedi gwneud i Cordelia deimlo'n ffŵl braidd gerbron ei hedrychiad hyderus.

O leiaf roedd hi wedi cael amser i feddwl cyn ei hymweliad cyntaf. Fyddai hi ddim ar ei hennill o geisio cuddio ffeithiau y gallai dyn deallus eu canfod yn ddigon didrafferth drosto'i hun. Penderfynodd ddatgelu, pe gofynnid iddi, ei bod hi wedi trafod Mark Callender gyda'r Tillings a chyda'i diwtor; ei bod hi wedi dod o hyd i Mrs Goddard ac wedi cael gair â hi, a'i bod hi wedi ymweld â Dr Gladwin. Penderfynodd beidio â chrybwyll yr ymgais i'w lladd, na'i hymweliad â Somerset House. Roedd yn hanfodol ei bod hi'n cadw rhai ffeithiau rhagddynt: llofruddiaeth Ronald Callender, yr ysgrifen yn y llyfr gweddi; y modd y bu Mark farw mewn gwirionedd. Rhybuddiodd ei hun i beidio â chael ei themtio i drafod yr achos, nac i siarad amdani'i hun, ei bywyd, ei swydd bresennol nac unrhyw uchelgais oedd ganddi. Daeth geiriau Bernie i'w chof. 'Yn y wlad hon fedri di ddim gorfodi pobl i siarad, os nad ydyn nhw am wneud hynny, mwya'r piti. Ond trwy lwc, dydy'r mwyafrif o bobl ddim yn gwybod sut i gau'u cegau. A phobl ddeallus ydy'r rhai gwaetha. Mae'n rhaid iddyn nhw gael dangos pa mor glyfar ydyn nhw, ac unwaith y byddi di wedi'u cael nhw i ddechrau trafod yr achos, yn gyffredinol hyd yn oed, yna mae hi wedi canu arnyn nhw.' Ac fe'i hatgoffodd Cordelia'i hun o'r cyngor a roesai i Miss Leaming: 'Peidiwch ag ymhelaethu, peidiwch â dyfeisio, peidiwch â bod ofn dweud nad ydych chi'n cofio.'

Roedd Dalgliesh yn siarad:

'Ydych chi wedi meddwl ymgynghori â chyfreithiwr, Miss Gray?'

'Does gen i'r un cyfreithiwr.'

'Gellwch gael rhestr gan Gymdeithas y Gyfraith. Fe fuaswn i'n ystyried y peth o ddifri taswn i yn eich lle chi.'

'Ond mi fyddai'n rhaid i mi dalu iddo fo, yn byddai? A pham ddylwn i gael cyfreithiwr a minnau'n dweud y gwir?'

'Dyna pryd mae pobl fwya o angen cyfreithiwr yn aml iawn—pan fyddan nhw'n dechrau dweud y gwir.'

'Ond rwy wedi dweud y gwir erioed. Pam ddylwn i ddweud celwydd?' Roedd y cwestiwn rhethregol yn gam gwag. Atebodd Dalgliesh ef fel petai arni eisiau gwybod o ddifrif.

'Wel, mi allech chi fod yn ceisio amddiffyn eich hunan—dydw i ddim yn meddwl fod hynny'n debygol, chwaith—neu fe allech chi fod yn ceisio amddiffyn rhywun arall. Y cymhellion dros wneud hynny gan amla yw: cariad, ofn, neu gyfiawnder. Yn yr achos yma, dydw i ddim yn meddwl eich bod chi wedi nabod neb yn ddigon hir i fagu teimladau cariadus tuag atyn nhw, a dydw i ddim yn meddwl eich bod chi'n ferch hawdd ei dychryn chwaith. Erys cyfiawnder. Rydych chi'n chwarae efo tân fan 'na, Miss Gray.'

Roedd hi'n hen gyfarwydd â chael ei holi erbyn hyn. Roedd heddlu Caer-grawnt wedi bod yn drwyadl iawn. Ond dyma'r tro cyntaf iddi gael ei holi gan rywun a wyddai'i bod hi'n dweud celwydd; a wyddai nad ei ladd ei hun wnaeth Mark Callender; a wyddai, roedd hi bron yn siŵr, y cyfan oedd 'na i'w wybod. Gorfododd ei hun i edrych ar yr ochr orau. Allai Dalgliesh yn ei fyw â bod yn siŵr; dyfalu roedd o. Doedd ganddo ddim tystiolaeth a fyddai ganddo fo fyth dystiolaeth chwaith. Elizabeth Leaming a hi oedd yr unig ddwy oedd yn gwybod. Ac ni ollyngai hi'r gath o'r cwd, doed a ddelo. Gallai Dalgliesh roi cynnig arni—drwy deg, a thrwy dwyll os mynnai—ond allai o fyth ei gorfodi hi i siarad yn erbyn ei hewyllys.

Aeth rhagddo'n siriol:

'Wel, gadewch i ni adolygu'r sefyllfa. O ganlyniad i'ch ymholiadau, roeddech chi'n amau bod Mark Callender wedi cael ei lofruddio. Dydych chi ddim wedi cyfadde hynny wrtha i, ond roedd hynny'n amlwg o'r hyn dd'wedsoch chi wrth Sarjant Maskell o heddlu Caer-grawnt. Yn dilyn hynny fe ddaethoch chi o hyd i hen nani Mrs Callender a chael tipyn o hanes bywyd cynnar Mark ganddi, yn ogystal â rhywfaint o wybodaeth am briodas ei rieni ac am farwolaeth Mrs Callender. Wedyn, fe aethoch chi i gael gair â Dr Gladwin, y meddyg oedd wedi trin Mrs Callender cyn iddi farw. Trwy dric syml, cawsoch wybod beth oedd grŵp gwaed Ronald Callender. Yr unig reswm dros wneud hynny fyddai'ch bod chi'n amau nad plentyn o'r briodas honno oedd Mark. Yna, fe wnaethoch chi be fuaswn i wedi'i wneud yn eich lle chi, fe aethoch i Somerset House i gael golwg ar ewyllys Mr George Bottley. Roedd hynny'n beth call i'w wneud. Os ydych chi'n amau llofruddiaeth, ystyriwch bob amser pwy fyddai'n elwa ohoni.'

Felly, roedd o'n gwybod am Somerset House a'r

alwad ffôn i Dr Venables. Wel, roedd hynny i'w ddisgwyl. Roedd hi wedi ymddwyn yn union fel y byddai yntau wedi ymddwyn yn yr un sefyllfa.

Ddywedodd hi'r un gair. Aeth yntau yn ei flaen:

'Ddaru chi ddim dweud wrtha i'ch bod chi wedi disgyn i'r ffynnon. Miss Markland dd'wedodd hynny wrtha i.'

'Damwain oedd honno. Dydw i ddim yn cofio llawer am y peth, ond mae'n rhaid 'mod i wedi penderfynu archwilio'r ffynnon ac wedi syrthio. Roedd hi'n fy swyno i rywsut.'

'Dydw i ddim yn meddwl mai damwain oedd hi, Miss Gray. Allech chi byth fod wedi llusgo'r clawr 'na i ffwrdd heb raff. Fe faglodd Miss Markland dros raff, ond roedd honno wedi'i throelli'n daclus ac o'r golwg yn y drysi. Fyddech chi wedi mynd i'r drafferth i'w datgysylltu hi o'r ddolen yn y clawr petaech chi ond yn archwilio'r ffynnon?'

'Wn i ddim. Dydw i'n cofio dim cyn i mi gwympo. Y peth cynta rwy'n ei gofio ydy disgyn i'r dŵr. A dydw i ddim yn gweld be sy a wnelo hyn â marwolaeth Syr Ronald Callender.'

'Llawer iawn. Rwy'n credu bod rhywun wedi trio'ch lladd chi, ac os ydy hynny'n wir, mae'n bosib bod y person hwnnw wedi dod o Garforth House.'

'Pam hynny?'

'Am ei bod hi'n debygol iawn fod yr ymgais i'ch llofruddio chi'n gysylltiedig â'ch ymholiadau i farwolaeth Mark Callender. Roeddech chi'n fygythiad i ddiogelwch rhywun. Mae lladd yn fater difrifol. Dydy'r bobl broffesiynol ddim yn lladd os nad ydy hynny'n gwbl angenrheidiol, a dydy'r amaturiaid ddim mor ddi-hid ag y byddech chi'n ddisgwyl chwaith. Roedd rhywun yn eich ystyried chi'n ddynes beryglus iawn. Ddaru rhywun roi clawr y ffynnon 'na'n ôl yn ei le, Miss Gray; ddaru chi ddim cwympo drwy bren solet.'

228

Nid ynganodd Cordelia air. Cafwyd ysbaid o dawelwch, yna siaradodd Dalgliesh eto:

'D'wedodd Miss Markland wrtha i ei bod hi'n amharod iawn i'ch gadael chi ar eich pen eich hun ar ôl iddi'ch achub chi o'r ffynnon. Ond ddaru chi fynnu'i bod hi'n mynd. Ddaru chi ddweud wrthi nad oedd arnoch chi ofn bod yn y bwthyn ar eich pen eich hun am fod gennych chi wn.'

Synnodd Cordelia gymaint y brifwyd hi gan frad Miss Markland. Ac eto, sut y gallai ei beio hi? Byddai'r Uwcharolygydd wedi gwybod yn union sut i'w thrin; efallai'i fod o wedi'i pherswadio hi y byddai, wrth fod yn onest, yn helpu Cordelia. Beth bynnag am hynny, fe allai hithau hefyd fradychu yn ei thro.

'Roedd yn rhaid i mi gael ei chefn hi. D'wedodd ryw stori erchyll wrtha i am ei phlentyn anghyfreithlon yn syrthio i'r ffynnon ac yn boddi. Newydd gael f'achub o'n i. Allwn i ddim diodde gwrando ar y fath stori ar y pryd. D'wedais gelwydd am y gwn er mwyn cael gwared â hi. Ofynnais i ddim iddi ymddiried yno'i. Gofyn am help wnaeth hi, yn ei ffordd ei hun, a doedd gen i ddim i'w roi.'

'Onid oedd 'na reswm arall pam yr oeddech chi am gael ei chefn hi? Oni wyddech chi y byddai'r un a ymosododd arnoch chi'n dychwelyd y noson honno; y byddai'n rhaid llusgo clawr y ffynnon i ffwrdd unwaith eto os oedd y peth i ymddangos fel damwain?'

'Taswn i'n wirioneddol gredu 'mod i mewn perygl, mi fyddwn i wedi mynd efo hi i aros yn Summertrees. Fyddwn i ddim wedi aros yn y bwthyn 'na ar fy mhen fy hun heb y gwn.'

'Na fyddech, Miss Gray. Mi alla i gredu hynny. Fyddech chi ddim wedi aros yn y bwthyn 'na ar eich pen eich hun heb y gwn.'

Am y tro cyntaf, dechreuodd Cordelia boeni. Nid gêm oedd hon. Nid gêm oedd y peth wedi bod erioed, wrth gwrs, er ei bod hi wedi ymddangos felly ar adegau. Ond roedd popeth yn real erbyn hyn. Pe bai hi'n cael ei thwyllo, ei pherswadio neu ei gorfodi i ddweud y gwir, byddai'n cael ei hanfon i garchar. Roedd hi wedi bod yn gyfrannog o drosedd. Beth oedd y ddedfryd am helpu i gelu llofruddiaeth? Roedd hi wedi darllen yn rhywle fod Holloway'n drewi. Byddent yn mynd â'i dillad oddi arni. Byddai'n cael ei chloi mewn hen gell fach glostroffobig. Roedd 'na rywfaint o faddeuant i'w gael am ymddwyn yn dda, ond pa mor dda y gallai rhywun ymddwyn mewn carchar? Efallai y bydden nhw'n ei hanfon hi i garchar agored. Agored. Dyna ymadrodd oedd yn ei wrth-ddweud ei hun! A sut fyddai hi'n byw wedyn? Sut gâi hi swydd? Faint o ryddid mewn gwirionedd a gâi'r rheini a ystyrid yn droseddwyr yng ngolwg cymdeithas?

Roedd hi'n gofidio am Miss Leaming. Ble'r oedd hi nawr? Doedd hi ddim wedi meiddio gofyn i Dalgliesh; doedd enw Miss Leaming prin wedi cael ei grybwyll. Oedd hi ar y funud hon yn cael ei holi mewn ystafell arall yn New Scotland Yard? Pa mor ddibynadwy fyddai hi dan bwysau? Oedden nhw'n bwriadu dod â'r ddwy wyneb yn wyneb? A fyddai'r drws yn agor yn sydyn a Miss Leaming yn cael ei hebrwng i mewn, yn edifeiriol, yn sarrug? Onid y tric arferol oedd holi cyd-gynllwynwyr ar wahân hyd nes y plygai'r gwannaf dan y pwysau? A ph'run fyddai'r gwannaf?

Clywodd lais yr Uwcharolygydd. Tybiodd ei fod o'n swnio fel petai'n tosturio wrthi.

'Mae gennym rywfaint o dystiolaeth fod y gwn yn eich meddiant chi'r noson honno. Mae 'na rywun wedi dweud wrthon ni ei fod o wedi gweld car wedi'i barcio ar fin y ffordd ryw dair milltir o Garforth House. Stopiodd i gynnig cymorth a bygythiwyd ef gan ferch ifanc efo gwn.'

Roedd gan Cordelia frith gof o'r digwyddiad.

Cofiodd anadl ddrewllyd, alcoholaidd y dyn, yn gorchuddio myllni a thawelwch noson fendigedig o haf.

'Wedi meddwi roedd o. Mae'n siŵr fod yr heddlu wedi rhoi prawf anadl iddo'n nes ymlaen y noson honno, a rŵan mae o wedi dyfeisio'r stori yma. Wn i ddim be mae o'n gobeithio'i ennill, ond dydy hi ddim yn wir. Doedd gen i'r un gwn. Roedd Syr Ronald wedi mynd â'r gwn oddi arna i y tro cynta es i i Garforth House.'

'Cafodd ei stopio gan Heddlu'r Brifddinas am y ffin â'u dalgylch nhw. Rwy'n meddwl y cadwith o at ei stori. Mae o'n hollol bendant ei bod hi'n wir. Wrth gwrs, dydy o ddim wedi'ch gweld chi eto ond roedd o'n gallu disgrifio'r car. Roedd o'n meddwl eich bod chi wedi torri i lawr, a stopiodd i gynnig help. Mi ddaru chithau gamddeall ei amcanion o a'i fygwth o efo'r gwn.'

'Ro'n i'n deall ei amcanion o i'r dim. Ond ddaru mi mo'i fygwth o efo gwn.'

'Be dd'wedsoch chi wrtho fo, Miss Gray?'

'Gadwch lonydd i mi neu mi'ch lladda i chi.'

'Doedd o ddim yn fygythiad gwag, heb y gwn?'

'Bygythiad gwag fyddai o p'run bynnag. Ond fe ges i wared ag o.'

'Beth yn union ddigwyddodd?'

'Roedd gen i sbaner ym mhoced flaen y car a phan ddaeth o at y ffenest cydiais yn hwnnw a'i ddal o dan ei drwyn o. Ond fyddai neb yn ei iawn bwyll wedi meddwl mai gwn oedd o!'

Ond doedd y dyn ddim yn ei iawn bwyll ar y pryd. Yr unig berson a welsai'r gwn yn ei meddiant y noson honno oedd dyn meddw. Doedd bosib yr ystyrid hwnnw'n dyst dibynadwy. Roedd hi wedi ymwrthod â'r demtasiwn i newid ei stori. Roedd Bernie'n iawn. Cofiodd ei gyngor o, cyngor yr Uwcharolygydd. Bron na allai glywed ei lais dwfn, cryglyd o'n yngan y geiriau: 'Os ydych chi wedi troseddu, glynwch wrth eich stori wreiddiol. Mae rheithgor yn rhoi pwys mawr ar gysondeb. Rwy wedi gweld yr amddiffyniad mwya annhebygol yn llwyddo am fod y cyhuddiedig wedi cadw at ei stori. Wedi'r cyfan, eich gair chi yn erbyn gair rhywun arall ydy o. Os oes gennych chi gyfreithiwr sy'n gwybod ei waith yna rydych chi eisoes ar ben y ffordd.'

Roedd yr Uwcharolygydd yn siarad unwaith eto. Trueni na allai ganolbwyntio'n well ar yr hyn roedd o'n ei ddweud, meddyliodd Cordelia. Ni chawsai fawr o gwsg yn ystod y deng niwrnod diwethaf—mae'n debyg mai dyna pam y teimlai mor ofnadwy o flinedig.

'Rwy'n meddwl eich bod chi wedi cael ymweliad gan Chris Lunn y noson y buodd o farw. Hyd y gwela i, dyna'r unig reswm fyddai ganddo fo i fod ar y ffordd yna. Fe dd'wedodd un o dystion y ddamwain ei fod o wedi dod allan i'r briffordd fel petai holl ellyllon y fall yn ei ymlid o. Ac roedd 'na rywun yn ei ymlid o—chi, Miss Gray.'

'Rydyn ni wedi cael y sgwrs yma o'r blaen. Ro'n i ar fy ffordd i weld Syr Ronald.'

'Yr adeg honno o'r nos? Ac mewn cymaint o frys?'

'Ro'n i ar binnau eisiau dweud wrtho fo 'mod i wedi penderfynu rhoi'r ffidil yn y to. Allwn i ddim aros.'

'Ond mi ddaru chi aros, yn do? Mi aethoch chi i gysgu yn y car ar fin y ffordd. Dyna pam yr aeth awr gyfan heibio rhwng amser y ddamwain a'r amser y cyrhaeddoch chi Garforth House.'

'Roedd yn rhaid i mi orffwys. Ro'n i wedi blino, a gwyddwn na fyddai hi'n saff i mi yrru.'

'Ond mi wyddech, hefyd, ei bod hi'n saff i chi gysgu. Mi wyddech fod y dyn yr oedd arnoch chi fwya'i ofn o wedi marw.'

Nid atebodd Cordelia. Ni theimlai fod y tawelwch a ddisgynnodd dros yr ystafell yn dawelwch cyhuddgar; tawelwch cyfeillgar oedd o. Trueni ei bod hi mor flinedig. Ac yn fwy na dim, trueni na fyddai ganddi rywun y gallai fwrw'i bol wrtho am lofruddiaeth Ronald Callender. Ni fyddai Bernie wedi bod o unrhyw werth. Fyddai o ddim wedi bod ag affliw o ddiddordeb yn y ddilema foesol oedd wrth wraidd yr achos. Fe fyddai wedi ystyried honno'n amherthnasol, wedi credu'i bod hi'n cymhlethu'r ffeithiau yn ddianghenraid. Gallai Cordelia ddychmygu'i sylwadau cras, bachog am berthynas Eliza Leaming a Lunn. Ond efallai y byddai'r Uwcharolygydd wedi deall. Gallai ei dychmygu'i hun yn siarad efo fo. Cofiodd eiriau Ronald Callender, fod cariad yn fwy dinistriol na chasineb. A fyddai Dalgliesh yn cytuno â'r athroniaeth ddigalon honno? Gresynai na allai ofyn iddo. Sylweddolodd mai dyma'i man gwan hi—nid y demtasiwn i gyffesu ond y dyhead i rannu'i chyfrinach. Oedd o'n gwybod sut roedd hi'n teimlo? Oedd hyn, hefyd, yn rhan o'i dechneg o?

Roedd 'na gnoc ar y drws. Daeth heddwas i mewn a rhoi nodyn yn llaw Dalgliesh. Roedd yr ystafell yn dawel tra oedd o'n ei ddarllen. Gorfododd Cordelia'i hun i edrych ar ei wyneb. Roedd o'n gwbl ddifynegiant a difrifol. Daliodd i syllu ar y papur ac yntau'n siŵr o fod wedi hen ddarllen ei gynnwys.

Tybiodd ei fod o'n ceisio gwneud penderfyniad. Ymhen ysbaid, meddai:

'Mae hwn yn ymwneud â rhywun rydych chi'n ei hadnabod, Miss Gray. Mae Elizabeth Leaming wedi marw. Fe'i lladdwyd hi ddeuddydd yn ôl pan aeth y car roedd hi'n ei yrru dros ddibyn ar ffordd yr arfordir i'r de o Amalfi.'

Roedd y don o ollyngdod a ysgubodd dros Cordelia mor gryf nes gwneud iddi deimlo'n sâl. Gwasgodd ei hewinedd i gledrau'i dwylo a theimlodd ddafnau o chwys ar ei thalcen. Roedd hi'n crynu fel deilen. Ni thybiodd am eiliad y gallai o fod yn dweud celwydd. Roedd o'n ddyn clyfar a didostur ond gwyddai yn ei chalon na fyddai'n ei thwyllo hi.

'Alla i fynd adre rŵan?' sibrydodd.

'Gallwch. Does 'na ddim pwrpas i chi aros bellach.'

'Ddaru hi ddim lladd Syr Ronald. Fe aeth o â'r gwn oddi arna i. Fe aeth â'r gwn . . .'

Digwyddodd rhywbeth i'w gwddf. Ni allai yngan gair.

'Felly dd'wedsoch chi. Does dim angen i chi'i ddweud o eto.'

'Pryd sy raid i mi ddod 'nôl?'

'Does dim raid i chi ddod 'nôl os na phenderfynwch chi fod gennych chi rywbeth i'w ddweud. Rydych chi wedi bod yn helpu'r heddlu gyda'u hymholiadau, dyna i gyd. Diolch yn fawr.'

Roedd hi wedi ennill. Roedd hi'n rhydd. Roedd hi'n ddiogel. A chan fod Miss Leaming wedi marw doedd 'na neb i fygwth y diogelwch hwnnw. Ni fyddai raid iddi ddychwelyd i'r lle melltigedig hwn fyth eto. Profodd y gollyngdod annisgwyl ac anghredadwy hwn yn drech na hi. Llifodd y dagrau'n afreolus. Roedd hi'n ymwybodol o ochenaid bryderus Sarjant Mannering ac o hances boced wen yn cael ei gwthio i'w dwylo gan yr Uwcharolygydd. Cuddiodd ei hwyneb yn y lliain glân a rhuthrodd ei holl ddicter a'i digalondid allan yn un llif. Yn rhyfedd iawn, Bernie oedd gwrthrych ei thrallod. Cododd ei golygon dagreuol. Doedd affliw o ots ganddi bellach beth a feddyliai ohoni.

'Ac ar ôl i chi ddweud wrtho fo am hel ei bac,' llefodd yn afresymol, 'ddaru chi 'rioed drafferthu holi'i hynt a'i helynt o. Ddaethoch chi ddim i'r angladd hyd yn oed!'

Roedd o wedi estyn cadair ac wedi dod i eistedd yn ei hymyl hi. Rhoddodd wydraid o ddŵr iddi. Er bod y gwydryn yn oer, cysurai rywfaint arni a synnodd pa mor sychedig oedd hi. Eisteddodd yno'n sipian y dŵr ac yn igian yn dawel. Bu bron i'r igian achosi pwl aflywodraethus o chwerthin, ond llwyddodd i'w rheoli'i hun

234

mewn pryd. Ymhen ysbaid meddai Dalgliesh yn dyner:

'Mae'n ddrwg gen i am eich ffrind. Do'n i ddim yn sylweddoli mai'r Bernie Pryde oedd yn arfer gweithio efo fi oedd eich partner chi. Yn waeth na hynny, do'n i'n cofio dim o gwbl amdano fo. Ond mi dd'weda i hyn, mi fyddai canlyniad yr achos 'ma wedi bod cryn dipyn yn wahanol tawn i *wedi* cofio, os ydy hynny'n rhyw gysur i chi.'

'Mi ddaru chi gael gwared ohono fo. Bod yn dditectif oedd ei unig uchelgais o a doeddech chi ddim yn barod i roi cyfle iddo fo.'

'Dydy rheolau cyflogi a diswyddo Heddlu'r Brifddinas ddim cweit mor syml â hynna, mae arna i ofn. Mae'n bosib y byddai o'n dal i fod yn blismon oni bai amdana i—mae hynny'n ddigon gwir. Ond fyddai fo ddim yn dditectif.'

'Doedd o ddim mor ddrwg â hynny.'

'Oedd, mi'r oedd o, wyddoch chi. Ond rwy'n dechrau meddwl 'mod i wedi gwneud cam ag o.'

Dychwelodd Cordelia'r gwydryn iddo, gan edrych ym myw ei lygaid. Gwenodd y ddau ar ei gilydd. Gresynai na fyddai Bernie yno i'w glywed.

Hanner awr yn ddiweddarach roedd Dalgliesh yn eistedd gyferbyn â'r Comisiynydd Cynorthwyol yn ei swyddfa. Doedd fawr o gariad rhwng y ddau, er mai dim ond y sawl nad oedd hynny'n mennu dim arno oedd yn ymwybodol o hynny. Cyflwynodd Dalgliesh ei adroddiad yn gryno ac yn rhesymegol ac, yn ôl ei arfer, heb gyfeirio un waith at ei nodiadau. Roedd y C.C. wedi tybio erioed mai arferiad hunandybus oedd hwn o'r eiddo Dalgliesh, ac felly y teimlai ar yr achlysur hwn eto. Tynnodd yr Uwcharolygydd tua'r terfyn:

'Fel y gellwch chi ddychmygu, syr, dydw i ddim yn

235

bwriadu cofnodi'r cwbl ar bapur. Does 'na ddim tystiolaeth ac, fel y d'wedai Bernie Pryde erstalwm, mae greddf yn was da ond yn feistr gwael. Iechyd, 'na ddywediadau diflas oedd gan y dyn 'na! Doedd o ddim yn dwp a doedd o ddim heb ryw fesur o farn chwaith ond roedd popeth, gan gynnwys syniadau, yn chwalu dan ei ddwylo fo. Roedd ganddo fo feddwl fel llyfr nodiadau. Ydych chi'n cofio achos Clandon, llofruddiaeth drwy saethu? 1954, rwy'n credu.'

'Ddylwn i?'

'Na. Ond mi fyddai cofio'r achos hwnnw wedi bod o fudd mawr i mi.'

'Dydw i ddim yn siŵr iawn am beth ydech chi'n siarad, Adam. Os ydw i'n deall yn iawn, rydych chi'n amau bod Ronald Callender wedi lladd ei fab. Mae Ronald Callender wedi marw. Rydych chi'n amau bod Chris Lunn wedi ceisio llofruddio Cordelia Gray. Mae Lunn wedi marw. Rydych chi'n awgrymu bod Elizabeth Leaming wedi lladd Ronald Callender. Mae Elizabeth Leaming wedi marw.'

'Mae'r cyfan yn gwlwm taclus a chyfleus.'

'Gadael pethau fel ag y maen nhw fyddai orau bellach. Gyda llaw, cafodd y Comisiynydd alwad ffôn gan Dr Hugh Tilling, y seiciatrydd. Roedd o o'i go' fod ei blant o wedi cael eu holi ynglŷn â marwolaeth Mark Callender. Rwy'n ddigon bodlon gwneud Dr Tilling yn ymwybodol o'i ddyletswyddau sifil os oes angen—mae o'n hen ddigon cyfarwydd â'i hawliau'n barod. Ond fydden ni rywfaint callach petaen ni'n holi'r ddau Tilling 'na eto?'

'Na, dydw i ddim yn meddwl.'

'Neu petaen ni'n trafferthu'r Sureté ynglŷn â'r Ffrances 'na y mae Miss Markland yn dweud iddi ymweld â Mark yn y bwthyn?'

'Na. Waeth inni heb â thynnu pobl yn ein pennau bellach. Dim ond un enaid byw sy'n gwybod y gwir, a hi yw'r prawf mwyaf yn erbyn unrhyw groesholi pellach. Ac mae hynny'n gysur i mi. Fel arfer mewn achosion fel hyn mae 'na ffrind bach yn llechu yn yr isymwybod yn rhywle, yn barod i ollwng y gath o'r cwd. Ond yn ei hachos hi, pa gelwyddau bynnag y mae hi wedi'u dweud, does 'na ddim gronyn o euogrwydd yn perthyn iddi.'

'Ydych chi'n credu'i bod hi wedi'i thwyllo'i hun bod y cyfan yn wir?'

'Dydw i ddim yn meddwl bod y ferch ifanc yna'n ei thwyllo'i hun ynglŷn ag unrhyw beth. Roedd hi'n ddigon dymunol ond dwi'n falch na fydda i'n ei chyfarfod hi eto. Roedd hi'n gwneud i mi deimlo 'mod i'n llygru'r ifanc, a do'n i ddim yn licio hynny.'

'Felly, mi allwn ni ddweud wrth y Gweinidog mai cyflawni hunanladdiad wnaeth ei ffrind o wedi'r cyfan?'

'Mi allwch chi ddweud wrtho fo'n bod ni'n siŵr na ddaru 'na neb byw wasgu'r triger 'na. Na, well peidio. Chaiff o mo'i dwyllo gan hyn'na. D'wedwch wrtho fod dedfryd y cwest yn dal dŵr.'

'Mi fyddai wedi arbed cryn dipyn o amser cyhoeddus petai o wedi derbyn hynny yn y lle cynta.'

Ymhen ysbaid, meddai Dalgliesh:

'Roedd Cordelia Gray'n iawn, wyddoch chi. Mi ddylwn i fod wedi holi hynt a helynt Bernie Pryde.'

'Pam ddylech chi? Doedd hynny ddim yn rhan o'ch dyletswyddau chi.'

'Nac oedd, wrth gwrs. Ond yn ddieithriad dydy'r pethau rydyn ni'n eu hesgeuluso fwya ddim yn rhan o'n dyletswyddau ni. Ac mae o'n eironig fod Pryde wedi talu'r pwyth yn ôl. Mae hynny'n rhoi rhyw fodlonrwydd rhyfedd i mi. Beth bynnag oedd y ferch 'na'n ei wneud yng Nghaer-grawnt, gweithio dan ei gyfarwyddyd o roedd hi.'

'Rydych chi'n mynd yn fwy athronyddol bob dydd, Adam.'

'Cael gwared â'm hobsesiynau efallai, neu'n callio wrth fynd yn hŷn. Mae'n braf gallu teimlo weithiau fod ambell achos yn well heb ei ddatrys.'

Nid oedd yr adeilad yn Kingly Street wedi newid dim. Roedd o'n edrych yr un fath, yn arogleuo'r un fath. Ond roedd yna un gwahaniaeth, serch hynny. Tu allan i'r swyddfa safai dyn canol-oed mewn siwt las dynn, ei lygaid craff o'r golwg bron ym mhlygion cnawdol ei wyneb.

'Miss Gray? Ro'n i ar fin mynd adre. Fielding ydw i. Fe welais i'ch plac chi a galw heibio ar sgawt fel petai, ontefe?'

Roedd ei lygaid yn drachwantus ac yn llawn trythyllwch.

'Wel, nawr, do'n i ddim yn disgwyl rhywun fel chi. Ry'ch chi'n wahanol i'r ditectif preifat arferol, on'd y'ch chi?'

'Beth alla i ei wneud i chi, Mr Fielding?'

Edrychodd yn lladradaidd o'i gwmpas, fel petai'n cael cysur o foelni a thlodi'r lle.

'Yma ynglŷn â'r wejen 'na sy 'da fi, ydw i. Sa i'n meddwl ei bod hi wedi bod yn strêt iawn 'da fi, ch'weld. Wel—mae dyn yn lico gw'bod ffordd mae'r gwynt yn chwythu, on'd yw e?'

Rhoddodd Cordelia'r allwedd yn y clo.

'Rwy'n deall yn iawn, Mr Fielding. Ddewch chi i mewn?'